마사미티
MasamiT
3
ill. 이코모치
icomochi
흑연의 성자
~ 추방당한 회복술사는
넘치는 마력으로 어둠마법의 궁극에 도달한다 ~

발전된 건물과, 그에 어울리지 않는 고요의 도시.
비가 쏟아질 듯하면서 쏟아지지 않는 우울한 구름이
마치 우리를 짓뭉개려는 듯이 낮게 펴져있었다.
시빌라
Sybilla
에미
Emmy

러셀
Russell
프레데리카
Frederica

프레데리카는 부끄러운 듯이
눈을 치켜뜨고 나를 힐끔힐끔 바라보더니,
성직자치고는 눈에 많이 띄는 부위를
양팔로 끌어모았다.
나는 옛날부터 이어져 온 버릇으로 눈을 돌렸다.

흑여우의 성자 3

~ 추방당한 회복술사는 넘치는 마력으로 어둠마법의 궁극에 도달한다 ~

마사미티 지음
이코모치 일러스트
이경인 옮김

Contents

제1장

제2장

제1장

새로운 만남을 기대하지만, 결코 좋은 만남만 있는 건 아니다

바다의 도시『세이리스』에서 마차를 타고 몇 시간 동안 이동하며 바다가 완전히 보이지 않게 된 창문에서 눈을 돌린 나는 함께 마차를 타고 있는 세 명에게 시선을 보냈다.

옆에는 소꿉친구인【성기사】이자【어스름의 기사】이기도 한 에미.

정면에는 완전히 익숙해진 글러먹은 미녀 시빌라. 이래 봬도 진짜 여신이다.

시빌라의 옆에는, 세이리스에서 합류한 수녀 프레데리카.

이번 여행은 프레데리카의 임무를 듣고, 우리가 만장일치로 도와주고 싶다고 제안한 것에서부터 시작됐다.

바로 얼마 전에 알게 되었는데, 우리의 누나나 다름없는 사람인 프레데리카는『교회 고아원의 관리 대표 멤버』중 한 명이었다. 그 역할은 다양한 고아원을 돕고, 국내의 고아원을 관리하며 파악하는 것. 온화함을 그림으로 그린 듯한 이 사람이 그렇게나 높은 지위에 있었다는 것에 놀랐다.

그런 경력은 전혀 느껴지지 않는 수녀는 분홍색 머리를 흔들며 설명을 시작했다.

"세이리스에서 북동쪽에 있는, 마도구상이 많은 도시『마델라』. 그곳의 고아원에서 일하는 후배 수녀가 일손이 부족하다는 의뢰를 보냈었어."

이 성실한 사람의 후배라면 분명 믿을 수 있는 사람이겠지. 세이리스에서 이브와 마찬가지로, 이번에도 좋은 만남이 되기를 기대하고 있다.

"마델라! 나도 꽤 예전에 놀러 갔었고, 그보다 이전에 도시가 작았을 때도 한동안 머물던 적이 있어. 이야~ 그립네~."

"그건 그립다고 할 레벨이 아니잖아."

시간의 스케일이 너무 다르다. 실제로 『어스름의 여신』으로서 검은 날개를 꺼낸 모습을 보지 못했다면, 대단한 허풍쟁이라고밖에 생각할 수 없었겠지.

"인간관계에도 고민하고 있다고 말해서 조금 신경이 쓰였거든~."

"구원 요청의 이유에 인간이 관련되어 있다면, 고생 좀 하겠네. 인간끼리의 문제는 마물을 상대하는 것과는 달리 단순하지 않아. 마왕을 쓰러뜨리면 끝이 아니니까."

확실히 그렇지. 어둠마법을 쓸 수 있게 되었지만, 인간끼리의 트러블 대처 능력이 올라간 건 아니라서 성가신 일에는 말려들고 싶지 않다.

프레데리카의 이야기가 끝나자, 그녀는 우리가 세이리스에서 뭘 했는지 물어봤다. 싸울 힘이 없는 프레데리카라도 마왕과의 싸움은 흥미진진하게 들었고, 특히 이브의 대활약이 나온 순간에서는 웬일로 환성을 내질렀다.

우리 전원에게 있어서 이브는 그야말로 여신의 한 수였다. 시빌라와 에미도 두 손을 들고 그 활약을 칭찬했다. ……후우. 이브 녀석, 지금쯤 재채기라도 하고 있겠군.

한동안 그렇게 시간을 보냈지만…… 갑자기 마차가 급정지했다. 흔들림을 버틴 동시에 시빌라가 외쳤고, 긴장감이 스쳤다.

"마물! 에미, 장비! 러셀도 무기, 프렛치를 지킬 수 있게 마차 앞에서 대기!"

"—네! 알겠습니다!"

"그래!"

마물이라고 단언했다는 건, 이 녀석 계속 색적마법을 쓰고 있었나. 시빌라라면 방심하지 않을 것 같기는 했지만, 이런 부분에서는 믿음직하다. 나는 프레데리카의 걱정하는 목소리에 가볍게 손을 들어 답하고는 방어마법을 영창하고 마차 앞의 상황을 봤다.

에미는 덮쳐오는 마물—녹색 돼지 인간 같은 것—을 베고 있었다.

"《스톤 재블린》! 잠깐, 당신들 괜찮아?!"

시빌라의 시선 너머에는 하얀 로브 차림의 집단이 있었다. 저쪽에도 검사가 몇 명 있는 모양이다.

못 보던 마물이 상대라도 역시 시빌라와 에미. 바로 모든 마물을 쓰러뜨렸다.

"무사했던 모양이네요. 다행이에요."

에미가 집단이 무사한 걸 확인하자 한숨을 내쉬었다. 로브를 입은 남자는 한 발 앞으로 나와서 후드를 벗었다. 안에서 나타난 건, 백발이 섞인 금발의 노인.

"참으로 훌륭한 힘이로군요. 저희 사제님을 지켜주셔서 감사합니다!"

남자의 한마디를 들은 순간, 시빌라가 순간 이쪽에 눈짓을 보냈다. ……불길한 예감이 든다.

"그런데 당신은—."

남자가 로브의 핀을 푼 순간, 마차에서 들었던 이야기가 연결됐다. 프레데리카에게 온 구원 의뢰, 인간관계에 고민한다는 이야기에서 시빌라가 『해결하려면 고생하겠다』라고 예측한 것.

남자는 로브 안에, 새빨간 옷을 입고 있었다.

"—신을 믿으십니까?"

굉장히 기쁘지 않은 재회를 하고 말았다. 이거야 원, 출발하자마자 성가신 일인가…….

이들은 이름하여 『붉은 구제회』라는 귀찮은 종교 집단이다. 만나는 건 이번이 두 번째.

예전에 만났을 때는 소꿉친구 가운데서도 똑똑한 정보통이었던 자넷이 있어서 말없이 그 자리를 떠난다는 방법으로 무사히 넘어갔었다.

그때와의 커다란 차이점이라면, 이번에는 시빌라가 함께 있다. 저 녀석이 실수한다는 생각은 전혀 들지 않지만…… 확실히 『선부른 대답을 했다가는 종교에 들어가게 된다』라고 했던가.

자, 그럼. 시빌라는 뭐라 대답할까—.

"물론 믿고 있지~!"

—이 녀석, 대놓고 대답했잖아!

남자는 무척 의미심장한 미소를 지으며 품에 손을 넣었다. 여기서 『종교의 진실』이라는 구실과 함께 자신들의 종교를 권유해올 것 같은데.

"특히! 교리의 7장 15절이 좋단 말이야~!"

남자의 움직임이 우뚝 멈췄다.

시빌라는 손을 크게 펼쳐서 마치 무대 여배우처럼 춤추며 큰소리로 연설을 시작했다.

"마니엘룸 님의 『사람 위에 사람을 만들지 않고, 사람 밑에 사람을 만들지 않았다』라는 말! 같은 인간끼리 격을 나누는 걸 부정하자 태양의 여신님이 미소 짓는 부분이 최고였지!"

"읏! 네, 네에……."

"게다가! 15장에 걸친 『돈으로 지위를 산 자의 파멸』 이야기는 기분이 상쾌해! 그 이야기야말로 우리 같은 평범한 사람들에게는 제일 중요한 부분일 거야!"

아아…… 나는 왜 그런 쓸데없는 생각을 한 걸까.

시빌라는 기억력이 발군인, 진짜 『여신』이다. 게다가 상대를 손바닥 위에 올려놓고 가지고 노는 게 특기인 이 녀석에게 『교리 내용』으로 우위를 잡으려 하는 건, 어리석기 짝이 없는 짓이다.

언뜻 봐서는 여신이라는 것조차 알 수 없는 시빌라의 언동.

남자는 식은땀을 흘리면서 다시 품에 손을 깊숙이 넣었다. 지금, 꺼내려던 『여신의 서』를 다시 집어넣었군.

"우리 같은 고아원 출신에게는 돈으로 격을 매기지 않는 교리가 굉장히 근사하거든!"

"고, 고아원 출신이십니까……."

"맞아! 돈으로 지위를 산 인간을 정말 싫어하는, 교회를 너무 좋아하는 고아야! 마차 안에는 지금 『태양의 여신교』의 관리 멤버도 있거든. 우리는 호위 임무 중이지!"

말은 잘하네. 너는 고아가 아니잖아. 로브 차림 녀석들, 명백하게 초조한 기색을 보이면서 움직이기 시작했다. 붉은 옷을 보여준 남자는 서둘러 옷이 보이지 않게 하얀 외투를 다시 입었다.

그야 그렇겠지. 『붉은 구제회』는 『태양의 여신교』의 **자칭** 파생 분파다.

왕국의 중심인 여신교를 주축으로 두면서도, 교리에 일치하지 않는 해석이 있기에 갈렸다. 그런 여신교의 높은 지위에 있는 인물이 마차에 있다면 당황스럽기도 하겠지.

"뭐~ 빈곤하게 생활하는 만큼 돈은 중요하다고 생각하거든? 하지만 무엇보다도, 돈으로 지위를 사지 않고 자립하는 게 중요하지! 만약 돈만 내면 구해준다거나, 그런 빌어먹을 웃기는 소리를 하는 사람이 있다면—."

그때까지 큰소리를 내던 시빌라가, 말을 멈추고 남자 근처로 다가가서…… 조용히 한마디.

"—내가 전력으로 잿더미로 만들어주겠어."

땅속에서 푹 꺼지는듯한 목소리를 듣자, 남자는 한 발짝 물러났다.

"뭐, 당신들은 보아하니 【신관】계 사람인 모양이니까, 평범한 【마도사】인 내가 『여신의 서』에 나온 교리를 이야기를 하는 건 주제넘긴 하네~."

"하…… 하하…… 아뇨아뇨……."

평범한 마도사라니, 무슨 낯짝으로 하는 말인지. 나 참. 아, 시빌라인가. 그럼 말하겠군.

"당신들에 대해서는 잘 모르겠지만, 서로 무사했다는 걸 여신님에게 감사하자고. 평등하게 구원받았습니다! 다행이네~ 운이 좋아서 여신님께 감사~."

용케 저런 뻔뻔한 소리를 당당하게 하는군. 저 사기꾼 여신. 그리고 에미는 고개를 돌리고는 뺨을 빵빵하게 부풀리며 떨고 있었다. 웃지 마, 나도 참고 있으니까.

시빌라는 명확하게 저들을 적대시하고 있다. 그러나, 상대는 적의를 가지고 이야기하고 있는지 아닌지 확인할 수 없다. 왜냐하면, 시빌라의 말대로 『인간끼리의 문제는 마물과 달리 단순하지 않으니까』. 그건 **상대가 이쪽을 의심하는 경우**에도 당연히 이용할 수 있다.

시빌라는 고아도 아니거니와 『붉은 구제회』도 알고 있기에, 말한 내용은 전부 거짓말이다.

단, 마차 안의 프레데리카는 진짜 교회 사람이다. 섣불리의혹을 제기한다면, 그들이 『태양의 여신교』 그 자체에 명확한 적의가 있는 것으로 비치게 된다.

—결과적으로, 『붉은 구제회』가 선택할 수 있는 수단은 없다.

하하. 저 녀석들 완전히 말려들었잖아. 역시 시빌라다.

"일단, 그쪽 아이가 무사한지 봐도 될까?"

"—앗?!"

"영차."

시빌라는 주변에 있던 로브 차림 사람들이 방심하는 사이에 중심부에서 보호받던, 그 남자가 『사제님』이라고 부르던 키 작은 인물의 후드를 힘껏 벗겼다.

후드를 벗기자 나타던 사람은…… 붉고 긴 머리를 한, 어린 소녀. 그 아이는 멍한 얼굴로 시빌라를 바라보더니, 순간적으로 에미를 바라본 후 내게도 시선을 보냈다.

나는 살짝 왼손을 들어 응했는데, 뭐, 보이지 않았어도 상관없었다.

"아, 안 됩니다, 사제님!"

남자는 소녀에게 다시 후드를 씌워주고 우리에게서 숨기듯이 움직였다. 돌아보고는, 표면상으로는 부드러운 표정으로 고개를 숙였다.

"그…… 그럼, 저희는 이만……."

"그러고 보니 당신들, 뭐라 말하려던 것 같던데. 이름은 뭐라고 해?"

"아뇨! 이름을 댈 정도의 사람은 아닙니다."

시빌라의 질문에 흠칫 반응한 뒤, 집단은 대형 마차 안으로 돌아갔다. ……저런 조그만 아이를 『사제』라고 부르다니. 녀석들은 대체 무슨 생각을 하는 거지.

시빌라는 보란 듯이 상대의 마차를 향해 손을 흔들며 배웅했다. 마차가 보이지 않게 되자…… 이쪽을 돌아보더니 썩은 토마토라도 먹은 듯한 표정으로 혀를 내밀었다.

"으엑~ 귀찮은 녀석들을 만났네~."

"전혀 귀찮아 보이지 않던데."

"뭐, 나한테 걸리면 이런 법이지. 프렛치 앞에서 대기하는 인원이 있어서 다행이었어."

무척 여유로워 보이는 시빌라과 얼굴을 마주하고는, 서로 살짝 손뼉을 맞부딪쳤다. 우리의 행동을 확인하자, 겨우 에미가 움직였다.

"……와, 와앗~! 시빌라 씨 굉장해! 그 사람들을 파팟~! 하고 뿌리쳐버렸어!"

"아이참~ 에미는 반응도 귀엽다니까. 나의 피곤함도 날아가 버렸어~."

시빌라가 에미의 머리를 웃으면서 마구마구 쓰다듬어주고는 마차로 돌아갔다.

"고마워, 러셀이 지켜줬네."

"나는 아무것도 하지 않았어."

"아냐. 있어 주기만 해도 나에게는 굉장히 든든해. 많이 컸네."

"언제 일을 말하는 거야."

연하라는 건 변함없으니, 아무리 지나도 동생 취급은 빠지지 않나. 에미와 시빌라에게도 감사를 표한 프레데리카는 마물을 보지 않도록 창문에서 시선을 돌렸다.

"그나저나, 이 주변에 마물 같은 게 있었던가?"

"그렇단 말이지~, 나도 신경이 쓰여."

시빌라도 프레데리카의 말에 동의했다. 애초에 마차가 지나는 길에 마물이 있는 것 자체가 드문 일이다.

세계에 갑자기 나타나는『던전』이란 것. 그 안에서 발생하는 마물이 가득차서 던전이 포화라도 되지 않는 한 바깥에 나타나지 않는다. 즉, 반대로 말하면 현재 이 길에 마물이 나타났다는 건 어딘가의 던전에서 흘러나왔다는 뜻이다.

그런 경우, 왕국이 관할하는『모험가 길드』에 연락이 갔을 거다.

마물의 습격에 관해서는 마델라에 도착하고 나서 확인하기로 하자.

이후에는 아무 일 없이 마차를 타고 10분 정도 나아갔다. 마차가 도시 안으로 들어가서 인적이 드문 길에서 멈췄고, 시빌라는 마부에게 태그로 돈을 지불하고 감사를 표하면서 웃으며 그를 배웅한 뒤…… 진지한 표정으로 도시를 돌아봤다.

나도 시빌라를 따라 도시로 눈을 돌렸다. 처음에 느낀 위화감인데, 도시에서 활기가 느껴지지 않는다. 그뿐만 아니라 거리에서 사람을 찾는 것조차 힘들 정도다.

결코 늦은 시간은 아니건만, 이상한데…….

발전된 건물과, 그에 어울리지 않는 고요의 도시. 비가 쏟아질 듯하면서 쏟아지지 않는 우울한 구름이 마치 우리를 짓뭉개려는 듯이 낮게 퍼져있었다.

"꽤 뿌리가 깊어 보이는 문제네……. 일단 도착하고 나서 이것저것 생각해보자."

"그럴까."

"자, 뱀이 나올까, 『적회(赤会)』가 나올까나."

시빌라 너, 그건 이미 『붉은 구제회』가 나온다고 말한 셈이잖아…….

02 기운이 넘치는 사람은, 그것만으로도 주변을 밝게 만드는 법이다

안내받은 마델라 고아원은 낡은 외관에서 조금 역사가 느껴지지만 그래도 아이들을 보호하기에는 충분히 넓은 건물이었다. 프레데리카가 조금 녹슨 문을 열자, 마침 문 근처에서 놀던 소년이 놀란 얼굴로 프레데리카를 바라봤다.

"어, 프레데리카 선생님……?"

"베니, 오랜만이야~!"

서로 아는 얼굴이었는지, 소년—베니라는 이름인 모양이다—에게 다가간 프레데리카가 머리를 쓰다듬으며 시선을 그와 맞췄다.

"애슐리는 있니?"

"응. 애슐리 씨는 아마, 방에—."

베니가 뒤를 돌아보자, 프레데리카와 같은 수녀복을 입은 붉은 쇼트 헤어의 여성이 있었다. 그 여성은 눈을 크게 뜨며 놀라더니 프레데리카에게 빠르게 다가왔다.

"프레데리카 씨?! 벌써 도착하신 건가요!"

"응. 오랜만이네, 애슐리. 바로 오지 못해서 미안해."

"세이리스의 사정은 들었으니까요. 그보다 세이리스를 우선하신다고 들었는데, 프레데리카 씨는 지금 이쪽에 오셔도 괜찮은 건가요? 뒤에 계신 분들은…….”

“자자~, 하나씩 설명할게.”

붉은 쇼트커트에 쾌활해 보이는 수녀인 애슐리는 외모 그대로 무척 수다스러운 사람이었다. 짧은 대화 속에서도 프레데리카에게 경어를 쓰는 걸 보면, 비슷한 연령대이거나 애슐리 쪽이 오히려 연상으로 보일 정도이건만 두 사람 사이에는 명확한 지위의 차이가 있는 것처럼 느껴졌다.

그러고 보니 고향의 젬마 할머니는 프레데리카에게 반말을 썼었는데, 그 할머니도 의외로 지위가 높은 건가? 그 할머니라면 그럴 법하다.

“응접실, 쓸 수 있지? 그쪽으로 가볼까. 그 전에—.”

프레데리카는 우리를 돌아보고는, 수녀에게 소개해줬다.

“애슐리, 이 사람들은 아드리아 고아원 출신이고 선정식이 끝난 지는 약 반년. 듬직하게 성장해준 내 호위야!”

“마델라 고아원 담당인 애슐리입니다! 일개 직원으로 대해주시면 돼요! 아, 그래도 갓 선정이 끝났다면 꽤 연하인가? 편하게 불러도 되고 누나라고 해도 되고 선생님이라도 괜찮아요!”

등을 쭉 뻗고는 힘차게 고개를 숙인 시스터 애슐리. 기운이 넘치는 사람이다.

그러나 역시 혼자서 아이들을 돌보는 건 힘든지, 얼굴에는 피로감이 보였다. 머리도, 옷도 손질할 여유가 없었겠지. 수면 부족인지 눈가에는 살짝 다크서클도 있다.

“나는 시빌라, 평범~한 【마도사】야. 그리고.”

시빌라가 에미의 태그를 들었다. 그곳에 나타난 정보는……
예전과는 무척 달랐다.

『아드리아』— 에미 【성기사】 레벨 2.

에미의 레벨은 【어스름의 기사】가 되었을 때 대폭 내려갔다. 하지만, 아무리 레벨이 낮아도 최상위직. 그 존재감은 절대적이다.

"【성기사】 에미에요. 잘 부탁드려요."

"어, 진짜 【성기사】……?! 괴, 굉장해! 아, 잘 부탁합니다!"

애슐리는 고개를 몇 번 숙이고는 다음으로 나를 봤다. 시빌라에게 눈짓을 주자, 태그를 쥐어서 직업(잡)을 표시하게 해줬다.

『아드리아』— 러셀 【성자】 레벨 8.

교회에 있어서 이 직업(잡)은 특별하다.

"서…… 【성자】님……? 이쪽도, 정말로 실물……?"

"아니, 나 자신은 그런 성미는 아니라서. 그보다도 당신, 꽤 피곤한 모양인데. 그리고 프레데레카도. 《엑스트라 힐 링크》, 《큐어》, 《큐어》. 어때?"

기왕 이렇게 됐으니 이 자리에 있는 모든 이들에게 회복마법과 치료마법을 써줬다. 【성자】의 회복마법은 그냥 회복마법이 아니다. 피로, 게다가 의류의 더러움이나 장비의 손상까지 회복한다.

마법을 사용한 직후, 애슐리는 프레데리카를 보고 눈을 크게 뜨더니 자기 얼굴을 손으로 찰싹찰싹 만져댔고, 머리카락에 손가락을 집어넣고는…… 호들갑스러운 발소리를 내며 안쪽으로 달려갔다.

"무슨 일 있는 건가……? 아얏! 이봐, 뭐 하는 짓이야. 시빌라."

갑자기 얻어맞았다. 설마 이 녀석에게 기습적인 손날치기를 맞을 줄이야.

"너 말이야, 뭐 하는 짓이냐니……. 아니, 지금은 무자각인가. 그~렇겠지, 너다워……."

대체 뭐냐고. 마지막까지 말해. 그렇게 말하기 전에, 건물 안쪽에서 「후오옷!」 하고 애슐리의 포효가 들리더니 다시 후다닥 돌아왔다. 대체 뭐야.

"프, 프레데리카 씨! 저의 수면 부족이나 피로에 찌든 얼굴, 전부 깨끗해졌는데요?! 최근에는 거울 앞에 서는 것도 우울했는데, 고아원에서 일하기 이전 수준으로 피부가 매끈매끈해요! 그보다 눈앞에서 프레데리카 씨가 엄청 예뻐졌다는 걸 깨달았는데요오?!"

"역시 그렇지! 나도 애슐리를 보고 굉장히 달라졌다고 깨달았어!"

아무래도 두 사람은 서로의 얼굴이 건강해진 걸 눈치챈 모양이었다. 나는 그다지 큰 변화처럼 보이지 않았는데…….

애슐리는 내 근처로 오더니 지면에 무릎을 꿇고 내 손을 잡았다.

"성자님! 러셀 님! 신님! 이 애슐리에게 뭔가 용건이 있으시면 무엇이든 명령을!"

"어이어이, 막 깨끗해진 무릎이 더러워지잖아. 아까처럼 대해주는 게 마음이 편해."

“초 겸손! 감사합니다! 저는 러셀 님을 신앙할게요!”

이야기를 전혀 안 듣잖아. 시빌라나 에미와는 다른 방향으로 굉장히 텐션 높은 여자였다.

“앗, 응접실이었죠! 지금 당장 차를 준비해드릴 테니까 느긋하고 쉬고 계세요!”

애슐리는 빠르게 떠나갔고, 베니도 다른 아이들에게 간 모양이었다. 나는 당연한 의문을 다른 세 사람에게 던졌다.

“이거야 원. 기운이 넘치는 건 좋지만…… 왜 저렇게 좋아하는 거지?”

그렇게 말한 순간— 세 사람은 『믿을 수가 없다』라고 말하려는 표정으로 놀랐다.

“러셀. 하나 말해두고 싶은 게 있어.”

다들 같은 의견인지, 세 사람을 대표해서 시빌라가 당당하게 내 눈앞에 손가락을 들이댔다.

“여성의 아름다움을 유지하기 위한 노력과, 그걸 유지할 수 없을 때의 분통함을 얕보면 안 돼. 눈가에 생긴 작은 주름 하나의 무게가, 네가 일찍이 맛본 절망 정도의 무게라고 생각해둬.”

그 정도였나……. 하긴, 프레데리카와 애슐리는 서로를 보고 바로 눈치챈 모양이니까.

“후후, 지금의 나는 이미 세이리스의 고민도 해결했고, 아까 여행의 피로도 빠진 감각이 있었으니까, 분~명 최근 중에 제일 예뻐졌겠네~.”

“아니, 프레데리카는 원래 예쁘잖아.”

"시, 싫다. 고마워어!"

아니, 진심으로 전혀 차이점을 모르겠는데, 내 감각이 둔할 뿐인가……아얏.

"……뭐야."

"아니, 지금의 나에게는 이걸 해야 할 의무가 있다고 생각했을 뿐이야."

때린 시빌라에게 불평하려고 했지만, 에미가 고개를 끄덕이면서 동의했기에 목구멍까지 나오려던 반론의 목소리를 삼켰다. 대체 뭐냐고…….

"슬슬 괜찮아요!"

안에서 애슐리의 부름이 들려오자, 프레데리카의 눈은 바로 진지하게 변했다. 그 표정에 감화된 우리도 긴장감을 다졌다.

안쪽 응접실로 들어가자, 외관대로 건물이 훌륭해서 그런지 나름대로 넓었다.

"먼저 프레데리카 씨. 이렇게 빨리 와주셔서 감사합니다. 든든한 동료도 와주셨으니 정말 기쁠 따름이지만, 세이리스의 비리 사건은 어떻게 되었나요?"

비리 사건. 세이리스 고아원은 프레데리카와 다른 신관이 담당하고 있었다.

교회의 관리 멤버로서 각지의 아이들을 가르치는 프레데리카는 세이리스의 신관에게 고아원을 맡기고 나의 출신지인 아드리아로 왔다. 내가 【어스름의 마경】이 된 날이다.

그 직후, 세이리스의 신관이 고아원의 재산을 들고 도망쳤다는 흐름이다.

“연락을 받고 바로 담당 신관을 지명수배했어. 그래도 범인의 징벌 같은 것보다는 먼저.”

“고아원의 생활, 이겠죠. 저도 세이리스 이야기를 듣고 바로 오는 건 무리겠구나 싶었어요. 그래서 한동안 힘내자고 기합을 다시 넣고 있었죠.”

“후후, 그게 말이지…….”

이브는 정말로 재능이 있었다. 시빌라가 준 기회를 붙잡아서 실력을 키워 마왕 토벌의 마지막 열쇠가 된 것이다. 소매치기는, 그 아이의 본심은 아니었기에 덮어뒀다.

“세이리스의 아이가, 최유력 파티에 권유받았다고요?! 괴, 굉장하네요.”

“응. 이브는 장비도 깔끔하게 갖췄고, 【어새신】 레벨 21이라는 실력자가 되어있었어. 이 흐름을 전부 만들어준 게, 여기 있는 대단히 멋진 시빌라!”

화제가 넘어오자, 시빌라는 당당하게 허리에 손을 대고 의기양양한 표정을 지었다.

“그래. 전부 내 덕분인 거지! 전력으로 칭찬해도 돼!”

“굉장해요! 위대해요! 최고! 시빌라 씨, 존경해요! 여, 여신!”

“오, 분위기를 잘 타네! 마음에 들었어! 나는 여신님이니까~!”

이럴 때 사양하기는커녕 당당하게 칭찬하라고 말하는 게 참 너답네. 그러나 시빌라의 가벼운 태도에 전력으로 편승하는 애슐리도 꽤 엉뚱한 수녀다.

“그래서, 내가 할 일이 없어져 버렸어. 이브는 세이리스의 모험가들에게 빼놓을 수 없는 인재가 되었거든. 이제 그 아이는 내 손을 떠나서 자립한 거야.”

마지막으로 그렇게 말한 프레데리카는 조금 쓸쓸한 표정을 보이며 미소 지었다.

……자기 품에서 떠나갔다는 감각이 있는 거겠지. 그래도 프레데리카는 그 아이의 새로운 길을 축복해줬다. 지금까지도 몇 명이나 그렇게 길러오고 보내준 거겠지.

아아, 그래…… 그중에는 우리 4인조도 들어있었나.

프레데리카는 다른 곳으로 간 시간도 있었지만, 아드리아에 있는 시기가 비교적 길었다. 우리를 보내줄 때도 분명 지금 같은 표정을 지었겠지.

그러나 프레데리카는 배웅하는 날, 마지막까지 웃고 있었다. 정말로 강한 여성이다.

“길이, 보인 건가요? 고아원 아이에 의한 자본 자립 경영, 교회의 최종 목표잖아요.”

“……응. 정말로 다행이야. 오늘 여기에도 혼자 올 생각이었는데, 시빌라가 그 자리에서 제안을 해줘서 세 사람과 오게 된 거야.”

“시빌라 씨는 고아로는 보이지 않을 만큼 여러모로 굉장하네요. 실은 엄청 높은 사람이라거나?”

“뭐, 나는 자신을 여신님이라고 생각하지만, 부모님이 누군지도 모르는 평범한 미소녀야.”

“그 자기소개가 비아냥으로 들리지 않을 만큼 진짜로 미소녀네요…….”

이 녀석, 까불거리는 모습으로 여신이라는 걸 숨기고 있잖아. 낯짝이 성벽이라도 되나.

“자, 그럼. 우리 쪽 상황은 이야기한 그대로니까, 마델라의 사정을 듣고 싶어.”

프레데리카가 본론을 꺼낸 순간, 애슐리는 탄식을 내뱉으며 책상에 엎어졌다.

“들어주세요오~ 아니 정말로, 요즘 큰일이라서…….”

“그래그래. 불평은 밤에 잔뜩 들어줄 테니까.”

어지간히 참고 있었는지, 애슐리는 불만을 숨기지도 않고 도시의 사정을 이야기하기 시작했다. 그래도 그녀는 조금이라도 듣기 쉽도록, 굉장히 잘 울리는 목소리로 말했다.

“너무 큰소리로 말할 수는 없지만, 우선 보시는 대로 밖에 사람이 전혀 없어요. 이건 주민이 줄어든 게 아니라, 밖에 나오는 걸 피하는 거예요.”

그건 나도 느꼈다. 건물 안에는 사람이 있어 보였으니까. 노인만 있는 분위기도 아니고, 실제로 안에서 아이의 목소리가 들리는 집도 있었다.

그러나, 아무도 집에서 나오지 않는다.

“첫번째는, 전염병이 돌고 있어요. 만성적으로 몸이 안 좋아지는…… 즉, 언제나 나른한 거예요. 모두 외출을 피하고 있어요.”

감기 같은 건가? 이야기만 들어보면 긴급성은 없다는 느낌이지만……. 치료하려고 해도 너무 섣불리 나설 수는 없다. 시빌라의 판단을 들어볼까.

"또 하나의 이유인데요, 마물이 도시 바깥에 종종 나오고 있어요."

"아, 마침 우리도 마차를 타고 도시로 오는 길 도중에 마물의 습격을 받았었어."

"어, 프레데리카 씨 괜찮았……으니까 지금 여기에 계신 거겠죠. 으으, 그 녀석들에게 붙잡히지 않고 무사해서 다행이에요……."

"……왜 그래? 그 마물, 그렇게 위험한 마물이야?"

애슐리는 굉장히 말하기 거북한 듯 눈을 돌렸다.

"그 마물, 여성을 상대할 때만 옷 같은 걸 찢는 모양이라서……. 지금까지는 제때 구출하고 있어서 피해자는 없지만, 왠지 굉장히 싫어서요."

으엑. 진짜냐. 에미도 표정을 확 바꾸면서 진심으로 싫다는 표정을 지었고, 시빌라도 마찬가지로……라고 생각했지만, 그녀는 무표정하게 고개를 갸웃했다. ……뭔가 걸리나?

"장을 보러 나오는 사람도 남성이 많아요. 도시 안이지만, 불안하니까요."

마델라의 현재 상황을 듣자, 여러모로 사정을 파악할 수 있었다.

이 도시를 덮치는 건 다양한 『원인 불명의 불안』이다. 성자는 병을 치료할 수 있지만, 마음의 병만큼은 치료할 수가 없다.

시빌라는 이미 지금 단계에서 쓸만한 정보가 있는지, 지금까지와는 다른 진지한 표정으로 입에 손가락을 대고는 가만히 테이블 위를 보고 있었다. 이럴 때는 사양하지 말고 의지하자. 나는 자신에게 자신감은 있지만, 자만하지는 않는다.

테이블 위에서 완전히 식어버린 홍차를 마시면서 창밖의 구름 낀 하늘을 바라봤다. 시간에 맞지 않을 만큼, 어딘가 어두운 느낌의 마델라. 이 도시를 뒤덮은 우울한 분위기, 걷어줄 수 없을까.

고아원에는 빈방이 많은지 예상 밖의 손님인 우리에게도 묵을 방을 마련해주었다. 프레데리카는 계속해서 애슐리와 자세한 이야기를 나눈다고 했다.

……방침이 확고하게 정해지지 않는군. 이럴 때는 역시 이 녀석에게 물어볼까.

"시빌라. 너라면 어떻게 움직일 거지?"

"음……. 아직 정보가 더 필요하긴 한데, 일단 해두고 싶은 건 정해졌어."

이미 예정을 생각해뒀다고 듣자, 에미와 눈을 맞추면서 수긍했다.

"마델라의 모험가 길드로 갈 거야. 오크…… 그 돼지 얼굴 녀석을 말하는 건데, 던전 상층의 마물이니까 분명 토벌 의뢰가 있을 거야. 정보를 모으면서 팍팍 사냥하자."

마물의 이름을 말했다는 건, 오크라는 마물은 이미 경험했었다는 건가.

자, 여기서 시빌라에게 또 하나 확인하고 싶은 게 있다.

"시빌라. 너무 눈에 띄는 일은 피하고 싶지만, 나는 이 도시 전체에 치료마법을 거는 것도 방법이라고 생각해. 들키지는 않을 테니까……. 어떻게 생각해?"

"하지 않는 게 나아."

의외로 시빌라는 거부했다. 게다가 꽤 강하게. 이 녀석은 내 마력량을 알고 있으니까, 솔직히 해버리라고 말할 줄 알았는데. ……뭔가 있다.

"이유는?"

"큐어 링크를 대대적으로 보여주면, 『붉은 구제회』가 자기들을 적대한다고 생각할지도 몰라. 그렇다고 몰래 쓰면 더 위험해. 익명의 공적은 이용당하기 쉬우니까."

"익명의…… 공적?"

"즉, 치료의 공적을 『붉은 구제회』에 이용당할 가능성이 있어. 『우리 『붉은 구제회』가 도시의 치료를 여신에게 기도한 덕분입니다』라면서."

……듣기만 해도 화가 치미는군. 과연, 그것만큼은 절대로 피해야만 한다. 나 자신은 딱히 칭찬받고 싶은 건 아니지만, 이용당하는 것만큼은 사양이다.

"뭐, 원인은 알아내는 대로 말해줄게. 마법을 쓸 타이밍도."

이야기가 딱 알맞게 끊어진 즈음에서 점심시간이 되었고,

밥을 먹으면서 예정을 어느 정도 생각했다.

프레데리카는 여기서도 요리를 만들었고, 아이들은 기뻐하며 먹었다.

나도 에미도 프레데리카의 요리가 있는 날은 기뻤다. 젬마 할머니의 요리가 별로였다는 건 절대 아니지만, 프레데리카의 요리가 몇 단계나 맛있었으니까.

얼마나 많은 이들의 버팀목이 되어주고 있는 걸까.

애슐리도 아이들 사이에 끼어서 웃고 있지만, 프레데리카와 비슷한 나이대의 밝은 어른이 도움을 요청했다는 것에서 사태의 중대함이 느껴졌다.

동시에, 이런 상황인데도 혼자서 해결할 생각이었던 프레데리카의 강함도.

솔직히 이런 문제 해결은 특기 분야가 아니다. 그래도 이번에 온 건 프레데리카의 힘이 되어줄 기회가 있다면 좋겠다고 생각했기 때문이다. 생각보다 그때가 오는 게 빨랐을 뿐이다.

게다가 이번에 나는 혼자가 아니다. 최선의 결과가 되도록 이끌어줄 믿음직한 동료가 있다. 뭐든지 나 혼자서 해결하는 게 주역(나)의 역할인 건 아니다.

왜냐하면『나 혼자서는 불가능한 일을 이뤄냈기에 생겨나는 기쁨』이 있으니까.

그렇지? 파트너.

식사가 끝나고 방으로 돌아왔지만, 시빌라에게 가능하면 바로 출발하고 싶다는 말을 전했다.

“좋아. 하지만, 상황을 고려하면 프렛치를 혼자 두는 건 피하고 싶어.”

그런가. 하긴, 『붉은 구제회』를 만난 참이니까.

“아, 그럼 제가 남을게요.”

거기서 입후보한 게, 놀랍게도 에미였다.

나도 에미가 나를 지키고 싶어서 강해지려고 한 건 알고 있다. 시빌라도 물론 알고 있기에, 이 제안에는 웬일로 시빌라도 놀랐다.

“말을 꺼낸 내가 묻는 것도 이상하지만, 괜찮아?”

“저도, 지금 이 도시가 수수께끼투성이인 건 알아요. 이럴 때 러셀이 실력을 발휘하려면, 시빌라 씨가 곁에 있는 게 제일이라고 생각하니까요.”

“맡겨도 되겠지?”

“물론이에요. 『지키는』 거라면 제가 제일 잘 어울릴 테니까.”

시빌라는 눈을 감고는 고개를 몇 번 끄덕인 뒤에 손등을 앞으로 내밀었다.

에미는 그 모습을 어리둥절하게 바라보다가 기뻐하면서 손등을 살짝 부딪쳤다.

"맡겨두라고! 단숨에 날뛰어서 해결하고 올게."

"네!"

에미라면 누구에게도 지지 않겠지. 그늘 없는 대답을 듣자, 걱정거리는 없어졌다.

"좋았어. 러셀, 가자!"

"그래."

프레데리카에게 한마디 남긴 뒤, 나와 시빌라는 에미를 남긴 채 고아원을 나섰다.

우리는 구름 낀 하늘 아래에서 인적이 드문 마델라의 거리를 걸었다. 처음 오는 도시인데, 평소의 모습을 전혀 상상할 수 없을 만큼 사람이 적다.

"시빌라는 이 도시를 알고 있다고 했지. 전에 왔을 때는 어땠어?"

내가 묻자, 그녀는 가늘고 긴 한숨을 내쉬면서 멈춰 섰다.

그리고는 길가에 있는 우체통 옆을 뒤꿈치로 두드렸다.

"여기에, 종이 연극을 하는 할아버지가 있었어. 한참 전이니까 이미 세상을 떠났겠지만."

"……."

"『줄어드는 것도 아니니까』라고 웃으면서…… 고아원 아이들에게도 평등하게 대해줬거든. 아내가 아이들이 좋아하는 튀김과자를 팔았고, 고아들에게는 작게 자른 조각을 마지막에

줬어. 팔고 남은 거였지만, 맛은 굉장히 좋았지. 모두 그걸 기대하고 있었어…….”

시빌라는 잠시 내렸던 고개를 들고서는 거리를 빙그르르 돌아봤다. 그 시선에는, 주변에 아이들의 모습이나 장을 보는 어머니는커녕, 돌아다니는 사람이 거의 보이지 않았다.

마치 유령 도시(고스트 타운)다. 시빌라가 해준 이야기가 과연 같은 도시의 이야기인지조차 알 수 없을 만큼.

“시빌라.”

조금 강하게 이름을 불러서 시선을 강제로 내게 돌렸다.

“떠들썩했던 도시를 되찾으러 온 거잖아. ……빨리 가자.”

눈을 크게 뜬 시빌라에게 등을 돌려 아무도 없는 길 너머를 바라봤다.

“……후후, 건방지네. 그래. 이런 건 빨리 끝내야지.”

평소의 모습으로 돌아온 시빌라가 내 옆에 나란히 서서 다시 마델라의 거리를 걸었다.

너처럼 태평하고 아이들 좋아하는 사람에게 어두운 얼굴은 안 어울려. 당장 고아들하고 편하게 말하면서 노는, 위엄도 그늘도 어스름한 모습은 조금도 없는 평소의 너로 돌아오라고.

모험가 길드는 접수대에 남자가 한 명 있는 한산한 상태였다.

처음에 보고 놀랐는데, 마델라 길드의 벽에는 오크나 고블린과 아주 닮은 모습이 걸려 있었다. 그래. 이게 책에서 읽은 『형태 저장기』 마도구인가.

이렇게 일상적으로 쓰이는 걸 보니, 이 도시의 모험가 길드라면 이 정도 클래스의 마도구는 상비되는 게 당연하다는 거겠지.

먼저 시빌라는 접수대의 모습을 가만히 바라본 뒤—너무 빤히 보지는 말라고—자신의 정보를 제공했다. 우리 파티의 이름은 『어스름의 서약』이고, A랭크.

"A랭크 분들이 와주시다니……."

"수녀의 호위로 왔어. 오크, 평야에서 나오던데. 토벌 의뢰는 내놓은 거겠지?"

"네. 오크는 요 몇 달 사이에 급격하게 늘어난 마물이라서……."

"던전이라면 모를까, 도시에 가까운 곳에서 나오는 마물은 위험한 취급을 받잖아. 다른 도시에 의뢰를 냈을 텐데?"

"물론 했습니다. 하지만 아직도 대답이 없고……."

던전의 마물은 기본적으로 던전 밖에 나오지 않는다. 던전의 마물이 밖으로 넘쳐난 시점에서 어느 던전이 포화 상태에 빠졌을 거다. 그리고 그 던전을 조사해서 빠르게 토벌이 가능한 상층에서 마물을 줄인다……. 그게 모험가 길드 전사들의 역할이다.

오크는 강하지 않아 보이는데, 어째서 구원이 오지 않는 걸까…….

"알았어. 일단 이 도시에도 던전은 있을 텐데, 그쪽은 괜찮은 거지?"

"네. 그쪽은 고블린 정도인지라 지역의 모험가들로 대처하고 있습니다. 오크 토벌 의뢰도 있지만, 아무래도 범위가 너무나도 넓어서요."

시빌라는 여기서 고아원에 있을 때와 똑같이 고민하는 포즈를 잡았다.

"오크만이라면, 명확한 피해는 있어?"

"토벌 보고는 있지만, 피해 보고는…… 여성을 노리고 있다는 정도죠."

"좋아."

대답에 만족했는지, 시빌라는 다음 질문으로 들어갔다.

"그럼 다른 토벌자에 대해 가르쳐주겠어? 모습이라든가 특징이라든가."

"아, 아뇨…… 아무리 그래도 다른 분의 정보는……."

"과연. 당신이 처벌당하지 않도록 방식을 바꿔볼게. ……지금이라면 당신은 예스도 노도 말하지 않아도 되고, 고개를 끄덕이기도 내젓지도 않아도 돼."

시빌라는 영문 모를 말을 미리 한 뒤에…… 남자에게 강렬한 일격을 속삭였다.

"오크를 토벌한 사람들, 전원 하얀 천을 뒤집어쓰고 있었지?"

남자는 직립부동 자세로…… 눈을 크게 떴다. 말도 하지 않고, 고개도 움직이지 않았다. 그러나 둔감한 나조차도 명확하게 알았다. 이건, 예스라는 대답을 한 거나 다름없다는 것을.

하얀 천— 즉, 『붉은 구제회』의 위장용 모습이다.

마지막으로 남자에게 「털어놓지는 않을 테니까 안심해」라고 말한 시빌라는 토벌 의뢰를 받고 길드를 나왔다.

"좋아."

도시 밖으로 나오자, 시빌라는 작게 중얼거리고 나를 돌아봤다.

"마법으로도 확인했는데, 주변에 사람은 없어. 여기라면 어둠마법 오케이야."

"알았다. 《인첸트 다크》."

나는 들고 있는 검에 암속성을 부여했다.

어떤 방어라도 손쉽게 꿰뚫는, 【어스름의 마경】만이 쓸 수 있는 검이다.

"자, 그럼. 토벌 임무를 받았는데 짐작 가는 건 있는 건가?"

"색적마법의 범위는 알고 있어. 마법은 기본적으로 던전 공략에 맞춘다고 전에 말했었지. 그러니까 밖에 나올 때는 색적을 위한 도구도 필요해."

그렇게 말한 시빌라는 작은 판 모양의 물건을 꺼내서 입체로 변형했다.

"그건 혹시, 오페라글라스인가? 멀리 있는 것이 크게 보인다는 그거."

"……너는 대체 어디가 고아원 출신인지 영문을 모를 만큼 다양한 지식이 있네. 맞아. 가극(오페라)을 멀리서 보기 위해 만들어진 오페라글라스야."

대부분의 지식은 책이나, 자넷을 통해 알게 된 거다. 이번에도 후자.

묵묵히 내 앞으로 내민 그것을 눈에 대자, 놀랍게도 작은 구멍에서 보이는 시야가 명백하게 커졌다. 책으로 알게 된 것과 실제로 체험하는 건 다르구나.

"그렇지만 일단 이 도구가 없더라도 짐작 가는 건 있어."

"이유는?"

"『붉은 구제회』 녀석들, 왜 그곳에 있었던 것 같아?"

이야기가 갑자기 점프하는 평소의 시빌라가 나왔군.

원래는 오크에게 습격당해 우왕좌왕하면서 사제를 보호했다고 생각하는 게 타당하다.

그러고 보니, 그 직후에 권유를 받았었지. ……설마.

"그곳에서, 우리 같은 통행인을 기다리고 있었다?"

"아마 그럴 거야. 그래서 그렇게나 가까이 있었는데 **오크가 한 마리도 쓰러져있지 않았던 거지**. 『붉은 구제회』는 아마 습격당한 사람을 구해낸 뒤에 은혜를 갚으라면서 가입을 권유하려는 계획을 세우지 않았을까?"

과연…… 분명 녀석들은 위험한 상황에 빠진 듯한 분위기가 아니었으니까.

—그런가. 우리가 마물을 쓰러뜨리지 않았다면, 은혜를 갚으라고 할 계획이었나.

이미 늦었지만, 진심으로 프레데리카를 따라와서 다행이라는 생각이 든다. 아무리 프레데리카라도 마물의 습격에서 구해줬는데 권유를 거절하기는 쉽지 않겠지.

"……오! 제1의 주민, 아니, 오크 발견!"

시빌라가 즐겁게 목소리를 높이면서 길을 나아갔다. 겨우 첫 번째인가.

상층의 약한 마물인 오크는 조금 가까이에서 보니 나보다 키가 작았다.

시빌라를 빤히 보고 있으니 왠지 화가 났기에, 나는 그 모습을 가리면서 앞으로 나섰다. ……이봐, 시빌라. 웃지 마. 멋대로 이상한 상상하지 말라고.

마음을 다잡고 오크를 보자, 명백하게 조금 전보다 기분이 나빠진 표정이었다.

"마물 주제에 건방지군. 덤벼라."

『크아악!』

내가 손짓하자, 말을 이해한 것처럼 덮쳐왔다. 손에 든 조악한 나무 곤봉을 가볍게 떨쳐내고 목을 날려버렸다. 과연, 이러면 고블린과 큰 차이가 없다.

"러셀, 차례차례 오고 있어. 처리하자."

시빌라가 턱짓으로 가리킨 방향에서 다른 오크가 둘, 셋…… 더 오고 있다.

조금 전 오크의 목소리를 듣고 모인 건가. 그러나 문제없다.

"워밍업이라고 하기에는 조금 부족한 녀석들이지만, 상대해 주마."

나는 검을 잡던 손을 하나 풀고는 마물에게 내밀었다.

"《다크 스플래시》."

이중 영창으로 날린 어둠의 산탄이 오크의 몸에 쏟아졌다. 시야에 들어온 세 마리는 당연히 즉사. 체력도 대단치 않은 모양이다.

내가 뒤를 돌아보자, 시빌라는 오크 두 마리를 불덩이로 만들고 있었다.

"등은 너에게 맡기겠어. 돌파하자."

"후훗, 등을 맡기는 남자는 완전히 여자한테 반했다고 하던데!"

왜 그렇게 되는 건지 지적하기 전에 등에서 가벼운 압박감이 느껴졌다.

시빌라와 등을 맞대고 싸우는 건가. ―과연, 나쁘지 않다.

내 뒤를 이 녀석이 지켜준다면, 나도 전방에만 의식을 집중할 수 있다.

"누가 더 많이 토벌하는지 경쟁하자!"

"나를 이길 수 있다고 생각하는 거냐?"

"아하하, 이제 완전히 자신만만해졌잖아! 《파이어 재블린》!"

마지막까지 묘하게 즐거운 듯한 목소리를 낸 시빌라가 전투를 시작했다.

자, 그럼. 말을 꺼낸 이상 오기로라도 지고 싶지 않다. 힘내보기로 할까!

"《다크 스피어》, 《다크 스피어》……."

'……《다크 스피어》, 《다크 스피어》.'

일단 검을 지면에 꽂은 나는 일찍이 아드리아 던전 최하층

보스를 토벌했을 때처럼 양손으로 마법을 연속 발사했다.

착탄과 동시에 검은 폭풍이 퍼지면서 오크가 풀썩풀썩 쓰러졌다.

……기분 탓인가, 폭풍이 꽤 커지지 않았나?

도중에 커다란 오크가 끼어있던 것 같았지만…… 다크 스피어의 직격과 폭풍을 얻어맞자 작은 개체와 별 차이 없이 쓰러졌다.

조금 여유가 생겼기에, 뒤에 있는 시빌라에게도 눈을 돌렸다.

오크의 목에 찌르기 한 방. 직후에 다른 개체로 시선을 돌렸고, 오크가 목을 손으로 막은 순간 시빌라의 마법이 작렬해서 상대를 불덩이로 만들었다.

마지막으로 남은 오크가 시빌라를 공격하려고 한 발짝 내디딘 순간, 발밑에서 돌벽이 나타나 다리를 미끄러뜨렸다. 물론 시빌라는 여유로운 공격으로 목을 날려버렸다.

교묘하다. 단순한 레벨만이 아니라, 이런 마법과 조합한 싸움법은 역시 강하다.

검술도 마법도 질 생각은 없지만, 그래도 시빌라가 싸우는 모습에는 참고가 되는 부분이 많다.

이거야 원. 나에 대한 건 제쳐놓고 말하는 건데, 사실 네가 마도사라는 것도 의심스러워.

정말, 어디까지나 여신답지 않고…… 누구보다 믿음직한 파트너다.

고작 몇 분 만에 주변 일대는 완전히 녹색 마물의 시체로 가득 메워졌다.

시빌라는 곧바로 기쁜 얼굴로 귀를 싹둑싹둑 잘랐다.

“내가 말하기는 했지만, 누구의 토벌 수가 많은지 세지 않는 거냐?”

“어머, 그~런 옛날 일을 기억하고 있는 거야~? 꺄앙!”

내가 더 많았다는 걸 알 수 있는, 시빌라다운 반응이 고마웠다. 답례는 손날치기가 좋겠지.

문득 시빌라가 오크 중 하나를 보고 움직임을 멈췄다.

“그레이트 오크잖아. 명백하게 다른 개체보다 커.”

“아아, 확실히 커다란 개체가 있었지.”

시빌라는 그 개체의 귀를 잘라낸 뒤, 나를 보더니…… 내 시선에서 직선상 건너편으로 시선을 보내더니 오페라글라스를 다시 꺼냈다.

“러셀, 조금 더 걷자.”

“알았다.”

뭔가 눈치챈 거겠지. 나는 다시 시빌라가 향하는 곳으로 나아갔다.

어느 정도 걷자, 시빌라는 문득 복잡한 표정을 지었다.

“이거, 왠지 돌아가는 기분이 드네.”

“마델라로?”

시빌라는 수긍한 뒤, 내 근처로 와서 팔을 잡았다……. 아니, 가깝잖아.

"러셀."
"뭔데."
"윈드 배리어."
시빌라가 갑자기 말한, 방어마법의 이름.
"《윈드 배리어》. ……어째서냐?"
시빌라는 얼굴을 내밀더니, 놀라운 가설을 중얼거렸다.
"……만약에, 말이지. 오크가 의도적으로 밖에 나오고 있다고 말한다면 믿을 수 있어?"
"그런 게 용납될 리가 없잖아. 애초에 불가능해."
"그렇지. 그러니까 이건 어디까지나 만약의 이야기야. 나도 의심하고 싶지는 않아. 하지만, 그러면 당연히 의심할 상대는 한정되어 있어."
"……설마."
시빌라가 시선을 돌리자, 도시 마델라……에서 조금 떨어진 곳에 그것이 있었다.
넓은 평야를 윤택하게 사용한, 묘하게 거대한 건물.
가로도 세로도 넓은 건 물론이거니와, 높이도 엄청나다. 저 건물은 대체 몇 층이나 될까.
그러나 무엇보다도 눈길을 끄는 건…… 그 건물의 전면이 새빨갛게 칠해져 있다는 것.
"너무 노골적인 건물이 나와서 웃기네."
아아…… 정말. 동의할 수밖에 없겠어…….
도시 마델라에서는 보이지 않는 곳에, 명백하게 『붉은 구제회』와 관련이 있는 듯한 부자연스러운 건물이 있었다.

04 『붉은 구제회』에 의한, 여신의 서의 해석과 도달점

“마델라의 동쪽 문에서 쭉 뻗어있네. 전용 통로가 있는 것 같아.”

“『붉은 구제회』의 본부라고 해야 하지 않을까?”

“이거보다 커다란 건물이 없다면, 본부라고 해도 되겠지.”

“무서운 소리 하지 말라고.”

이거보다 커다란 붉은색 일색의 건조물이라니, 상상하기만 해도 두통이 30%는 늘어나겠어…….

시빌라는 오페라글라스를 잡고 건물을 멀리서 바라봤다.

“뭔가 알 수 있나?”

“음~ 창문이 닫혀있고, 커튼까지 철저하게 붉어. 즉, 알 수 있는 건.”

“알 수 있는 건?”

“마델라의 천과 염료, 빨간색만 팔려서 품귀! 농담이야 농담. 거기, 손 올리지 마.”

농담할 때냐. 아니, 농담이라도 하지 않으면 못 해먹긴 하겠군. 커튼까지 붉다니, 정말로 철저하게 전부 빨갛구나. 대체 붉은색의 뭐가 구제로 이어지는 걸까.

—문득, 자신의 말에 스스로 의문을 가졌다.

애초에 나는『붉은 구제회』가 어떤 곳인지 모른다. 자넷에게 그 모습과 내부 사정과 간단한 대처 방법만 배웠을 뿐이다.

"이봐, 시빌라.『붉은 구제회』가『상납금을 내서 상위 랭크가 되면 구원받는다』라는 수상한 집단이라는 건 알지만…… 어째서 녀석들은 저렇게 붉은색만 신앙하는 거지?"

시빌라라면 어쩌면 알고 있을 것 같아서 물어보기로 했다.

"그건 말이지. 예를 들어 러셀은『하늘이 울고 있다』라는 말을 들으면 어떻게 생각해?"

또 뜬금없는 질문이군…….

"하늘이 울고 있는 건, 여신이 눈물을 흘리고 있다……는 게 아니라, 그저 비가 내릴 뿐이라고 생각하는데."

"그 건조한 대답, 좋네. 그럼『몸에서 와인이 흘러나온다』라는 건?"

와인…… 와인이라. 마실 것으로 와인을 지정했나. 몸에서 와인이 흘러나온다면…….

"붉은 와인, 즉 피가 흐르고 있다는 건가?"

"정답~!"

시빌라는 밝게 내 해답에 대답했다. 그렇다면…….

"『붉은 구제회』는, 교리인『여신의 서』에서 와인이 흐른다는 부분을 유혈이 아니라고 해석하고 있는 건가?"

"너도 감이 꽤 좋네."

아무래도 정답인 모양이다. 시빌라가 다시 시선을 붉은 건물로 되돌렸다.

"『여신의 의지를 이어받은 자로 인해, 사람의 형태나 사람이 아닌 자는 이 땅에서 멀어졌다. 태어난 은혜만이 남았고, 사람들에게는 붉은 와인이 쏟아졌다. 그리하여 이 토지에는 영원한 평화가 약속되었고, 사람은 그 은혜만을 얻을 수 있게 되었다』라는 게 아마 그 구절일 텐데."

"시빌라는 『여신의 서』를 암기하고 있는 건가."

"설마 모른다고 생각했어?"

어리석은 질문이었군. 애초에 그걸 쓴 여신 중 한 명이 너일 테니까.

나도 일단은 성자니까 어느 정도 암기하는 게 나을지도 모르지만…… 역시 태양의 여신이 직접 사과라도 하러 오지 않으면 이제 와서 암기할 생각이 안 든다.

"문제는 『해석』이야. 사람이 아닌 자가 마신이고, 은혜가 던전. 붉은 와인이 피이자 경험치라는 게 정답이야. 참고로 마왕들이 신앙하는 게 마신이고, 인간에게는 신인 셈이야. 여명기에 있던 신들의 전쟁에서 우리가 이긴 거지."

과연. 말하는 내용은 확실히 앞뒤가 맞고, 사람들을 향한 가르침도 된다.

평민이든 귀족이든 직업(잡)을 얻어서 던전의 마물을 쓰러뜨리면 평등하게 레벨이 오른다.

그 여신의 의지라는 게 마왕 토벌이자 던전 공략인 거다.

"그런데, 여기 나오는 사람의 형태이나 사람이 아닌 자를 『사람의 형태지만 사람이 아니라면, 다른 신이 아닐까?』라는 어처구니없는 해석을 하는 게 『적회』 녀석들이야."

……여기서 『붉은 구제회』로 돌아오는 건가.

"그러니까, 이 땅에서 떠난 머나먼 세계의 여신이 사람들에게 직접 와인을 준다는, 그런 해석을 하고 있는 거야. 『여신의 서』의 해석이야 자유지만, 전신을 새빨갛게 물들이고 돈을 쌓으면서 신자들을 거느린다니, 그건 이상하잖아."

같은 문장인데, 견해 하나로 이렇게나 바뀐다니…… 해석 차이란 무섭군.

『여신의 서』 자체는 절대적인 존재다. 그러나 『여신의 서』를 이용하는 인간은 절대적인 존재가 아닌 거다.

그러나, 그 인간이 『여신의 서』에 대해 이야기하면 여신의 가르침을 대변하는 것처럼 느껴지고 만다. ……그 결과가 이 상납금 조직인 건가.

"상부 녀석들은 그다지 신앙심으로 운영하는 게 아닐 것 같은데."

"그것도 의외로 모르는 법이야."

시빌라에게서 돌아온 대답은 의외였다. 좀 더 실컷 두들겨 팰 줄 알았는데.

"너는 나를 뭐라고 생각하는 거야? 녀석들이 위험한 건, 그만큼 『태양의 여신보다 상위 존재가 있다』라는 해석이 진실처럼 보이기 때문이야."

시빌라는 이야기 도중 오페라글라스를 집어넣고는 내가 있는 곳까지 내려왔다.

“이크, 건물에서 나오는 사람이 있네. 들키면 좀 귀찮으니까, 일단 도시로 돌아가자.”

“알았다.”

오늘 예정은 이걸로 종료……하려고 했지만, 잠시 거리를 돌아다녔다.

마도구의 도시인 만큼, 마델라의 가로등은 전부 마도구여서 저녁노을이 지는 거리를 아련하게 비췄다.

시빌라와 둘이서 거리를 돌고 있는데, 보존식을 구입한 손님이 길가를 재빨리 지나갔다.

길을 걷고 있자, 별로 만나고 싶지 않았던 얼굴과 길 한가운데에서 마주했다.

“……어라, 이거 우연이군요.”

그곳에 있던 건, 부하를 이끄는『붉은 구제회』의 남자. 조금 딱딱하게 웃으면서 시빌라에게 말을 걸어왔다.

“어머, 자주 만나네. 이 주변에 살아? 거리에 사람이 적은데, 이유 알고 있어?”

시빌라도 곧바로 태평한 여행자를 가장해서 상대의 낌새를 살폈다.

“예. 여러분은 오늘 막 도착하셨겠지요. 이 도시에는 병이 돌고 있습니다. 원인은 알 수 없습니다만…….”

“이렇게 커다란 도시잖아.『태양의 여신교』의 회복술사(힐러)도 있지 않아?”

그렇게 묻자, 남자는—순간적으로 입꼬리를 들면서—대답

했다.

“예. 있지요. 동문을 너머로 나가면 치료를 받을 수 있게 되어있습니다.”

동문 너머에 있는 것. 그게 무엇인지 우리는 알고 있다. ……시빌라의 말대로, 큐어 링크는 조심하는 게 정답이었군. 틀림없이 이 녀석은 나의 공적을 이용할 거다.

“어머, 【신관】이 확실히 있나 보네! 수녀의 호위로 온 나도 안심이야!”

“예, 예. 요금을 받지 않는, 굉장히 관대하고 자비로운 【신관】이지요. 대신―.”

“―그러고 보니.”

시빌라는 남자의 이야기를 가로막았다. 그것도 꽤 강경한 목소리로.

“사람의 마음은, 그 사람의 것. 대가는, 물건에 한정하지 않는다. 자아에는 무엇보다도 무거운 가치가 있다. 여신의 가르침이지. 으음~ 말을 가로막아서 미안하네. 그런데 뭐였어?”

“……아뇨. 아무것도 아닙니다…….”

전부 예측하고 견제했군. 남자가 눈을 가늘게 뜨고는 생기가 없는 혼탁한 눈으로 시빌라의 얼굴을 가만히 바라봤다. ……그다지 보기 좋은 시선은 아니다.

“어머~ 내 미모에 넋을 잃은 걸까? 세계 제일의 미소녀니까!”

“……예, 그렇군요. 대단히 아름다운 눈입니다. 눈, 좋군요. 눈은…… 정말로, 좋아요.”

남자는 마지막으로 인사하고는 전혀 말을 꺼내지 않는 부하들을 이끌고 동문으로 떠났다.

—시빌라의 시야에서 벗어나기 전 아주 잠깐, 남자는 무시무시하게 차가운 눈을 하고 있었다.

시빌라는 그 뒷모습을, 누구에게도—타인의 붉은색에도—물들지 않는, 누구보다도 강한 자아가 느껴지는 붉은 눈동자로 빤히 꿰뚫어봤다.

남자가 보이지 않게 되자, 시빌라에게 한 가지 제안했다.

"잠깐 따로 행동해도 될까?"

"네가? 웬일이야. 뭐, 너도 여기저기 돌아보고 싶을 테니까, 알았어. 프렛치의 저녁식사 때까지는 돌아와야 해. 미아가 되는 건 아니지? 괜찮아?"

"너는 무슨 내 부모냐."

내가 지적하자, 시빌라는 거리의 분위기를 날려버릴 기세로 웃었다. 완전히 놀릴 작정으로 말했군, 이 까불이 여신. 나 원 참…….

뭐, 어두운 얼굴로 헤어지는 것보다는 훨씬 마음이 편하다. 이 녀석의 어두운 얼굴을 봤다가는 여름에도 눈이 내릴지도 모른다……. 이렇게 말하면 또 화를 내겠지.

다음 날, 고아원 내부 정리를 도왔다. 그래도 건물 자체가 노후화돼서 위험한 정도는 아니고, 의자가 덜컹거려서 수리하는 정도다. 무거운 모포 세탁 등도 맡았는데, 이쪽은 예정대로 치료(큐어)마법으로 깨끗하게 만들었다. 성자의 마법도 생활에 도움이 되는 법이다.

"굉장하네! 이렇게 깨끗해지다니, 역시 성자님이야."

"나 자신의 노력과는 거리가 멀지만, 모처럼 편리한 마법이 있으니 써야겠지. 프레데리카 쪽은 끝난 건가?"

"응. 애슐리와 함께 조리도구나 마석 조정, 그리고 침대 위치도 조정했어."

"침대 위치라니…… 힘쓰는 일은 나나 에미에게 맡겨도 됐잖아."

"에미에게는 옷장(워드로브)을 옮겨달라고 했어. 귀엽고 울보였던 에미가 저렇게 힘이 세졌다니 놀랍네~!"

아니, 그건 몇 년 전 이야기잖아? 에미가 들으면 쓴웃음을 지을 거다.

그나저나…… 이 사람은 지금까지 힘센 사람에게 의지하지 않고 자력으로 힘쓰는 일을 해왔던 거다. 분명 혼자 왔다면 가구 수선이나 세탁 같은 일들을 전부 혼자서 했겠지.

애초에 완력도 그리 강하지 않으면서 성실하단 말이지.

"너무 애쓰지는 마. 《엑스트라 힐》."

"어라? 어머, 피로가 단숨에 사라졌네. 역시 러셀은 굉장하구나."

아니, 정말로 굉장한 건 당신 같은 사람이라고 생각해. 자신에게 능력이 없어도 자연스레 전부 하려고 하는, 그런 사람 말이지.

참고로 시빌라는 아이들을 상대해주고 있었다. 어떤 게임에서 졌는지, 아이들을 상대하면서 진짜로 화를 내고 있다. 정말이지 시빌라다운, 정신연령이 어린이 같은 여신이었다.

고아원의 대청소가 끝난 시각은 슬슬 저녁으로 접어들 무렵이었다. 에미는 오늘도 프레데리카 옆에 두고, 나는 시빌라에게 하얀 로브를 건네줬다.

"어제 비슷한 걸 사놨어. 시빌라, 붉은 천을 갖고 있겠지?"

"너, 혹시…… 흐응. 정말 대담해서 좋네."

시빌라라면 바로 눈치챌 것 같았기에 나도 제안한 거다. 에미는 너무 정직해서 십중팔구 들통날 것 같으니까…….

이번에 내가 제안한 건 『붉은 구제회』의 건물로 잠입하는 거다. 녀석들은 붉은 옷 위에 하얀 옷을 입고 있기에, 그 모습을 흉내 내면 가능하지 않을까 싶었다. 그래서 어제 따로 행동하면서 다른 신자의 복장을 관찰했다. 시빌라는 세이리스에서 붉은 구제회의 옷을 가지고 있었으니까, 이후에는 신자들마다 제각각 다른 하얀 로브만 준비하면 괜찮을 것 같았다.

예배 시간도 마침 이때였다. 그래서 어제 그 남자와 만나게 된 거겠지.

어제 오크 토벌에 나선 남문이 아니라 동문을 통해 그들의 건물로 향했다. 도중에 시빌라는 내 손을 당겨서 길가로 이동하고는 오페라글라스를 꺼냈다.

"왜 그래?"

"어제는 잠입하지 않았잖아. 규정 같은 게 있으면 봐두고 싶어서."

시빌라는 가만히 건물 쪽을 관찰했다. 그리고 잠시 신음하고는 오페라글라스를 넣었다.

"과연, 그렇구나. ……러셀, 내 동작을 흉내 내."

뭔가 눈치챈 시빌라에게 수긍하고 뒤를 따랐다. 건물에서 나타난 건 하얀 로브의 집단. 시빌라는 집단에게 인사했다. 그 행동에 뭔가 이유가 있어 보여서 나도 따라서 인사했다. ……그러나 상대는 그 인사를 무시했다.

우리를 무시한 집단이 지나가자, 시빌라가 내 옆에서 목 주변을 가리켰다.

"여기. 붉은 목걸이를 차고 있었어."

"자넷한테 들은 적이 있어. 상위 신자라는 건가."

"그렇겠지. 상납금을 낸 증표. ……정말, 시시하다니까."

시빌라의 어이없어하는 목소리에 수긍한 나는 그녀와 나란히 서서 건물에 발을 들였다.

건물은 커서, 가까이 갈수록 위압감이 있었다. 어지간한 성보다도 클지도…….

"러셀. 너는 괜찮겠지만, 긴장하지 않고 들어가는 걸 의식해야 해. 다른 곳으로 시선을 돌리지 말고. 알았지?"

세이리스 때처럼 태평하게 시골뜨기 기분에 젖을 수는 없다.

시빌라가 건물의 문을 열었고, 하얀 벽과 붉은 융단이라는 굉장히 붉은색에 고집하는 복도를 지나 다른 신자가 모이는 방에 발을 들여놓았다. 내부는 대성당처럼 되어있었다.

커다란 건물의 위층 대부분은, 이 부분이 차지하고 있는 건가.

—단, 태양의 여신 신전과는 비슷하지만 달랐다.

스테인드글라스는 붉은색과 검은색뿐. 아마 정오에는 붉은색 빛이 들어오겠지. 상상해봐도 별로 아름다울 것 같지는 않았고, 무엇보다 눈에 안 좋아 보인다.

시빌라는 대성당 중앙에 있는 신도석 통로……가 아니라, 왼쪽에 있는 외벽 쪽 측면 통로를 지났다. 그곳에서 앞쪽으로 나아가더니 일단 발을 멈추고 돌아왔다.

주변의 시선이 잠시 모였지만, 곧바로 흥미를 잃은 듯 떨어졌다. 시빌라는 가장 뒤쪽 구석 자리에 도착하자마자 한 칸 안쪽으로 들어가 앉았다. 즉, 나는 가장 뒤편에 있는 왼쪽 끝자리다.

잠시 기다리자, 대성당에는 100명 정도의 인원이 모였다. 많은 건지 적은 건지는 모르겠지만, 그런대로 있는 모양이다.

어느 정도 시간이 지나자 단상에 어른과 아이가 나타났다. 저건…….

"……읏."

시빌라가 가죽 장갑을 강하게 움켜쥐는 미약한 소리가 들렸다.

"사제님의 말씀입니다. 자, 여러분, 오늘 밤도 구제의 공명을."

어른 남자가 그렇게 말하더니, 하얀 천을 잡아서 붉은 옷을 보였다. 역시 그 남자였다. 그럼 옆에 있는 건…… 붉은 머리의 소녀.

주변 사람들도 하얀 천을 풀기 시작했고, 나도 시빌라를 따라서 하얀 천을 풀었다.

그러면서 미리 로브의 붉은 후드를 깊이 눌러쓰면서 얼굴이 보이지 않게 수그렸다.

이윽고, 그 소녀의 신기하게 잘 울리는 목소리가 들리기 시작했다.

"여신의 의지를 이어받은 자로 인해, 사람의 형태나 사람이 아닌 자는 이 땅에서 멀어졌다. 태어난 은혜만이 남았고, 사람들에게는 붉은 와인이 쏟아졌다."

틀림없다. 시빌라가 말한 『여신의 서』의 한 구절이다. 그 직후, 주변의 신자들이 일제히 목소리를 높이기 시작했다. 나는 틀렸다가는 눈에 띌 것을 고려해서 침묵하기로 했다.

옆에서 시빌라가 평범하게 암송하면서 나를 숨겨줬다.

"그리하여 이 토지에는 영원한 평화가 약속되었고, 사람은 그 은혜만을 얻을 수 있게 되었다."

……이질적인, 광경이다. 소녀를 사제로 받들면서 복창하기만 하는 공간. 이것에 대체 무슨 의미가—.

"붉은 최고신에, 축복 있으라."

—암기하지 않은 나라도 알 수 있다.

틀림없다. 지금, 전혀 다른 말을 말했다.

시빌라가 그 말을 당연한 듯이 복창하자, 소녀는 인사도 없이 후드를 썼다.

"사제님. 감사했습니다."

전신에 새하얀 로브를 두른 소녀는 말없이 제단에서 내려갔고, 남자도 소녀를 따라 내려갔다.

다음으로, 신도석 앞줄부터 순서대로 일어난 하얀 집단이 대성당을 떠났다. 당연히 마지막은 우리가 되었다.

건물을 나온 시빌라는 곧장 몸을 돌리더니 거리 쪽으로 발을 옮겼다.

주위에 아무도 없어졌을 때 샛길을 통해 숲으로 들어갔고, 불쾌한 표정을 지었다.

"러셀의 마력은 무언가에 축복받은 거겠지만, 【성자】의 레벨과 【어스름의 마경】의 어둠마법은 러셀 자신의 선택이야. 하지만 역시 너의 뿌리는 브렌다의 엄마를 치료해준 그 일이겠지."

"갑자기 왜 그래?"

"……누군가에게 존경받기 위해서 행동하는 게 아니라, 행동한 결과에 따라 존경받게 된다. 나는 그렇게 되기를 바라고 있어."

행동과 선택. 시빌라는 목에 걸린 모험가 태그를 쥐었다.

"붉은 목걸이. 그걸 차기만 해도 아랫사람은 고개를 숙여야 하고, 중앙 회랑을 제일 처음으로 이용해서 귀가할 수 있었어. 자존심을 돈으로 사는 거야. 돈 말고는 내세울 수 있는 게 없으니까."

아아, 그렇군…… 시빌라가 중앙을 지나지 않았던 것도, 대성당 앞쪽 자리에 앉지 않았던 것도, 붉은 목걸이를 차고 있는지를 봤던 건가.

"상납금에 따른 차별. 『여신의 서』가 이런 것 따위에 이용당하다니, 가족이나 동료들에게 뭐라 보고해야 하나……."

탄식을 내뱉으며 진심으로 곤란한 듯 머리를 긁적였다. 가족이나 동료라면 여신의 서를 쓴 신들을 말하는 건가. 곤란하겠군.

나무에 기댄 시빌라는 멍하니 붉은 건물로 시선을 돌렸다.

—그때 갑자기, 시빌라가 눈을 크게 뜨면서 걸어갔다.

"왜 그래?"

"있어, 그 아이가……!"

그 말에 나도 시빌라의 시선 너머를 바라봤다. 그러자 조금 전 시빌라가 육안으로 발견한 붉은 머리의 소녀의 존재를 가까스로 확인할 수 있었다.

시빌라는 건물 창문에서 나타난 소녀에게 다가갔다.

"안녕! 나를 기억하고 있니?"

소녀는 놀라면서도 살짝 끄덕였다.

"작은데도 일도 하고 장하네! 기왕 만났으니까 언니랑 놀지 않을래~?"

헌팅하러 온 거냐.

소녀는 역시 곤혹스러운지, 앳된 기색이 남아있지만 예쁜 음색으로 말을 이었다.

그러나— 그 이질적인 답변을 들은 나는 얼어붙고 말았다.

"논다……라뇨? 뭘, 말인가요. 강좌 책을 읽는 건, 즐거운데요…….”

시빌라조차도 뺨을 실룩거렸지만, 곧바로 다음 말을 이었다.

“아, 그런 게 아니라, 그래. 친구와, 하는 거야. 여자아이라면 소꿉놀이라든가, 함께 화관을 만들거나, 그리고 경쟁하는 수제 게임이나, 뭣하면 술래잡기라도…….”

시빌라는 웬일로 이런저런 몸짓 손짓을 섞어가며 필사적인 표정으로 말을 걸었다. 그중에는 마침 낮에 했던 게임도 포함되어 있었다.

평소보다 더욱 필사적인 시빌라의 말이었지만…… 다음 한마디가 나오자, 완전히 말을 잇지 못하게 되었다.

“흥미는 있네요. 하지만, 어느 놀이도 해본 적이 없고, 무엇보다.”

어느 놀이도 해본 적이 없다는 말을 듣자 시빌라는 아연실색했고, 거기에 추가타가 들어왔다.

“저에게는 친구가 없고, 만날 기회도 없어요. 있으면 놀이가 달라지는 건가요.”

“함께 즐기는 거야……! 그, 그럼 그래! 놀이를 가르쳐주는 부모님은—.”

마지막 질문의 대답은, 시빌라를 향한 마무리 일격이 되었다.

“어느 분도 얼굴을 몰라서요. 그럼, 저는 돌아갈게요.”

그렇게 말하고는 인사하고 떠나갔다.

“잠깐만…… 아직, 이야기를…….”

시빌라는 휘청거리면서 아무도 없는 창문으로 다가갔다. 그러나 대신 나타난 건, 하필이면 그 남자였다.

"대체 무슨 일입니까, 이런 곳에…… 어라, 당신은."

단상의 남자. 틀림없이 저 아이에게 지시를 내리던 녀석이다.

"……칵! 애쓴 여자아이를 위로해줬을 뿐이야. 일이 끝난 뒤에는 친구와 놀아야지!"

"사제님은 고고한 존재. 친구 같은 건 필요 없습니다."

"그건 그 아이가 바라는 일이 아니야."

시빌라가 따지자, 남자가 눈을 가늘게 떴다.

"설마, 뭔가 불어넣은 건가……? 사제님의 순수하신 『붉은색』이 혼탁해져서는 안 된다……. 우리가, 흐트러지기 쉬운 유치하고 저열한 마음을 올바른 길로 인도해야만 하는 거다……!"

검붉은 피웅덩이를 걸쭉하게 끓인 듯한 목소리. 시빌라는 그 더러운 오물을 날려버리려는 듯이 도발적으로—혹은, 약간 냉정함을 잃어버린 것처럼— 남자의 말에 반론했다.

"놀이도 포함해서 교육하는 게 아이에게 자연스러운 성장 아닐까?"

"완벽한 사제님의 교육이 일그러지는 일은 있어서는 안 된다……!"

쥐어짜는 듯한 목소리를 마지막으로, 남자는 서둘러 창문에서 사라졌다.

텅 빈 창문을 노려보던 시빌라도 혀를 차면서 그 자리를 벗어났다. 솔직히, 듣고 있던 나도 기분이 좋지는 않았다.

"대체 뭐야, 저 이상한 녀석은……!"

시빌라는 어딘가 먼 곳을 보듯이 중얼거렸다.

"그 아이…… 아직 신나게 놀아야 하는 어린아이가, 어른의 꿍꿍이에 이용당해서…… 친구를 만든다는 의미조차 모르고, 어린이의 귀중한 성장 시기를 저런 곳에서 혼자……."

그렇지. 내게도 구제이니 최고신이니, 그런 생각을 하는 아이로는 보이지 않았다. 비슷한 또래의 아이들과 노는 게 어울리지 않을까.

"무엇보다, 그런 순진무구한 아이의 아름다움이, 상납금을 빨아먹는 더러운 어른의 얼굴을 감추는 가면으로 이용당하고 있다는 게 제일 마음에 안 들어……!"

시빌라의 불만은 내 마음에도 꽂혔다.

나와 에미는 이러니저러니 해도 친구는 잘 만났고, 무엇보다 우리에게는 그런 녀석과는 전혀 다른, 다정한 프레데리카가 있었다.

공부만이 아니라 놀이, 친구 만드는 방법이나 화해하는 방법까지…… 여러 가지를 가르쳐줬다.

마델라에 오기 전, 시빌라가 기습적으로 후드를 벗겼던 붉은 머리의 소녀. 오늘 이야기해본 바로는 까놓고 말해서 나나빈스가 개구쟁이였을 시절과 비슷한 연령이라고 생각하는 것조차 어려울 정도였고…… 동시에, 기묘한 느낌이 들 만큼 이성적이고 총명한 아이였다.

만약 이 도시의 불안감을 만들고 있는 한 요인을 자신이 담당하고 있다는 걸 알면, 뭐라고 생각할까. 아니, 방금의 이야기로 추측하건대 애초에 도시에 들어온 적조차 없지 않을까.
"그 아이를 어떻게든 구할 수 없을까……."
"일단 조사해보자. 러셀도 협력해줄 거지?"
"말할 것도 없지. 에미의 몫까지 합쳐서 대답하자면, 얼마든지 협력하겠어."
그 녀석이라면 틀림없이 나 이상으로 협력해줄 거다. 그걸 모르는 사이는 아니다.

이 도시를 감싸는 이질적인 분위기, 다양한 수수께끼. 해결의 실마리는 아직 보이지 않는다.
그러나 나에게는 한 가지, 명확하게 하고 싶은 게 생겼다.

—저 남자, 한 방 때리고 싶다.

나는 시빌라와 마찬가지로, 다시 한 번 붉은 건물을 노려본 뒤 마델라로 돌아갔다.
하늘은, 오늘 하루 사이에 완전히 질려버린 색으로 물들어 있었다.

05 시빌라가 간파한 아이들에 대한 것. 내가 할 수 있는 것

돌아가는 길, 문득 나는 시빌라에게 신경 쓰이던 것을 질문했다.

"그러고 보니, 의도적으로 마물을 어쩌니 하는 이야기를 했던 것 같은데."

"아아, 그거 말이지? 예를 들어 위기에 처한 사람을 구해주면 뭔가를 요구하기 쉬워지잖아?"

"그렇지."

말하기 힘든 일을 성큼성큼 꺼내는 면에서는 믿을 수 있는 녀석이다.

"그 상황을 만들려면, 마물이 있는 게 유리해."

"……설마, 오크의 숫자를 조절하고 있는 건가!"

"적어도, 『오크에게 습격당한 사람을 구했다』라는 대의명분을 이용하고 있겠지."

시빌라는 지금까지의 고민하는 표정을 그만두고, 겨우 의기양양하게 입꼬리를 들었다.

"발생원을 찾아내면, 문제의 근원을 끊을 수 있어. 우리는 그게 가능해."

"그래. 우리가 오크가 출현하는 던전의 마왕을 토벌해버리면 되니까."

마왕을 토벌하면, 던전에서 넘쳐날 정도의 마물은 그리 간단히 나오지 않게 된다.

문제가 얼마나 해결될지는 알 수 없지만, 『붉은 구제회』가 마델라를 점거하는 상황에서 풀려나는 정도는 사정거리 안이다.

문제는, 오크가 나타나는 마델라 제2던전이 어디에 있느냐다.

"후우……."

시빌라는 머리를 흔들고는 항복이라는 듯 어깨를 으쓱했다.

"저번에는 바빴으니까 이번엔 좀 쉽게 할 수 있을 줄 알았는데, 이건 무리네. 미안하지만, 『적회』가 저런 규모라면 큐어링크는 뒤로 미뤄야겠어."

"그 녀석들이라면, 틀림없이 인해전술로 자신들의 기도 때문이라고 말하겠지."

그런 대화를 나누면서 고아원으로 돌아오자, 에미가 아이들과 놀고 있었다.

"다녀왔어, 에미."

"어서 와! 걱정은 하지 않았…… 역시 했어! 하지만, 괜찮을 줄 알았어!"

참으로 에미다운 마중이었다. 그러나 갑자기 얼굴을 붉히고는 고개를 수그렸다.

"에미는 장래에는 『어서 와』라고 말하는 직업에 취직하고 싶은 거구나~."

"헤윽?! 마마마…… 말하지 마요오~!"

……아아, 과연. 그런 뜻이었나. 나는 에미와 순간 눈이 마주쳤지만, 거북해서 그런지 서로 말없이 고개를 돌려서 머리를 긁적였다. ……시빌라 때문이다. 응. 시빌라 때문이다.

"내가 『어서 오세요. 여·보』라고 말하면 두근거려줄래~?"

"우왓, 등골이 서늘하잖아. 진짜 하지 마."

"너무 신랄하지 않아?!"

아니, 너는 굳이 따지자면 내가 들어와도 『늦었잖아』정도가 충분하다고. 내가 좋아하는 건, 전혀 아양 떨지 않는 너니까. ……기고만장할 것 같아서 말하지는 않겠지만.

그보다도 우선 확인해야 할 일이 있다.

"그런데 에미, 프레데리카 곁에 있어야 하지 않아? 호위라는 형태로 따라온 건데 여기 있다니, 무슨 일이야."

"프레데리카 씨가 둘 중 하나라면 아이들을 봐달라고 해서……. 그게, 프레데리카 씨는 인기가 많지만, 요리를 하고 싶다고 말했으니까."

나와 에미도 프레데리카가 함께 있을 때는 요리에 굉장히 큰 도움을 받았다.

그래도 아이들은 조리 중일 때는 위험하다는 걸 잘 모른다.

우리의 대화를 듣던 시빌라가 주변 아이들 한 명 한 명씩 머리를 마구 쓰다듬어주면서 뺨을 비비거나, 품에 안아줬다.

그 얼굴은, 오늘 최고로 장난기 넘치고 즐거워 보이는 웃음. 아이 한 명 한 명마다 대응하는 방식도 조금씩 차이가 있다. 어째서인가 했는데, 그 이유는 바로 알게 되었다.

시빌라는 전원을 모두 어루만져주고는 웃으면서 양손을 들었다.

"시빌라가 돌아왔어! 다들 착하게 지냈니? 애슐리의 제자라면, 이름을 불러주는 착한 아이로 자랐겠지~?"

"시빌라다."

"시빌라."

"시, 시빌라 씨……."

이름을 불리자, 시빌라는 웃으면서 아이들을 순서대로 안아주기 시작했다.

때로는 손을 잡아서 자기 머리를 쓰다듬게 하거나, 이마에 키스하거나 등등.

그게 끝나자, 아이들 중 두 명은 시빌라에게 달라붙었다. 남은 한 명은 얼굴을 새빨갛게 물들이며 우물쭈물하고 있다. 그 모습에서는 나쁜 감정은 전혀 느껴지지 않았다.

진짜냐…… 거리감 줄어드는 게 너무 빠르잖아. 자기가 억지로 끼어든 건가 싶었는데, 벌써 아이들이 먼저 다가오고 있다. 아드리아와 세이리스에서도 느꼈지만, 정말이지 이 녀석은 아이들을 너무 좋아하는군. 프레데리카는 물론이고 젬마 할머니보다도 아이들 다루는 법이 능숙하지 않나?

뭐, 할머니보다 나이 많을 가능성이 높으니까, 연륜이라는 건가.

시빌라는 일어나서 양 사이드에 있는 아이들의 머리를 토닥토닥 두드려주더니…… 이쪽을 돌아봤을 때 미간에 주름을 잡았다. 이 녀석, 어디서 느낀 건지는 모르겠지만 할머니 취급해서 화가 났군.

"마음을 읽지 마."

"……무슨 소리야?"

응? 아닌가. 이 녀석이라면 갑자기 나이를 상상한 내 마음 정도는 가볍게 읽고 불쾌해진 줄 알았는데, 아무리 그래도 이건 내가 멋대로 착각한 건가.

—아니, 잠깐.

그럼 왜 지금의 화기애애한 흐름에서 이렇게 불쾌한 표정을 보이는 거지?

"『성녀 전설, 여신을 향한 기도의 장』. ……이 공간만이라도 좋아. 부탁해."

그 말을 들은 순간— 시빌라의 생각과 행동을 모두 이해했다.

"《큐어 링크》."

『성녀 전설, 여신을 향한 기도의 장』의 진실.

잊을 수도 없는, 『마을 사람을 모두 기도로 고쳤다』라는 성녀 전설의 『기도』가 실은 성녀가 익힌 치료마법이었다는 이야기.

시빌라는 아이들의 머리를 쓰다듬어주거나, 얼굴을 자세히 보고 있었다. 그 모습으로 상황을 이해한 거겠지.

모종의 병 같은 것에 시달리고 있다는 걸.

"……어라."

아이 한 명이 일어났다.

"왠지 나, 배가 고파……."

“배가 고픈 건 건강하다는 증거야. 모두를 건강하게 해준 게 여기 있는 까만 형이지. 자, 애슐리의 제자인 너희라면 뭐라 말해야 할지 알겠지?”

손가락을 세우고 한쪽 눈을 감으며 아이들을 재촉하자, 다들 서로를 바라보더니 내게 감사 인사를 했다.

“감사합니다!”

조금 전 시빌라를 부르는 소리에 비하면 명백하게 탄력 있는 목소리. 몸이 좋아진 거다.

……까만 형이라는 호칭은 좀 아닌가 싶긴 하지만.

“이걸로 걱정거리는 끝! 당장 프레데리카에게 밥 달라고 재촉하러 가자~ 아직 다 안 됐으면 몰래 집어먹기라도 할까?”

시빌라는 이번에야말로 씨익, 하고 장난기 많은 고양이처럼 웃으면서 안쪽으로 향했다.

그 모습을 바라보던 에미가 한숨을 내쉬었다.

“나, 하루 내내 있어도 마음을 열어주지 않은 아이도 있었는데……. 하아~ 역시 시빌라 씨는 너무 대단하네.”

“신경 쓰지 마. 아마 저 녀석은 마법보다 아이들 다루는 법이 능숙해. 게다가, 시빌라도 너를 의지하고 있어. 나도 저 녀석도, 아무리 애써도 방패 역할과는 어울리지 않으니까.”

“에, 에헤헤. 그런가? ……응. 고마워! 좋~아, 힘내자~!”

시빌라에게 대항할 생각을 하는 것만으로도 너는 충분히 대단해. 나는 이번에는 교회와 여신 관계라서 그런지 이미 두뇌 방면에서는 대부분 맡기고 있으니까.

지식이 없으니까 섣불리 나섰다가 사태가 악화되는 일만큼은 피하고 싶다. 그런 『무능하지만 부지런한 사람』이 가장 미움받는다는 걸 자넷에게 들은 적이 있다.

그 대신, 지금처럼 그 이외의 일은 대부분 담당할 생각이다.

슬슬 시간이 됐다 싶어서 아이들과 함께 부엌으로 향했다. 애슐리는 찾아온 아이들의 모습을 보더니 눈을 크게 떴다. 역시 계속 함께 있던 사람이라서 눈치챈 모양이다.

"저기, 성자님…… 혹시."

"시빌라가 금방 간파해서, 바로 치료해줬어. 돈은 안 받을 테니까 안심해."

아이들이 괴로워하는 모습을 보는 건, 아무래도 마음이 술렁이니까 말이지.

애슐리는…… 다시 부엌에서 무릎을 꿇었다.

"가, 감사합니다. 성자님! 역시 성자님은 저의 신이에요! 성자님, 뭔가 할 수 있는 답례가 있으면……!"

"그럼 러셀이라고 평범하게 불러줘."

"역시 겸손하시네요. 러셀 님!"

정말로 텐션 높은 여자라니까. 여전히 대화가 전혀 맞물리지 않아.

눈을 돌리자, 프레데리카는 웃으면서 내게 손을 맞대며 사과했다. 프레데리카도 이 녀석의 기세에는 많이 고생해온 모양이다…….

프레데리카의 요리는 마델라에 와서도 변함없이 근사했고,

아이들도 평소 이상으로 많이 먹는다면서 애슐리가 기뻐하며 이야기했다.

아아, 이런 도시에서도 이렇게 손이 닿는 범위에 있는 사람을 구하는 건 좋은 일이군. 언젠가 치유 마법을 이 도시 전체로 펼쳐서 지금의 식탁처럼 밝게 만들어줘야겠지.

문득 브렌다가 나를 『흑연의 성자』라고 부른 날이 떠오른다. 그 웃음이, 애슐리가 입을 닦아주고 있는 눈앞의 아이와 겹쳤다.

……그 의미, 아이의 웃음소리에 구원받은 건 나일지도 모르겠어. 이게 시빌라의 원동력이라면, 그 마음도 이해가 간다.

부모님의 얼굴을 모르는 순진한 고아들을 보면서, 나는 전혀 웃음을 보이지 않았던 아름다운 소녀가 떠올랐다. 시빌라와 놀고, 프레데리카의 요리를 먹는, 그런 일상.

나는 그 아이가 이 안에 섞이는 환상을 봤다.

다음 날 아침. 창문에서 들어오는 빛은 어둡고, 칙칙한 구름이 도시를 덮고 있었다.

바깥은 조용하고, 햇볕도 적은 탓에 새벽에 일어난 건지 착각하게 된다.

어제 식사 중, 프레데리카와 애슐리에게 오크 토벌을 보고했다.

“시빌라, 오늘은 어떻게 하지?”

“글쎄……. 일단 확인하고 싶은 게 있으니까, 그쪽을 보고 나서 정할래."

나와 시빌라는 다시 에미에게 호위를 맡긴다는 걸 아침 식사 때 두 사람에게 전하고는 방으로 돌아와서 얼추 장비를 착용했다. 오늘은 가벼운 장비다.

현관 앞에서는 시빌라가 이제 완전히 친해진 아이들의 머리를 마구 쓰다듬어주고 있었다. 안아주기도 하고 들어 올리기도 하고 있다. 나도 혼자 몰래 보고 있던 아이의 머리를 가볍게 쓰다듬어줬다.

"기운, 받았어!"

시빌라는 모두에게 얼빠져 보일 만큼 밝은 미소를 보내고는 손을 흔들며 고아원 밖으로 나왔다.

나도 아이들의 배웅에 가볍게 손을 흔들어 답하고는 뒤를 따라 밖으로 나갔다.

그러나 막상 건물 밖으로 나오자, 시빌라의 눈은 진지함 그 자체였다.

"오늘은 다시 도시 안을 탐색할 거야. 따라와."

시빌라의 행선지는, 도시 중심부.

모험가 길드와 가까운 곳에 있는, 이 도시의 운영에 관련된 건물이 밀집한 곳이다.

마도구 가게가 많고, 영주 저택으로 보이는 건물이나 관공서 같은 건물도 있거니와 커다란 시계탑도 있다. 저 시계탑도 마도구 부류일까. 영주의 위신을 건 듯한 훌륭한 건조물이다.

시빌라는 건물 뒤에 숨듯이 좁은 골목으로 발을 들였다.

어제도 실컷 봤던 오페라글라스를 꺼냈는데……. 이런 마을 한가운데에서 엿보기?

내가 의문으로 여기는 와중에도 시빌라는 그 도구를 써서 우편 길드를 봤다.

“조금 집중할게.”

뭐가 그렇게 신경 쓰이는지, 한마디도 하지 않고 숨소리조차 들리지 않을 만큼 건물을 응시하고 있다. 나는 오히려 숨어서 몰래몰래 하는 모습을 누가 수상하게 볼 것 같아서 신경 쓰이는데……. 일단 괜찮겠지만, 주변을 조심하기로 할까.

“역시나…….”

시빌라는 그렇게 말하고는 일어나더니 한숨을 내쉬며 우편 길드 쪽으로 발을 옮겼다. 아니, 평범하게 우편 길드로 들어가는 거냐……. 그렇게 생각했는데, 건물 뒤편으로 슬쩍 돌아 들어 갔다.

건물 뒤에는 쓰레기장이 있고, 타버린 종이 쓰레기가 든 소각로가 있었다. 시빌라는 이 더러운 검댕투성이 장소에 있는 검은 덩어리 안에 주저하지 않고 손을 넣었다.

“아직 형태가 남아있으면 좋을 텐데. 아마 있겠지만……. 나중에 큐어 부탁해.”

“알았다.”

세정마법을 겸한 나의 큐어를 받는 걸 전제로 두고 몸을 더럽히면서 뭔가를 찾고 있다. 이윽고 목적이었던 걸 찾았는지, 손에 넣은 종잇조각을 내게 보여줬다.

"이건…… 편지 같은 건가?"

"응. 보고 싶은 건 봤어. 이탈하자."

목적을 달성한 시빌라에게 마법을 걸어준 뒤, 우리는 우편 길드에서 나왔다.

결국 건물에는 들어가지 않고, 아무도 없는 한산한 거리 한 곳에 멀뚱히 세워진 낡은 벤치에 앉았다. 그리고 시빌라는 크게 한숨을 내쉬었다.

"러셀은 어째서 이게 있다고 생각해?"

"이미 읽은 편지를 태운 거겠지."

"뭐, 보통은 그렇겠지."

시빌라는 손에 든 종잇조각을 내게 넘겼다. 회복마법을 걸자, 나타난 건 꽤 고급스러운 종이로 된 의뢰서였다. 내용은…….

"……하몬드 모험가 길드 앞으로 보내는, 구원 의뢰?!"

"응. 줍지는 못했지만, 아마 세이리스에 보내는 것도 있지 않았을까?"

이걸 읽어야 하는 건 하몬드의 모험가 길드 마스터일 거다. 그걸 마델라의 우편 길드가 먼저 읽고 나서 태웠다고? 말도 안 돼.

"줄곧 의문이었어. 어째서 이렇게 도시 주변…… 즉, 어딘가의 던전에서 마물이 흘러나오고 있는데 다른 도시의 모험가 길드에 구원 의뢰를 보내지 않은 건지."

그 해답은, 하나.

“우편 길드의 창문 안쪽에 있던 사람…… 붉은색 옷을 입었지?”

“감이 날카로워져서 기쁘네. 정답이야. 이 도시 중심부에 『적회』 녀석들이 파고들어서 정보 통제를 하고 있어. 특히 우편 시스템을 쥐고 있다는 게 뼈아프네.”

시빌라는 잿빛 하늘을 올려다보고는 앞머리에 숨을 불어서 흔들리는 모습을 멍하니 바라봤다.

“모험가 길드는 구원 의뢰를 보냈지만, 다른 도시의 길드에 도착하지 않았어. 대신 『붉은 구제회』 녀석들이 토벌하고 있지. 뭐~ 주민들도 결과적으로 마물이 쓰러졌으니까 불만은 없었을 거야. 구원이 오지 않아도 크게 신경 쓰이지 않을 거고. 전부 **적당적당히** 넘긴 거야.”

이 도시의 지금 상황이 들은 나도 하늘을 올려다봤다.

푸른색이 보이지 않을 정도로 구름이 낀 하늘은 흐릿했다. 하늘이 떨어지는 듯한 압박감이 들면서도, 정오가 가까워서 어중간하게 밝은지라 어딘가 퇴폐적이고 긴장감이 없는 하늘이었다.

“그래도, 아무것도 알 수 없는 것 같으면서도 확실히 알 수 있는 게 있어. 모험가 길드의 구원 요청을 막은 건, 『줄어드는 건 곤란하니까』야.”

시빌라에게 받은 의뢰서를 다시 봤다. 이게 결정적인 증거다.

“자, 그럼 지금부터 러셀이 조금 움직여줄 필요가 있을지도 모르겠네.”

"뭐냐. 말해봐."

"나는 지금까지 줄곧 서치 플로어 마법을 쓰고 있었어."

서치 플로어…… 색적마법. 던전에서 마물을 감지하기 위한 마법이다. 그렇군. 누군가가 다가오는 기척 등을 감지해서 들키지 않게 움직이고 있었던 건가.

……그럼, 왜 지금 그 이야기를 하지?

시빌라는 벤치에 앉은 내게 얼굴을 내밀었다. ……굉장히 가까운데.

이런 아침에 바깥에서 대체 뭘 할 생각이야. 잠깐, 이봐 그만—.

"움직이지 마. 미행당하고 있어."

—큭, 어느새……!

시빌라는 그대로 벤치에 무릎을 세워서 내 무릎 위에 앉았다. 마치 미술품 같은 얼굴이 바로 근처까지 왔지만…… 이 녀석을 보고 긴장할 수 있겠냐.

"대처 방법은 지금부터 말할게."

아무래도 시간이 별로 없는 모양이다.

"알았다."

나는 바로 진정했고, 시빌라에게 짧게 대답했다.

"러셀에게는 첫 대인전이 될 테니까, 할 일은 하나. 무영창으로 트랩을 쓸 것. 내가 벤치에서 일어난 뒤, 그 발밑으로."

어비스 트랩. 마지막으로 익힌 마법이자, 마왕이 입고 있던 것을 날려버린 마법이다.

"그 마법의 진가는 대인전이야. 원래는 위험하니까 쓰지 말아야겠지만, 나도 좀 열받아서."

시빌라는 말을 끝내자마자 내 옆에 앉아서 때때로 왼쪽을 보거나, 오른쪽을 보면서 발밑의 흙을 신발로 파냈다. 몰래몰래 그런 뒤에는 팔을 쭉 뻗더니…… 만족했는지 일어났기에 나도 따라 일어났다.

할 일을 끝낸 거겠지. 시빌라와 나란히 서서—.

'《어비스 트랩》.'

—마지막으로, 시빌라가 있던 곳에 마법을 썼다.

언뜻 봐서는 무슨 일이 일어났는지 전혀 알 수 없다. 그대로 벤치를 떠나서 길을 꺾은 순간— 시빌라는 단숨에 내달렸다.

손을 잡은 나도 함께 달렸다. 그대로 두 번 길을 꺾으면, 당연히 원래 벤치가 있는 곳으로 나온다.

시빌라는 나를 묵묵히 바라보면서 허리를 살짝 두드렸다. ……검이라. 장비는 가볍지만, 그래도 가져오기는 했다. 내가 검을 뽑자, 그 직후—!

"크아악……!"

커다란 목소리와 함께 비명이 솟구쳤다. 틀림없다. 어비스 트랩이 발동한 거다.

시빌라 앞으로 나서자, 그곳에는 옷이 크게 찢어진 남자가 있었다. 나는 그 남자에게 검을 들이밀었다. ……죽지는 않은 모양이군.

시빌라는 즐겁게 팔짱을 끼면서 남자를 내려다봤다.

"뭔가 있을 줄 알았어? 유감이네요! 그냥 파냈을 뿐이야~."

남자가 눈을 크게 떴다. 요컨대 뭔가 했다는 시늉을 보여준 건가. 거의 도박이군.

그러나 상대가 함정에 빠졌기에, 시빌라는 무척 즐거운 표정이었다.

"우리를 미행하던 『붉은 구제회』의 남자, 대체 뭘 숨기고 있을까~? 뭔가 용건? 들어줄 수도 있는데?"

"……."

"허리에 무기가 있는데, 우리를 협박하라고 명령받았어? 예를 들어…… 귀여운 사제 옆에 있던 썩어빠진 아저씨라든가."

"큭! 대주교님에게 무슨 무례한……!"

"역시 그 녀석이 사제 아이보다 위였구나."

"아……."

남자가 실언하자, 시빌라는 다시 씨익 웃었다.

"응응. 상사가 고개를 숙이면, 부하는 거절하기 힘들긴 하겠지~."

주교는 사제보다도 지위가 높다. 그 아이는 대주교 남자가 부탁한 뒤에 『여신의 서』를 낭독했다. 고개를 숙이는 상사라는 상황을 자작하고, 그 사제 아이를 조종하면서 겸손한 남자라는 걸 연출하고 있는 거겠지.

겸허한 대주교의 모습을 신자에게 보여준다. 모두 대주교의 손바닥 위인 건가.

"나에게 대주교가 어떤 사람인지를 까발린 셈인데, 과연 당신은 어떻게 될까?"

"그분은, 실패한 정도로 벌을 내리는 분이 아니다."

"헤에~ 흐응~ 그렇게 생각하는구나~.……진심으로 그렇게 생각해? 진짜로? 그 조그만 사제 아이에게 친구가 하나도 없는 것도 아무렇지도 않게 생각하는 대주교를?"

시빌라가 묻자, 남자는 시선을 약간 돌렸다. 나도 말을 덧붙일까.

"마음 어딘가에서는 의심하고 있겠지? 사정을 모르는 내가 보더라도 그 사제 아이는 이상해. 이야기를 나눠봤는데, 부모를 모르고 친구도 없지. 놀이 같은 건 하나도 몰랐어."

"……사제, 님은……."

"나는 당신을 죽일 생각은 없어. 아, 돌아간 당신이 무사할지는 모르겠지만. 아아~ 그래도 그 대주교 너무 싫으니까아~ 나, 붉은 구제회가 킬러를 고용했다는 거얼, 실수로 까발려버릴지도~."

동료인 내가 말하는 것도 좀 그렇지만, 굉장히 재수 없다. 정말 오늘도 시빌라는 굉장하다.

그건 그렇고. 그 『붉은 구제회』 녀석들이 이 녀석을 살려서 돌려보낸다는 보장은 어디에도 없다. 뭐니 뭐니 해도 사람을 써서 우리를 노려놓고 실패했으니까.

"그, 그만둬…… 나에게는 아이가……."

아이— 그 단어를 들은 순간, 시빌라는 노골적으로 불쾌해졌다.

"뭐? 아이가 있는데 잘 알지도 못하는 종교를 위해 자기 목숨을 걸어? 당신은 자기 자식하고 본 적도 없는 신, 어느 쪽이 소중한데?"

멱살을 잡아서 힘을 잃은 남자의 몸을 들어 올렸다.

"이렇게 될 가능성 정도는 생각해보지 않았어? 당신에게 자식은 그렇게나, 그렇게나 아무래도 좋은 존재였어? 본 적도 없는 붉은 신에게 충성을 바칠 정도로?"

"그건…… 대주교님의 의뢰는, 거액의 보상금이 나오니까…… 나처럼, 아내가 도망친 집에는, 그 돈이…… 대주교님 말고는, 나를 구해주지 않아……."

……과연. 경제적으로 어려운 점을 노린 건가.

시빌라는 남자의 멱살에서 손을 떼고는 근심 어린 눈으로 어깨에 손을 올렸다.

"사정은 알았어. 정신적으로 약해졌을 때는 정상적인 판단을 하기 어렵지. 하지만…… 당신은 분명 버림패야. 그 의뢰, 지불하기는커녕…… 보고한 후에 당신이 무사할지는 알 수 없어."

"그건……."

"알고 있는 것, 전~부 이야기해줄 수 있을까? 그럼 모두 함께 살아남을 방법 정도는 가르쳐줄게. 나는 『붉은 구제회』 녀석들보다는 머리가 좋거든?"

남자는 시빌라의 설득에 넘어가 우리에게 다양한 정보를 말해줬다.

이 도시에서 『붉은 구제회』가 뭘 하고 있는가. 이 남자는 무슨 명령을 받았는가. 다른 협력자는 누구인가. 뭘 알고 있는가. 뭘 모르는가 등등.

녀석들이 노린 건 시빌라의 목숨이었다……. 그런데도 시빌라는 그 부분을 가볍게 넘겼다. 그러나 정보 중 하나를 듣자, 시빌라는 미간에 주름을 잡았다.

"설마…… 그렇게 된 거였어……?"

나는 모르겠지만, 시빌라는 뭔가 눈치챈 모양이다. 그녀는 정보를 다 듣고는 남자의 몸에 하얀 천을 씌워줬다. 그리고 향한 곳은…… 남자의 집.

"먼저 대전제로, 당신은 사람을 습격한 죄인으로 붙잡혀줘. 살펴보니까 병사는『붉은 구제회』가 아니었어."

"그, 그럼 아이가……!"

"우리는 이 도시의 고아원에 신세를 지고 있으니까, 거기서 일시적으로 아이를 돌봐줄게. 고아원에 있는 건【성기사】고, 부임해온 건 교회의 관리 멤버라 우수해. ……어머?"

시빌라가 향후의 일에 관해 설명하자, 남자의 목소리를 들었는지 집 안에서 아이가 현관문을 열었다.

"어서 와……. 앗, 우왓~ 아빠 너덜너덜하잖아. 무슨 일이야?"

"그래, 조금 실수해서 말이야."

"엄마가 없어지고 나서 멍하니 있기만 하잖아~ 또 속아 넘어가지 않게 정신 똑바로 차려야지~."

"……그렇, 지……. 그래, 정말, 그 말이 맞아……. 그렇구나, 이 녀석도……."

아이와 대화하던 남자는 겨우 깨달은 모양이었다. 만약 『붉은 구제회』에게 불리한 상황이 되었을 때, 자신이 없어진다면 아이도 똑같은 신세가 된다는 것을.

……분명 불안정한 정신이 아이의 목소리를 듣고 돌아온 거겠지.

"얘야. 아빠는 한동안 돌아오지 못할지도 몰라. 그때까지는 이 누나가 돌봐줄 거다. 어때?"

"누나?"

시빌라는 방 안을 힐끔 본 뒤에 쪼그려 앉아서 양 주먹을 쥐어서 보여줬다.

소년은 그 모습에 놀라더니, 양 주먹을 부딪쳤다……. 뭐야 이게? 양손을 하나씩 위로, 아래로 교대로 부딪치더니, 마지막으로 양 손바닥을 터치.

"누나. 검성 님의 인사를 할 수 있다니 끝내주네!"

"너도 그 나이에 마스터하다니, 센스가 좋네! 끝내줘!"

아무래도 방 안에 있는 검성의 무언가를 보고, 아이가 검성을 좋아한다고 판단한 모양이다. 역시 아이들을 좋아하는군. 당연한 듯이 아이와 단숨에 거리를 좁혔다.

아이가 완전히 웃게 되자, 시빌라는 일어나서 놀란 남자를 향해 진지한 표정으로 물었다.

"이 아이는 『붉은 구제회』와는 무관계. 붉은 신이 아니라, 태양의 여신에게 맹세할 수 있어?"

"그래. 물론이지. 이 아이는 내 행동하고는 상관없어."

"알았어. 이 아이는 내가 책임을 지고 맡겠습니다. ……괜찮아요. 다시 만날 수 있어요."

시빌라는 마지막으로 정중한 말을 골라서, 처음으로 다정하게 웃었다.

그 미소는 여신 그 자체.

시빌라가 아이에게 진지한 모습을 보이자, 남자는 마음에 와닿았는지 처음으로 눈물을 흘렸다.

"으…… 나는, 대체 무슨 짓을……."

"약해졌을 때 이용당한 당신을, 나는 책망하지 않아. 실패는 괜찮아. 제일 문제인 건, 다시 일어서지 못하는 거니까."

남자는 마지막으로 깊이 감사를 표했고, 우리는 함께 도시 병사에게 가서 신병을 맡기고 보내줬다.

병사에게 끌려가는 아버지를 본 소년은 갑작스러운 전개에 삼켜져버렸다. 그런 아이의 머리를 쓰다듬어준 시빌라는 웃으면서 「괜찮아」라고 전해줬다.

나와 시빌라와 소년, 셋이서 고아원으로 향했다. 오늘 일은 끝……인 줄 알았지만, 아무래도 옆에 있는 이 녀석의 머릿속은 계속 움직이고 있었던 모양이었다.

"러셀. 어쩌면 도시를 뒤덮은 건강 문제의 원인을 알게 된 걸지도 몰라."

"진짜냐. 그 이야기 속에 뭔가가 있었나?"

"예상은 했지만, 모두 결정타는 아니라고 생각했었거든. 하지만 아까 힌트가 있었어."

아까 이야기 속에 말인가? 그래서 고민하고 있었던 거로군.

"그걸 이야기하기 전에, 생각했었던 가설들을 설명할게."

시빌라는 먼저 손가락을 하나 세웠다.

"먼저 마법은 무리야. 규모가 너무 크니까."

설명하면서 연이어서 두 번째, 세 번째 손가락을 세웠다.

"물도, 어제 본 바로는 수원(水源)의 마석을 포함해서 문제 없음. 마도구의 일종인 아로마나 향료 가게도 그때 확인해 봤는데, 모두 시험해 본 바로는 수상한 게 없었어."

이 녀석. 내가 하얀 천을 조달하는 사이에 거기까지 예상하고 혼자서 조사하고 있었나.

시빌라는 세운 세 개의 손가락을 보여주면서 네 번째도 세웠다.

"대화나 접촉 같은 공기 감염. 이것도 아이들이 병에 걸렸는데 우리가 걸리지 않으니까 아니겠지."

"……그럼 뭐가 원인인 거냐."

나는 시빌라의 손가락을 바라봤다.

"힌트와 일치한, 이 병이 만연하는 원인은—."

시빌라는 마지막 엄지까지 세우면서 손을 펼치고는…… 꽉 움켜쥐었다.

"—음식이야."

그 시선 너머에는, 고아원이 있었다.

06 도시를 뒤덮은 병마의 원인과, 퍼트린 인물은

소년의 사정을 설명하자, 프레데리카는 바로 소년을 받아들였다.

"그래. 큰일이었겠네."

"아빠가 또 실수한 모양이니까……. 그래도, 난 얌전히 기다릴게."

"장하네~. 다들 친하게 지내주렴."

프레데리카가 쓰다듬자, 소년은 부끄러워하며 고개를 끄덕였다. 나와 에미를 길러준 프레데리카는 아이를 돌보는 것에 관해서는 경험이 풍부하다. 맡겨도 되겠지.

시빌라가 프레데리카와 함께 요리하고 싶다며 손을 들자, 애슐리가 당황했다.

"아니아니, 손님한테 요리를 시킬 수는 없어요! 그보다, 여기 좁다고요! 건물은 큰데도! 부엌은 좁아요! 흔한 막장 설계네요!"

"아~, 이해해~. 거실은 넓어서 대가족용인데 씻은 집시를 둘 장소를 생각하지 않는다거나, 애초에 도마를 둘 곳을 전혀 상정하지 않는다거나."

"우와~, 이해해요! 여기가 바로 그런 건물이거든요! 구울 장소를 놔뒀을 뿐이잖아! 그렇게 말하려는 듯한 이것저것 때문에 기본적으로 1인 작업용! 그래서 세 명은 무리에요!"

이해가 가는 듯도 하고 안 가는 듯도 하지만 텐션이 높은 대화가 펼쳐졌다. 뭐, 나는 어느 쪽이든 상관없지만.

"그럼, 나도 지켜봐도 될까?"

"재미있는 건 아닌데요? 오히려 나이프를 가지러 찾아오는 개구쟁이들을 부탁드려도 될까요?"

"어라, 그건 확실히 성가시겠네. 알았어. 그럼 러셀이 부엌에 있어."

그런가……. 응? 내가 부엌에 남는 건가?

"러셀 님도 거실에서 쉬고 계세요!"

"그 『님』이라는 걸 떼어내준다면 거실에 갈 수도 있어."

"그럼 프레데리카 씨도 기합을 넣으실 것 같으니까, 계속 부를게요. 러셀 님!"

완전히 선택에 실패했다.

이거야 원…… 아마 시빌라가 봐두고 싶은 게 있으니까 나나 자신 둘 중 한 명이 부엌에 남아야 한다고 판단했겠지.

떠나갈 때, 시빌라가 내 어깨 가까이 얼굴을 가져가더니 나 말고는 들리지 않는 작은 목소리로 속삭였다.

"—애슐리를 주의해서 관찰."

시빌라는 그것만 말하고는 얼굴을 떼어냈다. ……애슐리, 라고?

"그럼 프렛치, 다들 내가 착한 아이로 만들어 둘 테니까 요리는 맡길게."

"알았어~. 시빌라에게 맡겨두면 안심이네!"

프레데리카에게 손을 흔든 그녀는 곧바로 부엌에 들어오려는 아이를 간지럽히고는 새로 들어온 아이에게 손짓했다.

"『남자는 한 번 맞붙으면 친구가 된다』."

"앗! 그건 검성 알렉 님의……!"

"모두 함께 나뭇가지로 대련하는 거, 어떨까? 나도 꽤 강하거든~?"

어지간히 검성을 좋아하는지, 완전히 시빌라의 유혹에 이끌려버린 소년은 눈을 반짝이며 함께 부엌을 나갔다.

방 안에는 나와 수녀들, 세 사람이 남았다. 말을 들었으니, 지켜보기로 할까.

"후후후. 저 아이도 완전히 녹아들었네. 고아원 선생님을 계속하고 있지만, 시빌라를 보고 있으니까…… 조금, 풀이 죽는단 말이야~."

"에미도 그런 말을 했었는데, 프레데리카가 봐도 시빌라는 거리를 좁히는 속도가 빠른가."

"무지막지하게 빨라. 힌트가 있으면 좋을 텐데, 남녀 불문하고 만난 순간에 상대가 제일 좋아하는 걸 이해하고 대하고 있어. 저 재능, 갖고 싶네~."

"역시 프레데리카 씨라도, 이게 진짜냐고 말하고 싶을 만큼 무리인가 보네요. 어느새 다들 『시빌라는 어딨어?』라고 말하더라고요. 이게 진짜냐고 생각했어요. 진짜냐."

세 번 말했다. 진짜냐. 그런 반응을 보자 프레데리카도 웃으면서 채소를 자르며 수긍했다.

"굉장하지? 어디를 보고 알아채는 걸까……. 애슐리, 소금."

"네."

두 사람은 대화를 나누면서도 자연스럽게 분쇄기를 건네주고 있었다. 서로 익숙해 보이고, 요리의 연계도 완벽하다. 그 정도로 오래 알고 지낸 거겠지.

나는 뒤에서 멍하니 조미료 선반을 바라봤다.

하얀 분말 형태의 조미료가 들어있는 병이 두 개. 그리고 얇은 나뭇잎과 하얀 열매. 후추인가……. 조미료가 꽤 많이 있군. 이건 프레데리카의 고집이겠지.

프레데리카가 나이프를 쓰고, 애슐리가 하얀 조미료 병을 열었다. 평범한 조리 풍경.

—이 위화감은, 뭐지?

혹시, 시빌라가 나를 남긴 이유가 이 위화감인 걸까.

그대로 지켜보자, 아무 일 없이 요리가 완성됐다.

"다 됐다아! 오늘도 모~두가 자안뜩 먹을 수 있게 만들었어."

프레데리카가 만든 냄비 안에는, 맛있어 보이는 고기와 채소가 들어 있는 요리.

그렇군. 새로 아이가 늘어났으니까 요리도 많이 만든 건가. 검성을 동경하는 기운찬 소년. 틀림없이 왕성하게 먹겠지.

"애슐리도 수고했어."

"이야~, 역시 프레데리카 씨는 최고예요. 학문이 메인인데,

요리 실력도 수준급!"

"공부는 일이지만, 요리는 좋아서 하는 거니까."

"좋은 아내가 될 거예요!"

"어머, 싫다! 이런 나이로는, 이미 여신님에게 바친 거나 다름없어~."

교회는 수녀의 혼인을 금지하지 않는다.

자넷의 이야기에 따르면, 남신을 신앙하는 나라에서는 수녀의 순결을 신에게 바친다면서 결혼을 하지 않는다는 이야기도 있다고 한다.

하지만 여신을 신앙하는 이 나라에는 그런 제약이 없다. 단, 인생을 태양의 여신에게 바치고 활동하는 것을 『여신에게 인생을 바친다』라고 말하기도 한다.

이봐, 태양의 여신. 이렇게나 애쓰고 있는 프레데리카에게는 좀 더 좋은 만남이 있어도 될 것 같은데. 어떻게 생각해?

"……응? 왜 그래, 시빌라."

요리가 완성됐기에 옮기면서 자리에 앉은 시빌라가 어째서인지 나를 게슴츠레 보고 있었다.

"뭔가~ 태클을 기다리는 건가 해서."

"영문을 모르겠는데……."

나는 영문을 알 수 없는 시빌라에게 어이없어하면서 프레데리카의 요리를 입에 넣었다. 약간 담백하면서도 따스한, 프레데리카의 성격을 드러내는 다정한 맛이었다. 찾아온 아이도 프레데리카의 요리를 맛있게 입에 넣고 있다. 이러면 안심할 수 있을 것 같다.

그러나, 요리를 맛보면서도 시빌라가 했던 말이 무척이나 신경 쓰였다.

애슐리는 아이의 건강이 좋아진 걸 자기 일처럼 기뻐했다. 그게 거짓으로는 보이지 않았지만, 시빌라는 대체 무엇을 의문으로 여긴 걸까. 그러나 동시에 시빌라가 이 국면에서 잘못된 판단을 내릴 것 같지도 않다. ……그래도, 잘 모르겠다.

"많이 움직이고, 많이 먹었지~? 낮잠도 푹 자면, 모두 멋있는 아이가 되지 않을까? 여자아이는 나 이상의 미인이 될지도?"

"에이. 시빌라보다 미인이라니 무리야~."

"도전하기 전부터 포기하면 안 돼. 뭐, 나는 세계 제일의 미인이니까 뛰어넘는 건 무리겠지만."

"말하는 게 엉망진창이잖아~."

시빌라는 아이들에게 둘러싸인 채 잠을 재우러 침실로 향했다. 아무리 시빌라라도 혼자서는 손이 모자라니까, 남은 아이는 에미도 도와줬다. 프레데리카가 부엌으로 돌아가자, 나는 설거지를 하겠다고 입후보해서 담당하기로 했다.

할 일이 없었기에 도와준 것에 불과하지만, 프레데리카는 곤란한 듯 말했다.

"정말, 괜찮은데~."

"하게 해줘. 이미 어린애도 아니고, 프레데리카와도 대등하게 있고 싶으니까."

"왠지 새까매지고 나서 멋있어졌네. 사실은 【성자】라는 것만으로도 나보다 훨씬 지위가 높거든?"

"태양의 여신이 우연히 나에게 떠넘겼을 뿐이잖아. 잘나진 건 아니야."

특히, 시빌라가 싫어하던 『붉은 구제회』처럼 겉모습만 보고 고개를 숙이는 건 진심으로 사양이다. 그러지 않는다면, 나는 시빌라 옆에 설 자격을 인정받지 못할 테니까.

"후후후…… 정말로, 멋있네. 표면적으로 멋진 것만이 아니라, 심지가 좋다고나 할까."

"칭찬해봤자 아무것도 안 나와."

"설거지를 해주는 남자라는 것만으로도 보수는 충분하고도 남게 받은 거야. 남자는 요리를 하더라도, 만드는 것만 하고 냄비는 내팽개치는 사람이 꽤 많으니까."

그런가? 나는 결국 요리를 만들 수는 없었기에 그런 감각은 잘 모른다. 그러나 요리를 만드는 프레데리카가 기뻐해준다면 나쁜 기분은 들지 않았다.

……그러고 보니, 이럴 때 떠들썩하던 녀석이 조용한데? 그래서 뒤를 돌아봤다. 그곳에는 웬일로 표정을 지우고 나를 가만히 바라보는 애슐리가 있었다.

"정말로, 정말로…… 정말로 러셀 님은, 진짜로 멋있는 남자네요……."

"애슐리도, 칭찬해봤자 아무것도 안 나와. 그리고 님은 필요 없어. 나 참, 멋있는 남자에게 진짜이니 가짜이니 일일이 말할 필요가 있는 건가?"

"—필요해요. 가짜는 있으니까요."

어째서인지 명확하게 단언했다. 그 음색이 너무나도 평소와 다르고 덤덤해서…….

"대체 왜 그래……?"

"……아, 앗! 아아, 아뇨! 아무것도 아니에요! 하하……. 이야~, 프레데리카 씨가 좋은 아내가 된다면, 러셀 님은 좋은 남편이 되시겠네요!"

당황하던 애슐리는 정말로 별생각 없이, 우리를 보고 생각한 걸 말한 것에 지나지 않겠지. 그러나 그 두 개를 나란히 언급한 말투에서는…… 뭔가, 다른 상상을 하게 된다.

"……."

프레데리카는 부끄러운 듯이 눈을 치켜뜨고 나를 힐끔힐끔 바라보더니, 성직자치고는 눈에 많이 띄는 부위를 양팔로 끌어모았다. 나는 옛날부터 이어져 온 버릇으로 눈을 돌렸다. ……절대 애슐리에게 들은 말을 의식해서 눈을 돌린 건 아니다.

우리의 모습을 보고 자기가 한 말의 의미를 겨우 눈치챈 애슐리는 황급히 해명했다.

"……앗…… 아, 아앗……! 죄, 죄송해요. 그럴 생각은……."

"저, 정말. 안 되잖니? 나는 괜찮아도, 러셀은 싫어할 테니까."

"그렇게 도량이 좁은 사람으로 자라난 기억은 없는데. 그리고 설거지 끝났어."

"앗……. 저기, 고마워. 러셀은 손재주도 좋고 빠르네. 요리도 배워볼래? 같이 부엌에 서본다거나."

나는 묵묵히 고개를 내저었다. 옛날에는 그것도 동경했지만, 에미를 생각하면, 과보호하던 것도 그렇고, 그녀가 얼마나 나를 소중히 여기고 있는지는 의식하고 있다.

프레데리카도 밑져야 본전으로 물어본 거겠지. 조금 쓸쓸한 듯이 한 발짝 물러섰다.

"……네? 러셀 님, 여기서는 수락해야죠~."

애슐리는 사정을 모를 테니까, 무시.

그러나 최근의 에미는 내면도 변했다. 어쩌면 지금의 에미라면, 내가 나이프를 드는 것도 받아들여 줄지도 모른다.

침실로 돌아가자, 시빌라와 에미가 이미 쉬고 있었다.

"러셀, 수고했어~ 설거지한 거지?"

"나만 아무것도 하지 않았으니까. 두 사람도 기운찬 꼬마들을 상대하느라 힘들었지?"

"아냐~. 낮잠도 잘 자는 아이들뿐이라 다행이야. 어엿하게 성장하고 있네."

시빌라가 아이들을 칭찬하면서 말할 때는, 까불까불한 얼굴이 아니라 온화한 어머니 같은…… 그야말로 여신 같은 표정이 된다……. 그렇게 생각하고 있었다.

"왜 그래? 시빌라."

그러니 위화감을 눈치채지 못하는 게 무리다.

시빌라는 아이들에 대해 이야기하면서도 계속 미간에 주름을 잡고 있었다.

말도 안 된다. 이 녀석의 성격을 안다면, 지금의 대화에서 나올 표정이라고는 생각할 수 없다.

"에미. 뭔가 이상한 점은 없었어?"

"네? 으~음. 두 사람이 없을 때는 프레데리카 씨가 요리를 만들고, 오늘도 똑같았어요. 애슐리 씨는 장을 보러 갔고."

"식재료를 사러 간 게 애슐리구나. 딱히 이상한 기색은 없었어?"

"으음…… 없었어요. 꽤 늦게 돌아왔다는 것 정도? 그리고, 사 온 게 콩하고 채소하고 고기였어요. 아마 설탕하고 소금도 샀을지도."

이야기를 들어보면, 이상한 점은 없다.

"이봐, 아까부터 대체 뭐야? 잠을 잘 자니까, 아드리아의 꼬마들에 비해서는 낫다는 정도의 감상만 드는데."

그러나 돌아온 시빌라의 말을 듣자, 이 녀석이 무엇에 짜증을 내는 건지 바로 이해했다.

"러셀. 한 번 더…… 한 번 더, 큐어 링크를 이 건물에."

"설마……《큐어 링크》!"

나의 몸 상태에 커다란 변화는 느껴지지 않는다. 에미도 놀라면서 나를 보고 고개를 갸웃했다. 그러나 시빌라는 눈치챈 거다. 나는 목소리를 줄여서 물었다.

"오늘 요리에도, 건강 문제의 원인이 들어있던 건가?"

"응. 아이들은 왕성하게 먹고 몸이 작아. 그래서 영향이 크게 드러나는 거야."

시빌라의 말을 듣자, 에미가 손을 들었다.

"저는, 전혀 알아채지 못했는데요……."

"에미는 몸이랄까, 체내 마력이 완성되어 있으니까. 그래도 전투에 나서게 되면, 어쩌면 영향이 나올지도 몰라. 목숨이 오가는 상황에서 그 차이는 커."

그 말이 의미하는 결과를 깨달은 에미도 숨을 삼켰다.

"……다시 말해, 시빌라는 오늘의 요리에도 독이 들어있다는 걸 깨달았고, 그 원인이 무엇인지 아직 알아내지 못한 건가."

"화가 나네. 다음, 러셀은 눈치챈 게 있어?"

"그게 말이지……."

나는 조금 전 프레데리카와 애슐리의 조리 모습에 위화감을 느꼈다는 이야기를 꺼냈다.

"어째서 내가 그렇게 생각했는지 모르겠어."

시빌라는 눈을 감고 손가락을 세우고는, 부엌에 있었던 것의 이름을 하나씩 거론했다.

"설탕, 소금, 후추, 로즈마리, 정향, 쿠민, 계피, 건조해서 잘게 만든 건 바질이나 타라곤일 거고…… 어제 나온 제노베제로 추측하면 바질일까? 굉장한 컬렉션이네. 프렛치가 고아를 위해 그렇게까지 모아두고 있다는 게 놀라워."

나는 요리에 참가하지 않았는데 선반에 있는 걸 전부 기억하는 네가 더 놀라워.

나열된 단어를 들어도 고개를 갸웃하는 에미는 애초에 허브나 향신료의 이름조차 모르고 있다고.

"과연. 사 온 것들 것 이외라면, 사용한 건 그 정도인가."

"그렇게 되는 거지."

그렇다면, 거기서 내가 느낀 위화감의 정체를 알 수 있을까?

프레데리카는 평소처럼 요리했다. 고향 아드리아에서 봤을 때와 똑같이, 익숙한 모습으로 식재료를 썰고 조미료를 넣었다.

애슐리는 어떠냐면, 이쪽도 충분히 익숙한 모습이었다. 그러나 프레데리카의 조미료는, 이번에는 그다지 건드리지 않았다.

유일하게 쓴 거라면 설탕이나 소금이다. 어디에도 이상한 점은 없었을 거다.

—아니, 그게 아니다. 위화감은 틀림없이 여기에 있다.

프레데리카가 식재료를 썰고, 간을 하고, 애슐리가 냄비 앞에서…….

"……그래. 그런 거였나."

"뭔가 알았어? 멋대로 납득하지 말고 제대로 설명해주지 않으면 안 돼."

"평소에 설명하기도 전에 혼자 납득하던 녀석이 말은 잘하는군. 때린다."

농담은 이쯤 해두고, 바로 본론으로 들어가기로 하자.

"소금이야."

"……소금?"

"그래. 나는 오랜 시간 신세를 지면서 프레데리카의 등을 봐왔으니까. 일련의 순서를 떠올리고 겨우 위화감을 깨달았어."

오늘도 사용한, 그 도구 특유의 경쾌한 소리를 떠올리면서 시빌라에게 설명했다.

"핑크색 암염을 분쇄기로 가는 것. 그게 프레데리카의 고집이야. 아드리아 고아원에서도, 여기서도 그랬어. 그녀의 맛내기 경험이, 그 분쇄기에 담겨있지."

"그래. 소금은 부족하면 맛이 싱거워지고, 너무 많아도 미묘한 맛이 돼. 그 맛은 정말로 미약한 양으로 바뀌니까, 소금 분량을 익숙한 도구로 조절하는 게 중요해."

"그 조미 후의 냄비에, 애슐리가 하얀 가루를 넣었어. 상당한 양을, 말이지."

"—엇?!"

그 행동의 이상한 점을 바로 눈치챈 시빌라가 숨을 삼켰다.

그렇다. 완전히 선입관에 사로잡혀 있었다. 시빌라도 하얀 조미료가 두 개 놓여있는 걸 보고 무의식적으로 설탕이나 소금이라고 생각했다. 처음부터 그게 착각이었던 거다.

프레데리카가 평소에 쓰는 암염과 다른 조미료 세트를 준비한 거라면, 그곳에 하얀 가루가 두 종류 있는 건 이상하다.

오늘의 맛은, 아무리 생각해도 설탕이나 소금이 대량으로 쓰인 맛이 아니었다. 거기서 도출되는 의문이 하나— 애슐리는 대체 뭘 넣은 거지?

"시빌라, 가자. 그 조미료가 대체 무엇인지는, 너의 지식에 판별을 맡기고 싶어."

"알았어. 에미는 계속해서 프렛치 옆에 있어."

계획을 세우고 1층으로 내려오자, 프레데리카는 이미 저녁밥 준비를 끝내고는 책을 읽고 있었다. 밑간을 해둔 걸로 보인다. 그렇다면 조미료를 건드릴 일은 이미 없겠지.

“애슐리라면 장을 보러 갔어.”

프레데리카의 말에 따르면, 애슐리는 한동안 부재중인가. 그건 마침 잘됐군.

나와 시빌라는 눈을 맞대고 끄덕이고는 조미료 선반의 병을 두 개 잡았다. 에미는 프레데리카 옆에서 함께 책을 읽기 시작했고, 시빌라는 방……이 아니라, 밖으로 나갔기에 나도 뒤따라갔다.

정오가 가까워도 사람의 목소리가 들리지 않는 도시. 시빌라는 고아원 뒤뜰로 왔다.

“번드르르한 말은 치운다면, 모든 생물은 생명을 먹고, 생명을 낳고, 생명을 이어가며 생애를 내달려. 그러니까 나는 음식을 헛된 일에 쓰는 걸 정말로 싫어해.”

생명을 이어간다, 라. 시빌라는 그런 모습을 줄곧 보고 있었겠지.

시빌라는 두 개의 병을 봤다. 모두 하얀 가루다. 하나를 열어서 기울여 맛을 봤다.

“예상대로, 조금 축축한 느낌이 나는 이게 설탕이네.”

보드라운 가루 쪽을 봤다. 언뜻 봐서는 소금으로밖에 보이지 않는다.

“러셀. 큐어를 준비해줘.”

“말할 것도 없지.”

이 도시에 사는 이들이 시달리는 건강 문제의 원인이 되는 게, 수중에 들어온 거다.

시빌라는 병을 열어서 가루를 꺼냈다. 냄새를 맡아봤지만, 무취인 모양이다.

조심조심, 입에 넣었다. 그 순간, 눈을 크게 뜨고 손바닥을 옆으로 휘둘렀다.

"《큐어》!"

그 심상치 않은 반응을 본 나는 반사적으로 치료마법을 사용했다. 가루의 더러움은 없어졌고, 시빌라도 원래대로 돌아갔……을 거다.

"괜찮은 거냐?"

시빌라는 말없이 끄덕였다. 그 반응은 명백하게 그게 무엇인지를 알고 있는 것 같았다.

"이봐, 그 병 안에는 뭐가 든 거지?"

"……일찍이, 시대를 풍미한 조미료가 있었어. 그 이름은, 미각 각성분."

미각, 각성분. 이름만 들어보면 약간 약 같은 느낌이라 부자연스럽지만, 그냥 조미료인가.

"붉은 열매에서 나오는 하얀 가루는, 맛을 좋게 해줘. ……하지만, 그 가루에는 부작용이 있었어. 권태감에 의한 무기력증. 처음에 애슐리가 쇠약해 보이던 것도 이게 원인 중 하나일 거야."

"완전히 이 도시에 퍼진 건강 문제의 원인이잖아! ……그러고 보니 어째서 『음식』을 떠올린 거냐?"

"그 남자가, 『붉은 구제회』가 도시의 식료품 관리도 하고 있다고 말했기 때문이야."

도시의 식료품 모두에 영향을 주는 것. 특히 녀석들은 그걸 중요시하고 있으며, 『신의 맛』이라는 애매한 명칭을 퍼뜨리는 것에 주력하고 있다고 말했다.

"액체(시럽)라든가 특산품이라든가 오크 고기라든가, 그것 중 무언가가 원인이라고 생각했는데, 설마 여기서 미각 각성분(이런 것)이 나오다니……. 게다가, 러셀도 눈치챘겠지만……."

시빌라는 고아원으로 돌아왔다. 그 얼굴은, 이 사건에 대한 복잡한 감정이 드러나 있었다.

"……러셀. 밤을 기다리자."

"그래."

시빌라의 방침에 수긍했다. 일련의 흐름을 보고, 지금부터 무엇이 일어날지 예상하면서.

즉…… 그런 거겠지.

해가 저물고, 노을빛 하늘이 도시를 감쌌다. ……따스한 색이다.

에미에게는 우리가 바깥에 있다는 걸 전해놨다.

시빌라와 둘이서 묵묵히 고아원 뒤뜰로 왔다. 아직 주변에는 아무도 없다. 시빌라가 『색적마법』을 게을리할 것 같지도 않으니까.

……도시의 식료품에 건강 문제를 일으키는 조미료를 넣는

다. 그 이야기에서 생겨난 의문은, 검성을 동경하던 그 소년의 아버지가 원료인 미각 각성분을 몰랐다는 거다.

그래서 떠올리지 못했다. 그 아버지도, 유통된 음식을 사서 건강 문제를 일으킨 것에 불과하다.

그럼, 어째서 여기에 그 원인을 단번에 알 수 있는 조미료가 있는가.

그 『붉은 구제회』 소속의 아버지에게는 없고, 이 고아원에는 있는 것. 소거법으로 바로 알 수 있다.

『붉은 구제회』 중에서도 높은 지위에 있는 사람이 아니라면, 미각 각성분 자체를 손에 넣을 수 없게 되어있는 거다.

미각 각성분이 여기에 있는 이유는, 하나밖에 없다.

……나는 줄곧 고아원에 등을 돌리고 하늘을 보고 있었다. 붉은, 붉은 하늘을.

문득 시빌라가, 나에게 살짝 말을 걸었다.

"6시 방향."

그렇게 중얼거린 순간…… 뒤에서 마법이 발동하는 소리가 들렸다!

"윽……!"

"《스톤 월》."

"커헉!"

시빌라가 마법을 쓴 동시에, 그 돌벽에 등을 강타당해 무릎을 꿇은 그림자.

그 목덜미에, 내가 칼끝을 들이밀었다.

"……역시 무리였나아. 아무리 생각해도~, 성자와 성기사를 거느리고 있는 사람이 평범할 리가 없잖아. ……아아, 그래도 이렇게 되면…… 그 아이는……."

그곳에는, 수녀복이 너덜너덜해진 애슐리.

수녀가 입는 검은 천 아래에는, 붉은 천이 보였다.

그녀의 발밑에는…… 칼끝이 긴, 명백한 암살용 나이프가 떨어져 있었다.

07 애슐리의 진실. 그리고 도시에 어스름이 드리운다

내 눈앞에는, 그러기를 바라지 않았던 모습. 『붉은 구제회』의 애슐리가 있었다.

『미각 각성분』이 이 도시에 퍼진 건강 문제의 원인이었다. 그걸 『붉은 구제회』가 퍼트린 결과, 고아원 아이들도 그 증세에 시달리고 있었다.

……알고는 있었다. 그러나 어딘가에서 착각이었으면 좋겠다고 생각하고 있었다.

그렇게나 밝았던 애슐리가, 『붉은 구제회』의 사람이었다니.

"……어떻게 눈치챘는지, 물어봐도 될까요?"

"그건 말이지. 얼굴이 깨끗해졌을 때, 굉장히 커다란 소리를 내며 거울을 보러 갔었잖아? 그때는 꽤 소리가 잘 울리는 바닥이구나~ 싶었어."

첫날에 만났을 때 봤던, 후다다닥 달려가는 모습이 떠오른다.

"하지만, 그때 이외에는…… 너의 발소리가 묘하게 작더라. 그게 뿌리 깊은 버릇인지, 직업(잡)에 따른 특성인지, 아니면…… 임무를 위해서였는지는 모르겠지만."

"간파하고 계셨나요……."

"물론. 숙련된 【어새신】이라면 공격에 당했을 때, 거리를 좁

힐지 벌릴지 순식간에 선택해."

"……네. 제가 거리를 좁혀서 찌를 작정이었다면, 뒤에 마법을 쓴 건 위험한 판단이었어요."

시빌라는 대답 대신 내 옷을 손등으로 두드렸다.

"러셀의 로브 속에는 파이어 드래곤의 비늘로 만든 갑옷이거든. 나도 큰 차이 없어."

"내의가 드래곤 메일이라니…… 진짜냐아. 이건 못 이기지……."

애슐리는 그 사실을 알자 풀썩 고개를 숙였다. 그러나, 우리의 용건은 끝나지 않았다.

"자, 그럼."

시빌라는 쪼그려 앉아서 애슐리 앞에 얼굴을 마주했다. 직후에 돌벽이 좌우에서 나타나 우리의 모습을 감추듯 늘어섰다. 무영창 스톤 월이군.

"어떻게 된 일인지 가르쳐주겠어? 뭐, 대략 예상은 가지만."

"……."

이런 때에도 시빌라는 평소처럼 보인다. 역시 시빌라에게는 이런 일도 자주 있었던 거겠지.

나는 도저히 마음이 진정되지 않는다.

"그 가루를 쓴 요리는 맛도 좋아지니까, 보통 받았으면 의심없이 쓰겠지? 하지만 그게 건강을 악화시키는 『미각 각성분』이라는, 옛날에 금지된 약물 조미료라는 건 알고 있었어?"

"—앗?! 그, 그럴 수가……!"

"좋아. 뭐, 알면서도 쓰고 있었다면 나도 더는 대화하고 싶지 않았어. ……하지만, 어째서야?"

시빌라는 낮은 목소리를 쥐어짜면서 얼굴을 가까이 가져갔다.

"그 아이들은, 잘 자랐어. 정성을 다해 길렀다는 걸 알 수 있었지."

애슐리의 찢어진 옷, 목덜미에 드러난 붉은 천을 움켜쥐고 자신에게 끌어당겼다.

"……어째서야. 그렇게 착한 아이들이 있고, 모두 사이좋게 지내면서, 어째서 『붉은 구제회』 같은 곳에 들어간 거냐고……!"

그 분노에 불타는 눈을 본 나는 자신의 시선이 얼마나 편협했는가를 저주했다.

시빌라가 냉정하다고?

그럴 리가 없다. 이 녀석을 계속 지켜봐왔던 나라면 알 수 있잖아.

그렇기에— 애슐리의 다음 말을 듣자, 나조차도 머리에 피가 단숨에 몰렸다.

"그 아이들은, 제 진짜 아이가 아니니까요."

그 말의 의미. 시빌라는 애슐리를 향해 주먹을 들었다.

……그러나, 시빌라는 때릴 것만 같은 그 주먹을 높은 위치에서 멈추고 표정을 지웠다.

"왜 그러시죠? 어서 때려주세요. 최저인 이 저를."

"……."

"뭔가요? 폭력으로는 해결되지 않는다는 건가요? 저는 당신을 죽일 작정으로—."

"진짜 아이."

"—읏!"

시빌라는 하나의 말을 던졌다. 그 순간, 애슐리의 분위기가 크게 변했다.

"나는 러셀을 존경하던 너의 모습이 연기였다고 생각하지 않아. 그때 확실히 너는 러셀에게 감사했고, 진지하게 떠받들었지. 그렇잖아?"

"……당연하잖아요."

"그 동료인 내가 표적이었을 텐데, 너는 찔러 죽이려 했어. 자신이 신앙하는『붉은 구제회』의 명령이니까."

시빌라는 나에게 확인을 받으려는 듯이 이쪽을 바라봤다. 그러나 직후에 그녀는 고개를 가로저었다.

"하지만 그건 이유의 절반…… 아니, 어쩌면 제로일지도."

"무슨 소리야? 시빌라."

"그나저나 러셀, 애슐리는 연상 누나지만 미인이지? 목소리도 굉장히 아름답고."

어이어이, 이 뜬금없는 여신, 이 타이밍과 분위기에서 대체 무슨 소리를 하는 거야.

무슨 의도가 있…… 의도?

"예쁘다고 생각하지 않아? 딱『붉은 구제회』취향같이 말이야."

"……. ……이봐, 설마……."

"응. 최근 애슐리와 특징이 아주 똑같고, 부모의 얼굴을 모르는 아이를 만났었잖아."

시빌라가 그렇게 말한 순간, 애슐리는 지면에 떨어진 나이프로 손을 뻗었지만 먼저 시빌라가 나이프를 걷어찼다.

"조건, 이었던 거네. 진짜 아이에 관한 무언가."

"시빌라 씨. 정말로 당신은 누구인 거죠……."

"여신이야."

"……지금이라면 그런 농담도, 진짜로 받아들일 것 같은데요."

『붉은 구제회』의 방식, 약해진 마음속에 파고드는 수법. ……오늘, 똑같은 일이 있었던 참이다.

"약해졌을 때 이용하는 건가."

"어머, 러셀도 알았어?"

"시빌라의 목숨을 대가로, 사제의 무언가를 보수로 받는 거겠지? 그렇지만, 붉은 머리의 인간은 얼마든지 있어. 뭔가 결정적인 이유라도 있었던 건가?"

"뭐, 까놓고 말해서 부재중일 때 멋대로 방을 뒤져서 찾았어. 사제 아이의 『형태 저장기』. 이 주변에서는 옛날부터 비교적 싸게 만들어지고 있으니까, 애슐리의 어린 시절인 것처럼 보였어. 게다가 머리 모양까지 똑같다면, 애슐리와 분간이 안 갈 정도로 어머니와 닮았더라."

이건 거의 확정이라 봐도 틀림없겠군.

애슐리는 체념한 듯이 더듬더듬 이야기를 시작했다.

"결혼 상대는, 멋있는 사람이라고 생각했어요. 모험가 일을 하는, 성실한 사람이라고. 귀엽다는 자각도 있었고, 사랑받는다고 생각했어요. 하지만, ……아니었어요. 전혀 아니었어요."

그녀는 이야기가 이어짐에 따라 점점 분노로 얼굴을 물들이며 지면을 내리쳤다.

"그 사람은, 저의 얼굴도, 몸도, 내면도, 목소리도, 어느것 하나도 인식하지 않았어요. 그 남자가 보고 있던 건, 단 하나……제 머리색뿐이었어요. 그런 것도 모른 채, 저는 태평하게 한 아이를 낳았죠. 너무나도, 저와 빼닮은 딸을."

……잔혹한 이야기다.

짧은 시간을 함께 보냈을 뿐이지만, 애슐리는 밝고 능력도 좋은, 충분히 매력적인 여성이다. 원하는 사람도 많았겠지. 그 중에서 뽑힌 운 좋은 남자가, 애슐리의 결혼 상대였던 거다.

그러나 그 상대는, 머리색밖에 보지 않았다.

붉다는 건, 타인을 소홀히 대하면서까지 중요시할 만큼 그렇게 고귀한 건가? 신의 의지라면, 그런 것도 인정된다는 건가.

"딸이 생기자, 그 사람은 바로 사라졌어요. 나중에 알게 됐죠. 그 사람이 『붉은 구제회』의 주교라는 걸. 대주교의 명령으로 저에게 접근했다더라고요."

"그래서, 애슐리는."

"네. 『붉은 구제회』에 들어가는 조건으로, 마이라를 가까이서 볼 권리를 받았어요."

마이라. 그게 그 사제 여자아이의 이름인가.

"게다가 특별 임무의 보수도 있어서, 성공하면 『형태 저장기』와 『소리 저장기』를 받을 수 있었어요."

눈으로 볼 수 있는 광경을 그대로 지면에 남기는 게『형태 저장기』라면,『소리 저장기』는 이름 그대로 소리를 저장하는 마도구다. 마력을 담아서 조작하면 언제나 녹음한 목소리를 재생할 수 있다. 형태 저장기 이상의 고급품이라, 서민은 손조차 댈 수 없다.

……과연. 멀리서 볼 수밖에 없는 어머니라면 무조건 손을 내밀 보수다.

"흐으응…… 그럼. 이번 보수도『형태 저장기』같은 거였어?"

시빌라가 별생각 없이 묻자, 이번에는 애슐리가 격양했다.

"그 정도로 시빌라 씨를 죽이고, 러셀 님에게 폐를 끼치지는 않아요!"

"그렇겠지. 아마 나를 죽인 보수는『해방』이지 않았을까?"

"……. 어, 째서. 거기까지……."

시빌라는 모두 예상한 듯이 말을 이었고, 애슐리는 기세가 눌려서 입을 다물었다.

"네가【어새신】이었다고 해도, 살인에 익숙하거나 지금도 사람을 죽이고 있다고는 생각할 수 없어. 하지만…… 그걸 결의할 정도의 보수는 해방 정도겠지."

"이제, 숨길 기력도 안 남네요……. 맞아요. 대주교님은『사제의 역할에서 해방』시켜준다고 말씀하셨어요. 마이라의 해방. 저의 유일한 목표에요."

설명을 들으면서 나도 머릿속으로 정리했다.

먼저『붉은 구제회』는『형태 저장기』를 보수로 삼아 애슐리에게 명령을 내리고 있었다.

이번 보수는, 딸 마이라를 사제에서 해방해주는 것.

그러나 나라도…… 지금 이야기가 어찌할 수 없을 만큼 엉성하다는 건 알 수 있다.

"시빌라. 나는 과연 『해방』해줄지 의문인데. 녀석들의 수법에서 그런 건 말이 안 되잖아."

시빌라에게 묻자, 대답 대신 작은 중얼거림이 들려왔다.

"……약점이나, 마음의 연약함을 찌르면서 세력을 확대한 『붉은 구제회』. 그 방식은 철두철미해서, 그야말로 사기 집단. 자신들에게 디메리트가 있는 보수는, 내주지 않아."

시빌라는 『붉은 구제회』에 대해 다시 이야기하기 시작했다. 마치 자신에게도 들려주듯이.

동시에, 애슐리에게 들려주듯이. ……불길한 예감이 든다.

"해방. 『사제의 역할에서 해방』이라고 했지?"

"……맞, 아요."

시빌라는 애슐리의 말을 듣자, 뭔가를 눈치챈 듯이 자기가 만든 돌벽을 강하게 후려쳤다.

분위기가 변하자 애슐리는 물론이고 나도 긴장했다.

고아원 아이들을 『진짜 아이가 아니다』라고 말해도, 그뿐만 아니라 자기를 죽이려고 했는데도 손대지 않았던 시빌라. 그 시빌라가, 이렇게나 분노를 드러내는 이유.

"마음의 약점, 매혹적인 제안. 당사자니까, 냉정한 판단을 할 수 없는 건 어쩔 수 없어. ……어쩔 수 없지만, 네가 그걸로 자기 이외의 사람을 위험에 빠뜨렸다면, 이야기는 달라."
"무, 무슨……."
"하물며, 그게 자신의 전부를 버려서라도 지키고 싶을 만큼 가장 소중한 거라면, 나는 더더욱 너를 용서할 수 없어."
가장 소중한 것이라는 단어가 나오자, 애슐리가 눈을 크게 떴다.
나도 지금부터 대체 무슨 말이 나올지 예상이 가버렸다.
"쓰레기 종교의 정석이거든. 『해방』이라는 단어를 『산 제물』의 은어로 쓰는 것 말이야!"
산 제물……!
시빌라는, 그 『붉은 구제회』의 대주교가 사제 아이를 산 제물로 처분한다고…… 그걸 『해방』이라고 칭하며 애슐리에게…… 어머니에게 살인을 강요했다고, 그렇게 추측한 건가!
정말 끝도 없이 더러운 방식. 너무나도 잔혹한 사실.
애슐리는 얼굴을 절망의 빛으로 물들이면서 덜덜 떨었다.
"……그럼…… 제가, 만약 오늘, 시빌라 씨를 죽였다면……!"
"『붉은 구제회』 녀석들이 너를 기습해서 암살하고, 마이라도 죽여서 끝. 이 도시의 우편은 『붉은 구제회』가 관리하고 있어. 연락을 늦추면 증거 인멸할 수 있지."
"우편……?"
"우편 길드의 위층, 전부 새빨갛더라. 구원이 오지 않는 이유는, 의뢰서를 묵살해버리고 있으니까. 오늘 아침 우리는 그걸 밝혀낸 참이야. 이게 우편 길드 뒤에 있었어."

시빌라의 아이 콘택트를 받은 나는 오늘 아침 주운 모험가 길드의 구원 의뢰서를 보여줬다.

"뭐, 다시 말해서."

시빌라는 잔혹하게…… 그러나 연민의 정을 숨길 수 없는 눈으로 애슐리에게 선고했다.

"너는, 모녀 모두가 그 빌어먹을 대주교의 도구였던 거지."

애슐리는…… 눈물을 펑펑 쏟으면서 자기 얼굴을 손바닥으로 덮였다.

"……으, 으으…… 너무해…… 심하잖아…… 내가…… 내가 뭘 했다는 거야…… 줄곧, 성실한 수녀로 살면서…… 매일 남의 아이를 위해 애쓰면서…… 그래도 언젠가는 마이라를 되찾을 수 있을 거라고, 생각했는데……!"

너무나도 비통한 목소리. 뭘 잘못했는가…… 그거야, 당연히 아무것도 잘못하지 않았다.

애슐리가 평범한 여성이고, 남들보다 훨씬 노력하는 수녀라는 것 정도는, 가까이서 보면 나라도 짧은 시간으로도 충분할 만큼 알 수 있다.

그런 애슐리가 이렇게나 잔혹한 일을 겪는 이유.

머리가, 붉었다. 그것뿐이다.

……너무나도 비참하다. 『붉은 구제회』는, 본인이 붉다고 해서 행복해질 수 있는 종교가 아닌 거다.

"—애슐리."

시빌라가 그 이름을 강하게 불렀다. 애슐리는 아직 눈물을 흘리면서도 그녀의 결의가 담긴 목소리에 반응했다.

"내가 마이라를 구해주겠다고 말하면, 애슐리는 어디까지 협력해줄래?"

그건, 지금 상황을 생각하면 너무나도 가망이 희박한 이야기.

성공해도, 실패해도, 사제인 마이라는 산 제물로 쓰이게 된다는 절체절명의 상황.

—그러나, 그 말을 한 것이 이 시빌라라면.

"어떤 협력이라도, 목숨을 바쳐도 좋아요. 이제 죽어도 좋아요. 그 아이가 무사하기만 하면."

애슐리는 망설임 없이 대답했다. 반면, 시빌라는 고개를 내저었다.

"그래서는 안돼. 당신에게는 남이라도, 고아원 아이들은 당신을 진짜 어머니처럼 생각하고 있으니까. 그런 건 내가 아니라도 알 수 있어."

"……으!"

"마이라를, 고아원 아이들과 함께 종이 연극을 보면서 튀김과자를 먹는, 편애 없는 『대등한 친구』로 해주는 것. 협력 조건은 그거야. 그러니까, 죽는 건 허락할 수 없어."

애슐리는 그 너무나도 다정한 『협력 조건』을 듣자 다시 펑펑 눈물을 쏟으면서도 눈을 뜨고 확실하게 끄덕였다. 시빌라도 그 진지한 얼굴을 보고 마주 끄덕였다.

"좋아. 그럼—."

저녁해가 가라앉고, 이 도시에 둥지를 튼 사교(邪教)의 색이 잠시 사라졌다.

세계는, 조용히 밤을 맞이하려 하고 있었다.

도시의 모든 것을 전부 칠해버릴 듯하던 붉은색.

그 하늘도, 밤에는 반드시 덧씌워진다.

그것은 약속된 필연.

이 도시를 뒤집는, 푸른 막이 드리운다.

어스름의 시간이다.

시빌라는 검은 날개를 꺼냈다.

"—그 소원, 『어스름의 여신』 시빌라가 맡아주겠어."

아연실색하는 경건한 수녀에게, 지략의 여신이 승리를 약속했다.

"어서 오렴, 애슐리. 볼일은 끝났니?"

"네. 프레데리카 씨. 잠~깐 피부 손질을 부탁했거든요."

"뭐?! 저기, 러셀. 나도 부탁해도 될까?"

나는 애슐리의 말에 반응한 프레데리카에게 쓴웃음을 지으며 회복마법을 사용했다.

"그러고 보니 애슐리. 그 조미료? 없어졌는데 어떻게 된 거니?"

"아…… 그건…… 그래요. 소금 같은 거였어요. 그래도, 저기, 역시 프레데리카 씨와 마찬가지로, 암염을 갈아서 쓰는 게 기분 좋을 것 같구나~, 싶어서."

"어머! 같은 도구에 공감해주다니 기쁘네."

프레데리카에게 숨길 일이 없어진 애슐리는, 허둥지둥 얼버무리면서도 예전보다 조금 밝아 보였다.

두 사람이 요리를 시작하는 걸 지켜본 우리는 에미에게도 애슐리의 사정을 설명했다.

차례차례 날아드는 전개에 표정을 이리저리 바꾸면서도, 에미는 마지막까지 진지하게 들었다.

다음으로, 앞으로의 애슐리와 우리에 대해 설명했다.

"대전제로서, 인질극이라는 건 꽤 성공하기 힘들어."

"무슨 뜻인가요?"

"말을 듣게 하려면, 인질을 살려둘 필요가 있으니까. 죽은 인질을 위해 뭔가 하려고 생각하지는 않잖아?"

인질이 살아있는지 아닌지 모르는 상태에서 명령을 들을

생각은 안 든다.

그 성질을 이용해서, 시빌라는 애슐리가 『대용 불가능한 유능한 인재』라고 인식되도록 자신의 직업(잡) 등의 정보를 흘렸다.

"그 밖에도, 『시빌라와 함께 있는 【성자】는 수면을 필요로 하지 않는 【성기사】가 지키고 있다』라든가, 『두 사람의 신뢰를 얻은 건 자신뿐(애슐리)』이라든가, 그런 정보를 잔뜩 쑤셔 넣었어."

"어, 저 전혀 자지 않는 건가요?"

"물론 거짓말이지."

"하긴 그렇겠죠~."

점점 익숙해졌는지, 에미도 쓴웃음을 지었다.

"인질은, 상대를 속박하는 것 같지만 상대에게도 속박되는 거나 다름없어. 『붉은 구제회』 녀석들도 어느 정도 머리는 좋으니까, 지금은 움직일 수 없다는 걸 이해하고 있을 거야."

결과적으로, 애슐리의 협력을 유지하기 위해서는 마이라를 죽일 수 없다. 인질이라는 수단을 선택하고, 산 제물로 바친다는 부분까지 들켜버린 『붉은 구제회』의 결정적인 실수다.

그리고…… 그들을 상대하는 건, 이 시빌라의 책략이다.

"녀석들이 가진 손패 중에서 『애슐리가 가장 우수하다』라고 생각하게 만드는 게 최초의 작전이야. 거기서 다시, 우리가 고아원에 한동안 머문다는 것도 전했어."

즉, 체류 기간이 길어지게 되면서 상대방에게도 상당한 여유가 생기는 거다.

선불리 상황을 움직였다가 실패하는 것보다, 정보 수집이

잘되는 동안에는 경과를 지켜본다는 방침이 되도록…… 우리의 의도대로 상대의 사고를 조작한다.

물론 말할 것도 없이 체류 기간 정보도 확정된 건 아니다. 그러나 그 정보를 믿는 것 말고는 다른 수단이 없다. 녀석들은 애슐리밖에 믿을 수 없으니까.

이제 대주교가 취할 수 있는 수단은 없다. 모든 건 시빌라의 손바닥 위다.

"뭘 하면 되지? 나도 그 대주교는 한 방 후려치지 않으면 직성이 안 풀리겠는데."

"저도요. 이야기를 들을수록 애슐리 씨가 불쌍해서……. 마이라는 어머니와 함께 있는 게 무조건 좋아요. 이렇게 가까이 있으니까요."

눈앞에서 줄곧 지켜보고 있는 어머니(애슐리)가 있건만. 마이라는 그걸 모른 채 그렇게 떠받들리고 있다. 마침 나와 빈스 사이에 에미가 끼어서 검을 맞부딪치고, 자넷이 읽던 책이 아직 어린이용이 많았던 정도의 연령이다.

논다는 개념 자체가 없는 생활. 그뿐만 아니라, 자신과 똑같은 나이대의 아이가 어떤 일상을 보내는지조차 알지 못할지도 모른다.

……용서할 수 있겠냐. 그런 잔인한 일을 간과할 만큼 나는 온화한 성격이 아니야.

시빌라는 우리의 심정을 느끼면서 수긍했다.

"이미 준비는 되어있어. 작전은 내일 동향을 보고 전해줄게.

알겠지?"

"알았다."

"알겠습니다."

나는 시빌라의 지시를 기다리기로 하고, 프레데리카와 애슐리의 요리가 완성된 소리를 듣고 식당으로 내려갔다.

진열된 요리는 모두 맛있어 보인다. 오늘은 그 가루를 쓰지 않았겠지?

애슐리는 나와 눈을 마주치자 묵묵히 끄덕였다.

"어머? 애슐리와 러셀, 설마……."

"아니에요, 프레데리카 씨! 아무것도 아니에요. 정말로 러셀 님에게는 미안함뿐이라."

"정말, 조금 놀렸을 뿐이잖니. 그렇게 당황하면 오히려 수상하거든?"

프레데리카도 애슐리의 위화감은 눈치챈 모양이지만, 가볍게 흘려버린 것 같다.

프레데리카는 아무것도 몰라도 된다. 너는 안 그래도 아이들을 위해 너무 애쓰고 있으니까. 그러니, 프레데리카가 할 수 없는 일은 우리에게 맡겨둬.

"……."

결의를 다지는 나를, 프레데리카가 감정을 읽기 힘든 눈으로 빤히 바라보고 있었다.

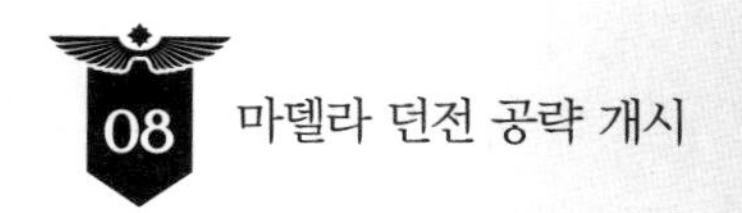

08 마델라 던전 공략 개시

시빌라가 다음으로 제안한 곳은, 마델라 던전.

처음에 시빌라와 모험가 길드에 왔을 때, 『지역 모험가들이 처리하고 있다』라고 했던, 평야에 넘쳐나는 오크와는 관련이 없을 고블린 던전이다.

나는 그 던전 안으로 들어가면서 시빌라에게 의문을 던졌다.

"왜 이 던전을 공략하는 거지?"

"이유는 두 가지. 하나는, 러셀의 레벨을 확실하게 올려두고 싶어서. 에미의 레벨도 올려두고는 싶지만, 어느 정도는 강해졌지?"

"네?"

시빌라는 에미의 태그를 잡아서 그 정보를 표시했다.

『아드리아』— 에미 【성기사】 레벨 2.

"이, 이건 꽤 약하다고 생각하는데요오……."

자기 레벨을 본 에미는 다시금 대폭으로 내려간 걸 확인했다.

예전에는 레벨 25로, 꽤 높았을 거다.

최상위직이지만, 내가 봐도 도저히 충분하다고 하기 힘든 숫자……라고 생각한 것도 잠시. 시빌라는 태그를 만져서 다시 에미의 정보를 표시했다.

『아드리아』— 에미 【어스름의 기사】 레벨 6.

그곳에는, 에미의 진짜 레벨이 표시되어 있었다.

세이리스의 마왕 토벌에서 새로이 얻은, 나와 같은 『어스름의 서약』의 직업(잡)이다.

"……어, 어라?"

"어스름의 직업(잡)은 그리 간단히 레벨이 올라가지 않아. 그런데도 6까지 올라간 데다, 흡수하고 남은 경험치로 성기사의 레벨도 올라갔어. 장래에는 꽤 강해질 거야."

에미는 자신의 【어스름의 기사】 레벨을 보고 놀랐다.

"……아니, 이봐, 직접 확인하지 않았던 거냐? 이런 부분은 얼빠졌다니까."

"아하하, 정말로 지금 알았어……. 레벨이 올라갔구나. 근데, 언제 올랐지?"

"정말! 에미도 참, 정말로 러셀에 대한 일이 아니라면 안중에도 없네. 큼지막한 게 있었잖아. 『맨이터 드래곤플라이』를, 그것도 두 마리."

"아."

세이리스의 마왕이 모래사장에 불렀던 플로어 보스의 이름이다. 재빠른 움직임으로 현혹하는 상대였기에, 에미는 그 자리에서 【어스름의 기사】라는 직업(잡)을 선택했다.

그래서 경험치는 두 마리를 모두 쓰러뜨린 에미의 것. 그 결과가 이 레벨이다.

나는 문득 신경 쓰이던 점을 물었다.

"아드리아의 마왕은 자폭해버렸으니까, 경험치가 들어오지 않아서 아까웠지."

"마왕에게 경험치는 없어."

……그런가? 제일 많아 보이던데…….

"그야, 네가 세이리스의 마왕을 쓰러뜨렸을 때 레벨이 안 올라갔잖아."

시빌라의 말을 듣고, 그러고 보니 레벨이 오르지 않았던 걸 떠올렸다. 그건 레벨업하기 부족했던 게 아니라, 경험치 자체가 들어오지 않았던 건가.

"흐으음, 어째서지."

"어째서일까?"

대답을 아는지 모르는지, 시빌라는 별로 흥미 없다는 듯 앞으로 나아갔다.

"그러고 보니, 또 하나의 이유는 뭐냐?"

시빌라는 어두워서 보이지 않는 던전 안쪽을 멍하니 바라보면서 이유를 이야기했다.

"오크의 출현 장소가 아니더라도, 이곳은 마델라의 던전. 『붉은 구제회』가 뭔가 했을 가능성이 조금이라도 있다면, 먼저 봐두고 싶었기 때문이야."

과연, 그건 지당하다.

던전 안에서 고블린이 나타났다. 보라색의 약한 개체다.

'《다크 스플래시》.'

대처는 어둠의 물보라가 광범위로 퍼지는, 상대에게 맞으면 어떻게든 되는 마법을 골랐다.

"변함없이 러셀과 같이 들어오면 나의 상식, 전부 내던지게 되네."

"그렇게 이상한 선택도 아니잖아. 일일이 노리는 것도 귀찮으니까."

"확실히 그렇기는 한데~ 고블린 상대로 스플래시, 개미를 뭉개는데 망치를 꺼내는 정도로 과도한 사용법이야. 그래도 확실히 편하네. 소비 마력에 눈을 돌린다면."

어둠마법의 소비 마력은 높다고 하니까, 시빌라는 몇 번을 봐도 놀랍겠지.

낭비하다가 마력이 고갈된다면 절약하겠지만, 나는 전혀 고갈될 기색이 없기에 이대로 진행하기로 했다.

"에미는 흉내 내면 안 돼."

"애초에 어둠마법 자체를 못 쓰는데요……."

그런 대화를 들으면서, 나는 고블린들을 다크 스플래시로 쓰러뜨렸다.

"오늘은 프레데리카를 혼자 둬도 괜찮은 거냐?"

"애슐리가 전투력이 높은 아군으로 확정됐으니까 괜찮아. 애슐리가 우수하다고 생각하는 동안에는 선불리 프렛치를 암살할 수 없을 거야."

어제 들은 이야기로 추측하건대, 『애슐리가 순종적인 동안에는, 심기를 상하게 해서 적대하게 되는 수단은 고를 수 없다』라는 의미겠지. 게다가 프레데리카는 애슐리에게는 딸 마이라와 마찬가지로 소중한 존재. 그건 『붉은 구제회』도 알고 있을 거다.

그러니, 프레데리카에게 손을 대면 애슐리가 협력해주지 않을 가능성이 있다.

『붉은 구제회』의 가장 큰 목표가 『시빌라 암살』이라면, 성공률이 가장 높아 보이는 애슐리의 신뢰를 잃어버리는 짓은 할 수 없다.

그나저나, 자신을 그 암살 대상으로 고정해놓고 책략을 진행하고 있는 거니까 이 녀석은 배짱이 참 두둑하단 말이지.

……아니, 의외로 이렇게 표적이 된 것 자체는 무섭다고 생각하고 있을지도 모른다.

확실히 아드리아 던전에 들어갔을 때도 그랬다. 위기감이 없는 게 아니다. 항상 최선의 선택을 할 수 있게 움직이고 있는 거다.

이야기를 나누면서 던전을 공략했다. 제2층 이후도 단순해서, 적은 고블린밖에 없다.

"이 정도인가?"

"이 정도지. 일반적인 저난이도 던전은 상상에서 벗어나지 않거든. 조금씩 강해지니까, 길드에서도 위험해지기 전에 퇴각하라고 권유하고 있어."

그렇다면, 이 던전은 앞으로도 이 수준이라는 건가.

"그동안 고난이도 던전에 너무 익숙해졌네."

"이제 제2층부터 드래곤이 나오는 건 사양하고 싶어."

나는 시빌라에게 어깨를 으쓱하며 농담을 던지고는 아래층으로 내려갔다.

제5층부터는 블러드 울프가 섞였다. 고블린보다는 강해도, 지금까지 싸워온 마물에 비하면 대단히 싸우기 쉬운 마물이다.

“그래도, 다른 사람에게는 블러드 울프도 각오를 다지고 덤벼야 하는 마물이야.”

“그런가…… 그렇겠지.”

나는 시빌라 덕분에 어둠마법을 얻을 수 있었다. 마왕의 목숨에 손이 닿을 정도로 강한 공격마법. 그건 자신의 실력이라고 마음껏 자랑해도 되겠지.

그러나, 이전에는 빈스, 자넷, 에미가 간단히 쓰러뜨릴 수 있는 적도 쓰러뜨리지 못했다. 그러니 이 난이도에 손이 닿지 못하는 사람의 마음도 이해할 수 있다.

나는 덮쳐오는 늑대 마물을 다크 스플래시로 일격에 쓰러뜨렸다.

“쓰러뜨리지 못했을 때의 자신. 지금 이 마물을 쓰러뜨리지 못하는 삶. 결코, 깔보지는 않아.”

힘을 『얻지 못했던 자』를 체험해본 나이기에, 그 경계선만큼은 지키고 싶다. 지금의 내게는 어울리지 않을지도 모르지만, 자신의 힘만큼은 겸허하게 여기는 것이 마지막에는 나를 지켜준다고 생각한다.

시빌라는 블러드 울프의 귀를 잘라내면서 내 얼굴을 봤다.

“오랜만에 『성자』같은 얼굴이네.”

"그런가?"

우리의 대화를 듣고, 시빌라와 함께 나를 바라보던 에미가 고개를 끄덕였다.

"『정의의 히어로』라는 느낌의 얼굴이야!"

"대체 무슨 얼굴이야……?"

나는 와닿지 않지만…… 두 사람이 그렇게 말한다면 그렇겠지.

뭐, 악인 같아 보인다는 말을 듣는 것보다는 훨씬 낫다.

제5층 탐색이 끝나고, 눈앞에는 플로어 보스로 통하는 커다란 문.

"좋아. 마법을 준비하고 가자."

"알았다. 《인첸트 다크》."

이번에는 나에게 경험치를 모아주기 위해, 에미는 방패를 양손에 드는 스타일로 나선다.

용아검은 오랜만에 내가 든다. 마법은(미스릴)으로 이루어진 도장이 번뜩이고, 검신이 어둠을 흡수하며 색상을 바꿨다.

"프로텍션! 이래봤자 이제 아무 일도 일어나지 않네……."

"그건 타협하자. 【어스름의 기사】도 쓸 수 있는 방어마법은 있지만, 조금 나중이야. 게다가 어스름의 기사가 가진 진가는 그 기초 능력과 방패의 힘. 러셀을 부탁할게."

"러셀을…… 네. 물론이죠!"

에미는 직업 변환 때 방어마법을 잃었다. 그 대가는 결코 작은 게 아니지만, 나는 그 선택이 잘못되었다고 생각하지 않는다.

무엇보다도, 살아남는 것. 살아있다면 무슨 일이든 다시 시작할 수 있으니까.

문을 열자, 안에 있는 건 대형 고블린.

“홉고블린이네. 주변에 작은 마물의 기척도 없어. 러셀 혼자서도 충분할 거야.”

시빌라는 태평하게 웃으면서 손을 흔들며 문앞에서 대기. 에미가 방패를 들고 전진.

나는 플로어 보스가 에미를 쫓아서 옆을 바라본 동시에 뛰어들어 어둠의 검을 휘둘렀다. 그걸로 끝. 몸통에서 목이 떨어진 동시에 보스 플로어 앞에 있는 마력의 벽이 스르륵 사라졌다.

“플로어 보스를 일격에 쓰러트리는 건 기분이 좋네!”

“그래. 다음으로 가자.”

시빌라는 제6층으로 가는 계단을 내려가려다가, 뭔가를 눈치채고 옆길로 들어갔다.

보스를 쓰러뜨린 방의 문과 계단의 딱 중간 위치다.

“어머나~ 보물상자잖아. 오랜만이네~!”

그러고 보니, 던전에서는 보스를 쓰러뜨렸을 때 보물상자가 나오는 일이 그리 드물지 않았을 거다. 운이 나쁜 건지는 모르겠지만, 나와 시빌라가 함께하고 나서는 이게 첫 번째다.

세이리스에서는 아무리 들어가도 전혀 나오지 않았었는데…… 그 마왕은 보물상자를 자기가 회수해도 이상하지 않았으니까.

"던전에는 왜 보물상자가 있는 거지?"

"그런 의문을 가지는 거, 좋다고 생각해. 『그런 법이니까』라며 사고 정지에 빠지지 않는 게 중요하거든."

"시빌라는 아는 거냐?"

"그래도, 뭐든 해답을 가르쳐준다고 생각하면 안 돼."

이거야 원, 그렇게 대답할 것 같더라. 생각해봤자 대답이 나올 것 같지 않아서 질문한 건데…… 모르겠군. 뭐, 지금은 딱히 상관없나.

나는 시빌라가 반지로 보이는 걸 보물상자에서 주머니로 넣는 걸 보며 제6층으로 내려갔다.

제6층에 나타난 건, 녹색 고블린이었다.

"시빌라, 녹색은 어떻지?"

"약하지. 녹색과 붉은색과 보라색은 전부 검은색보다 약해."

"그거 다행이군."

나는 녹색 고블린에게 다크 스플래시를 퍼부으면서 자신의 페이스로 나아갔다.

"으으, 나 완전히 그냥 따라가기만 하고 있어어……."

"무슨 소리야. 에미가 있는 것만으로도 상당히 여유가 생기고 있어. 그건 거짓말이 아니야."

"그럼 좋지만…… 앗, 불평 들어줘서 고마워. 왠지 어리광만 부리네."

"도움이 되고 싶은 마음을 어리광이라고는 말하지 않아."

에미에게 자각은 없겠지만, 여차할 때 공격을 막아줄 동료가 있는 것과 없는 건 정말로 전혀 다르다.

계속 공격력을 갈구하던 내가 말하기는 좀 그렇지만, 쓰러뜨리는 능력보다는 당하지 않는 능력이 최종적으로 위를 노릴 수 있다. 시빌라가 『물러날 때』를 중시하는 것도 거의 같은 의미겠지.

……생각해보면, 이게 용사 파티에서 회복술사(힐러)였던 나의 역할이었다. 전혀 일하지 않더라도, 있기만 하면 하층 이후라도 여유가 생긴다. 그게 【성자】다.

새삼스럽지만, 자신이 리더가 되고 나서야 처음으로 자신의 역할을 알게 되었달까……. 그쪽은 나와 에미가 빠져나가는 사태에 빠졌는데, 정말로 괜찮을까?

뭐, 빈스는 걱정하지 않는다. 혼자서도 싸울 수 있는 데다 튼튼하니까. 무엇보다 걱정할 의리도 없다. 딱히 신뢰하고 있는 건 아니지만, 뭐 괜찮겠지.

―문제는 자넷인가. 그 녀석은 가장 가슴에 담아두는 타입이니까, 무리하지 않았으면 좋겠는데.

제6층부터 제10층까지도 제1층에서 제5층과 변함없이 공략할 수 있었다.

참고로 중층 플로어 보스는 녹색 홉고블린. 고블린 아처가 옆에 나란히 있었지만, 나는 다크 스플래시를 교대로 연사해서 모든 마물을 그 마법으로 쓰러뜨렸다.

그다지 달성감 없는 승리다. 그러나, 확실하게 쓰러뜨리는 방법이었다.
다른 모험가는 여기까지 왔을까?

하층으로 내려가자, 붉은 벽이 나왔다. 꿈에 나올 것 같아서 별로 보고 싶지 않은 색이다.
에미를 앞으로 보내고, 뒤에서 시빌라와 나란히 섰다. 아마 이 녀석이라면 색적마법을 이미 쓰고 있겠지.
"적은 어디에 있지?"
"……."
"……시빌라?"
웬일로 시빌라가 입을 다물고 있다.
에미도 심상치 않은 기색을 알아챘는지 시빌라를 돌아봤다.
시빌라는 입에 손가락을 대고, 여느 때의 고민하는 포즈를 잡았다.
"앗, 이봐!"
시빌라는 갑자기 성큼성큼 앞으로 나아갔다. 나와 에미는 갑작스러운 변화에 시선을 마주 보고는 그녀의 뒤를 쫓았다.
시빌라는 멈춰 서서 바닥을 보고 있었다. ……실이, 있다?
"가능성 중 하나로 생각해본 적은 있어."
시빌라가 그 실을 놓치지 않게 바라보면서, 더듬거리듯 걸었다.
붉은 던전 앞쪽, 그 안쪽에 무엇이 있는가.
……아니, 잠깐.

애초에 이상하지 않나? 나는 이 하층에 내려오고 나서는 에미에게 보호받으려고 했는데, 나보다 접근전이 익숙하지 않은 시빌라가 에미보다 앞을 걷고 있는 이유.

어째서 우리는, 아까부터 **마물과 한 번도 마주치지 않은 거지**?

"이걸 『붉다』라는 것만으로 중요시하고 있다면, 역시 사교네."

우리의 눈앞에 나타난 것, 그것은 튼튼하게 만들어진 우리와—.

어린 시절, 방에 들어온 벌레를 바깥에 내보내 준 적이 있다.

당시의 나나 빈스에게 벌레는 아무렇지도 않았고, 꾸물꾸물 움직이는 여섯 다리에 거부감은 없었다. 빈스는 다른 아이한테 벌레를 들이밀다가 젬마 할머니에게 혼나기도 했다.

에미는 『싫어, 무리!』라고 울상을 지으며 고개를 내저었고, 자넷은 표정을 지우고 얼굴을 파랗게 물들이며 고개를 휙휙 내저었다.

나는 발견하자마자 벌레를 방 바깥으로 전력투구했다. 날개 달린 벌레는 기운차게 산으로 날아갔다.

어느 정도 나이를 먹자, 점점 벌레의 움직임이 기분 나쁘다는 것도 이해할 수 있게 되었다. 특히 공벌레의 배는 가만히 볼 수 있는 게 아니다.

그런데 그와 가까운 움직임을 보이는 것이, 크거나, 많다면…….

"무리무리, 무리무리무리무리무리……."

방패를 들면 어떤 마물도 날려버리는 최강의 에미가, 내 뒤에 달라붙어서 등에 얼굴을 묻고 예전처럼 중얼거렸다.

—시야를 가득 메우는, 엄청난 숫자의 붉은 고블린.

그 녀석들이 우리를 인식하자마자 통로를 막으려는 듯 설치된 금속으로 된 우리 안에서 일제히 움직였다. 붉은 고블린들이 다섯 손가락을 꿈틀대면서 우리 안에서 손을 내밀었다.

우리의 벽에 달라붙은 붉은 고블린 위에 붉은 고블린이 올라타서 머리 위에서도 손을 뻗고 있다. 안쪽에서 혀를 할짝할짝 내밀며 입맛을 다시는 또다른 붉은 고블린이 기다린다.

넓은 우리 안 전체가, 우리에게 적의를 드러내며 꿈틀대는 붉은 고블린이었다.

—과연. 확실히 이건 기분 나쁘군…….

나는 몇 년의 시간을 넘어서, 그 시절 에미가 느꼈던 마음을 맛볼 수 있었다. 아니, 이런 추억 이야기에 잠겨있을 때가 아니군.

나는 에미의 머리를 쓰다듬으면서, 시빌라의 예상이 맞았다는 걸 떠올렸다.

"시빌라. 이 악몽 같은 광경의 설명을 부탁해."

"그럴까……. 먼저, 하층이 붉으니까 뭔가 관여하고 있지 않을까 하는, 굉장히 막연한 예상. 이건 빗나가도 되는 정도의 미약한 가능성……이었는데 말이지."

거기서, 시빌라는 늑대 귀를 꺼냈다.

"오크를 토벌하던 녀석들에게 『적회』의 입김이 들어가 있는데, 마델라 던전에 들어가지 않을 리는 없다고 생각했어. 그레이트 오크보다 중층의 적이 더 약하니까.”

그레이트 오크라는 건, 평야에 한 마리 있었던 커다란 오크였다. 녹색 고블린과 블러드 울프는 중층의 적이다. 그 마물들과 비교하면 이 던전의 마물이 더 약하다.

“오크를 던전 안에서 번식시켜서, 의도적으로 마델라 주변 평야에 『범람』시키고 있다고 가정해보자.”

시빌라는 검을 뽑아서 눈앞의 우리를 검으로 내려치듯 휘둘렀다.

키이잉, 하는 소리가 나며 붉은 고블린의 손가락이 몇 개 날아갔다.

“그 가정이 맞다면, 붉은 고블린도 『적회』가 『범람』시키려고 준비하고 있을 가능성도, 조금은 있다고 생각했어. 하지만…….”

시빌라는 검을 집어넣고 팔짱을 끼고는 원망스럽게 정면을 노려봤다.

“가능성은 정말로 낮은 가설이었어. 다시 말해서 이건, 『적회』가 도시를 멸망시켜서 증거 인멸을 하려 했던 거야. 저기를 봐. 너무나도 마력이 높아진 바람에…… 저거야.”

시빌라가 손가락으로 가리킨 곳에는, 붉은 고블린…… 묘하게 큰데.

“붉은 홉고블린. 틀림없이 본래의 하층 플로어 보스.”

“농담이지? 아직 11층이라고.”

“그래. 플로어 보스가 11층에 나타났어. 저래 보여도 하층 보스니, 바깥에 나갔다가는 대참사가 벌어질 거야."

이 실과 금속 우리가 무슨 의도로 만들어졌는지 정도는 알 수 있다.

던전의 마력으로부터 생성되는 고블린이 우리 안에서만 생겨나도록 모종의 방법으로 조정한 거다.

멀리서 이 실을 끊으면, 붉은 고블린이 도시로 흘러넘치겠지.

도시를 멸망시킬 수 있을 만한, 범상치 않은 숫자의 마물.

그건…… 실로…….

"……기대되는데."

이 던전에 온 본래의 목적. 내 중얼거림을 들은 시빌라가 육식동물처럼 입고리를 씨익 들어 올리고는, 에미의 머리를 쓰다듬으면서 자신 쪽으로 끌어안았다.

"추천은, 스피어야. 그걸로 입구만 막아버리면 나중에는 어떻게든 할 수 있어."

"알았다."

나는 양손을 들고 정면을 응시했다.

"3, 2, 1."

시빌라의 목소리를 듣고, 0과 동시에 나도 목소리를 높였다.

"《다크 스피어》, 《다크 스피어》……."

"……《다크 스피어》, 《다크 스피어》."

시야 끝에서 시빌라가 실에 불을 붙이는 게 보였다.

흥. 에미를 무서워하게 만든 답례다. 철저하게 해주겠어.

게다가 어차피 내 마력은 무한하니까 이런 상당한 숫자의 마물을 상대하는 게 가장 잘 어울린다.

얼마든지 와라. 경험치(고블린)들아. 전부 내 피와 살로 삼아주마.

그로부터 몇 분 정도…… 혹은 고작 1분 정도였을까.

시간 감각을 알 수 없을 만큼, 목이 말라붙을 정도로 마법을 쏟아붓자, 손뼉을 치는 소리가 들렸다.

"자, 수고했어. 이제 됐어."

"후우……."

나는 시빌라의 목소리를 듣고 긴 한숨을 내쉬었다.

이 제11층의 우리 앞쪽에 마물이 없어진 걸 감지한 이상, 우리 너머에 있는 마물의 숫자도 파악하고 있겠지. 그 시빌라가 이제 됐다고 말했다면.

"에미, 저기 봐. 러셀이 해결해줬어."

"……으으, 부끄러워요."

"쓰다듬는 감촉이 좋더라!"

"히엑."

에미가 이쪽을 돌아보고는 작게 중얼거렸다. 그러나, 모든 붉은 고블린이 움직이지 않는 걸 확인하자 헤실헤실 벽에 기댔다.

"괴, 굉장해~. ……러셀, 굉장히 애썼네……."

"뭘, 이 정도라면 괜찮……다고 말하고 싶지만, 정말로 목이 마르군……."

시빌라가 물의 마석을 하나 꺼내서 컵에 물을 넣어 내게 내밀었다.

"자, 여신님의 선물이야~ 고맙게 받으라고."

"지금은 그런 농담도 받아칠 여유가 없어. 시빌라, 잘 마실게."

나는 시빌라에게 컵을 받아서 목을 축였다.

"고맙다. 맛있었어."

바로 비어버린 컵을 돌려줬다. 시빌라는 컵을 받더니…… 조금 눈을 크게 떴다.

"……왜 그래?"

"아무것도 아니야."

시빌라는 영문 모를 반응을 보이고는 컵을 가방에 넣고 삐친 머리털을 매만지기 시작했다.

아니, 다음 방침을 듣고 싶은데…….

"아아~ 그래. 응, 그랬지. 아마 여기보다 힘든 계층은 없을 거야. 내려가자."

"알았다. 그나저나…… 몸이라도 안 좋은 거냐?"

"아무것도 아니야."

시빌라는 퉁명스럽게 고개를 돌렸지만, 어째서인지 에미가 시빌라를 들여다보며 즐거워하고 있었다. 시빌라는 에미의 머리를 난폭하게 꾹꾹 눌렀다.

사이가 좋은…… 건가? 뭐, 나쁜 것보다는 훨씬 낫지만……. 여자들은 잘 모르겠어.

그로부터 제11층으로 내려갔지만, 확실히 대단한 상대가 없는 평범한 던전이었다.

제15층까지 내려가서, 준비를 마친 뒤 플로어 보스에게 도전했다.

안에 있던 건 기간트처럼 키가 큰 고블린. 그게 다수다.

“검은 고블린 킹, 세 마리 있어! 이거 짭짤하네!”

“그러게! 《어비스 트랩》!”

나는 곧바로 중심에 있는 플로어 보스에게 함정 타입의 마법을 날렸다. 놈이 이쪽으로 파고든 순간, 마법이 발동했다. 검은 고블린 킹은 절규를 내지르며 검은 마법에 삼켜졌지만, 쓰러지기 직전에 버티고는 손에 든 커다란 칼를 들어서 거리를 좁혀왔다.

“그렇게는 안돼……!”

이번에는 처음으로 에미가 앞으로 나왔다. 방패가 빛나자, 검은 고블린 킹이 반대쪽으로 튕겨났다.

—반대쪽으로 튕겨났다?

의문으로 여기면서도 다시 마법을 꽂아 넣자, 동시에 에미의 방패에서 커다란 소리가 났다. 바라보니, 바닥에 얇은 철창 같은 게 떨어져 있었다. 좌우의 검은 고블린은 설치형 대궁을 쓰는 건가.

이번에는 에미의 방패가 검게 빛났다. 지금의 화살은 『끌어들이는』 것으로 막았군.

그렇군, 에미는 【성기사】와 【어스름의 기사】의 스킬을 나눠서 쓸 수 있는 건가. 대단하다. 방어 방면에서는 정말로 믿음직해.

아무래도 에미가 대기하고 있다는 걸 알면 상당히 여유가 생기는군.

그래서 나도 차분하게 마법을 쏠 수 있다. 역시 너의 존재는 커.

“《어비스 네일》.”

냉정하게 이중 영창으로 마법을 날리자, 근접 타입의 검은 고블린 킹은 움직이지 않게 되었다. 남은 것은 화살 타입뿐.

“《다크 재블린》.”

회피하지 않고, 이동도 하지 않는다면 적극적으로 공격할 뿐이다.

검은 고블린 킹은 피하지 않고 맞을 뿐이라, 그대로 마법을 몇 번 꽂아 넣자 쓰러졌다.

다른 한 마리도 똑같이 쓰러뜨렸다.

고블린만 있는 던전의 경험치는 미덥지 못했지만, 아무래도 제11층에 있던 대량의 마물과 고난이도화된 플로어 보스가 컸던 모양이다.

기다리고 기다리던, 그 목소리가 들려왔다.

—【어스름의 마경】 레벨 13 《하데스 핸드》—

놀랍게도, 전혀 다른 계통의 마법이었다.

“레벨 업했어. 종류가 다른 마법을 익혔군.”

“하데스 핸드를? 타이밍 좋네! 그 녀석은 실제로 마왕에게 무영창으로 꽂아 넣어. 반드시 큰 효과를 볼 수 있을 거야.”

"그거 기대되는데."

당연한 듯이 마법을 쓸 타이밍을 말하는 시빌라는 보니, 문득 신경이 쓰여서 물었다.

"과거에 제일 강했던 어스름의 마경은, 레벨이 어디까지 갔지?"

"비밀인 게 즐겁지 않아? 그래도 넘으면 가르쳐줄게. 까놓고 말해서 그렇게 멀지는 않아, 역대 최강. 그러니까 나도 기대되네."

벌써 역대 최강이 가까운 건가……! 최상위직 【어스름의 마경】의 역대 최강, 실로 기대된다.

그나저나 최강, 이라. 얼마 전까지의 나였다면 생각할 수 없는 호칭이다.

이 싸움 너머에서, 나는 어디까지 가는 걸까. 얼마나 많은 마왕에게 손이 닿을까.

그런 나의 여로에 선 세 번째 마왕이, 이 앞에 있다.

"이대로 마왕에게 도전하자."

"응. 이대로 작전 회의를 하고 바로 도전할게. 에미도 그러면 되겠지?"

"네. 믿고 있을게요!"

우리는 플로어 보스 앞쪽 계단을 똑바로 응시하면서, 마왕 토벌 준비를 시작했다.

09 상상을 초월하는 마왕의 악의, 나의 새로운 힘

시빌라의 어드바이스를 들은 나와 에미는 할 수 있는 최대한의 준비를 했다.

나는 전원의 무기에 암속성을 부여하고, 마지막으로 윈드 배리어. 준비는 마쳤다.

"좋아. 에미, 부탁한다."

"맡겨둬!"

전위를 에미에게 맡겼다. 마왕에게 경험치가 없다면, 누가 쓰러뜨리더라도 괜찮겠지.

지금까지 두 명의 마왕을 만났는데, 딱 하나 말할 수 있는 건 『성격이 독특』하다는 것이다. 인간의 말을 하지만, 그것 말고는 외견 이상으로 알맹이가 인간과 다른 점이 느껴진다.

확률은 희박하지만, 가능하면 무개성한 녀석이 나왔으면 좋겠는데…….

"슬슬 최하층 플로어로 가자."

"알았다."

에미가 방패를 다시 들고 계단을 내려갔다.

뒤따라서 나와 시빌라도 보라색 지면에 발을 올렸다. 시빌라가 뒤를 돌아봤다.

"마력벽, 있어."

그것은, 플로어 보스를 쓰러뜨릴 때까지 모험가를 도망치게 두지 않는 벽. 마왕이 여기에 있다는 증거다.

안에 있는 작은 문이 열리며 나온 건 작은 그림자. 어린애 정도의 크기인가.

마왕은, 우리를 확인한 순간— 갑자기 모습을 감추는 그림자를 풀었다.

보라색 피부와 하얀 눈. 키에 걸맞은, 이상하게 어린애 같은 복장.

"우와아, 정말로 왔잖아! 제11층의 약속, 깨졌다 싶었는데 정말로 왔어!"

"제11층의 약속?"

신경 쓰이는 말을 했다. 마왕이, 약속이라고?

"그래! 제11층에 마물을 잔뜩 모아둔다는 약속! 그래서 마물의 재출현은 전부 방 안에만 하게 해놨었는데! 모험가의 매수, 실패했구나. 그 아저씨!"

마물의 재출현, 그게 우리 안에 한정되던 건, 이 마왕이 조작했기 때문인가.

그나저나, 모험가의 매수라고? 그 아저씨라는 건 설마…….

"러셀, 미안. 내 착각이었어."

시빌라는 작은 목소리로 정정했다.

"『적회』는, 여신의 서를 잘못 해석하고 있다고 설명했었지. 그거 정정."

그렇다. 시빌라의 설명은 도중까지는 맞았다. 붉은 와인. 여신의 은혜.

"즉, 시빌라가 하고 싶은 말은 『신앙하고 있는 게 마신이라는 걸 알면서도, 붉은 마신을 신앙하고 있다』라는 건가."

시빌라가 옆에서 고개를 끄덕였다. 그러자 정면에 있는 어린 마왕이 놀랍게도 고개를 가로저었다.

"아하하, 아니야! 적어도 그 아저씨는 진짜로 신이라고 생각하고 있으니까!"

……뭐라고? 마왕은 우리의 의문에 대답하려는 듯 떠들어댔다.

"이야~, 걸작이었지! 아하하하! 마델라의 모험가들, 하층 플로어 보스를 쓰러뜨리기는 했어도 설마 고작 그 정도의 힘으로 나에게 도전하려고 하다니!"

원래의 하급 레벨이라면, 제15층 플로어 보스는 붉은 홉고블린인가. 마왕과 비교하면 정말로 함정이라고 할 만큼 약한 보스였다.

"그래서 말이지. 크핫, 가볍~게 놀아줬더니, 그 여유로운 척하던 아저씨가 뭐든지 할 테니까 살려줘! 라고 말하지 뭐야. 그건 지금 생각해도 정말로 웃긴다니까! 아하하!"

……거슬리는 목소리군.

나 참, 마왕은 이놈이고 저놈이고 개성파가 모여있어서 열받는다……. 이 녀석의 개성도 알 것 같다. 잘 웃는다. 그것도, 약한 인간을 깔보면서 비웃는 타입이다.

"이야아, 그때의 그 녀석들, 아니 정말로, 크핫, 크하~ 정말 너무 어리석어서 불쌍해질 정도였다니까."

"빨리 얘기해. 이야기가 진행이 안 되잖아."

"어이쿠, 실례. 크큭. —아니 뭐, 말하는 걸 들으면 살려서 돌려보내 준다고 말하니까, 바로 이 메이커인 나의 명령을 따르게 되었다는 걸 떠올렸을 뿐이야."

마왕이, 갑자기 목소리의 온도를 낮추며 말했다. ……그러더니 다시 시끄러운 소리를 냈다.

"크하핫, 도시의 인간보다 자기 목숨이 소중한 모험가와의 이해 일치! 그래서 도시는 멸망하겠지만, 뭐 그건 아무래도 좋잖아!"

도시에 마물이 넘쳐나게 만드는 걸 『아무래도 좋다』라고 끝내고 있는데, 전혀 좋지 않아……!

아니, 잠깐— 그럼 본론은 뭐라는 거지?

"대화를 나누다가…… 아핫, 『여신의 서』에 나오는 붉은 와인을 흘린 신이 부활하면, 『태양의 여신교』보다 득세할 수 있는 스킬을 내려준다고 말하니까, 믿더란 말이지! 아하하!"

"『붉은 구제회』 녀석들은 그런 헛소리를 믿은 건가."

"목숨의 위기와 합쳐지면, 조금이라도 가능성이 있는 만큼 믿어버린다니까 말이야!"

기이하게도, 『붉은 구제회』가 신자를 포섭하는 방법과 아주 비슷하군…….

"하지만 조건부로 살려서 돌려보내겠다고 말하니까, 『역시 붉은 마물을 쓰는 마왕은 신의 사자였다! 붉은색이란 어쩜 이리도 근사한 색인가!』라고 말할 때는 진짜 재미있더라! 그 아저씨도 어지간하다니까! 주변 모험가들, 조금 기겁했었어! 아하하하하!"

틀림없다. 아저씨란 『붉은 구제회』 대주교다. 아무래도 내가 생각한 것보다 붉은색이라는 것에 훨씬 빠져있는 모양이다. 제정신인가 의심할 정도의 남자였는데, 애초부터 제정신이 아니었군.

그러나 지금 이야기를 들어보면, 애슐리나 그 아버지만이 아니라 도시 모험가들까지 공포로 지배하고 있는 모양이다. 그럼 신앙심은 대단하지 않겠지. 이건 나쁘지 않은 정보다.

"나의 귀여운 펫이 마음에 든 모양이니까, 답례로 붉은 고블린을 늘리는 방법을 가르쳐줬어. 여기, 마력이 넘쳐나잖아? 매직 포션을 바닥에 던지고 있었어."

어쩐지 많다 싶었는데, 던전에 직접 마력 회복 도구를 써서 제11층 우리 안에 붉은 고블린을 재출현시키고 있었나……!

"귀여운 내 던전의 육성과 귀여운 내 고블린들의 육성. 그게 놓아주는 조건이었으니까~! 도시에는 흥미 없다고 말했으니, 내가 모아둔 마물을 쓰지 않는다고 생각했겠지! 나는 우리를 열 수도 있는데 말이지! 아하하하하!"

이야기를 보면, 『붉은 구제회』는 역시 욕망에 물든 종교였고, 특히 대주교는 상당했다.

『태양의 여신교』보다 자신들의 『붉은 구제회』가 득세하는 게 목적인 건가. 그러나…… 그래도 『붉은 구제회』 녀석들은 일단 신을 부활시킬 생각으로 움직이고 있다. 목숨의 위기 속에서 붙잡은 희망이라면, 그건 신앙심이라고 해도 되겠지.

이 녀석은, 그런 녀석들의 약함을 이용해서 자기 뜻대로 조종하고 있었던 거다.

게다가 인간의 약한 부분을 다양한 각도에서 노려대면서, 『붉은 구제회』의 방식을 더욱 완벽하게 더럽혀버린 최악의 마왕……. 아니, 애초에 최악이 아닌 마왕 같은 건 없었나.

동시에, 생각했다.

역시 마왕은, 아무 생각도 없이 손쉽게 힘만을 다루는, 머리 나쁜 녀석밖에 없어 보인다. 여기저기에 널린 미공략 던전에는 이런 것들이 있는 건가……. 이거야 원, 골치가 아프군.

"그리고, 물론 이걸 말한 이상 너희는 돌아갈 수 없어어. 11층을 그렇게 만들었잖아. 온화하고 귀여운 나(보쿠)라도 화가 났다고. 그·러·니·까~."

핫, 귀엽다니. 무슨 자신감으로 말하는 건지.

자신을 『보쿠[#1]』라고 말하는 귀여운 아이라면 자넷만으로 충분해.

'《하데스 핸드》.'

"너희는 사형 결정~! 그래도 잘 놀아줄— 윽?!"

나는 『슬슬 올 것 같다』라는 타이밍에 그 마법을 사용했다.

무영창으로, 손끝 하나 까딱하지 않은 기습이다. 이건 피할

#1 보쿠(僕) 일본에서 보통은 어린 남자가 쓰는 인칭대명사. 작중에서는 자넷이 사용한다.

수 없겠지.

"이, 이건…… 어둠! 설마! 설마?! 너희들, 메이커 머더러냐!"

아드리아의 마왕과 똑같은 단어를 쓰는군. 제작자 말살단(메이커 머더러)이라. 매도나 야유를 목적으로 한 말일지도 모르지만, 꽤 강해 보이는 호칭 아닐까?

"젠장, 젠장, 선수를, 설마 『그래비티계』로 빼앗기다니! 내 평생의 실수! 《큐어》! 《큐어》! 아아, 젠장, 안 지워져! 내 몸이 아니라, 몸에 두른 공기가 변했잖아!"

마왕은 핏발선 눈으로 공중에서 레이피어 같은 걸 꺼내서 돌격해왔다.

그러나, 그 공격은 에미가 막았다.

"속도가, 안 나와……."

마델라의 마왕이 친절하고 세심하게 효과를 설명해준 덕분에, 나는 이 마법의 진가를 봤다. 시빌라가 코웃음을 치면서 설명했다.

"굉장하지? 저승신(하데스)이 다리를 잡아당겨서 방해하는 듯한, 악랄한 방해마법."

"이 마법은, 굉장한데……!"

"『속도』는, 모든 전사에게 최강의 무기야. 아무리 공격력이 낮아도, 방어력이 낮아도, 『속도』가 상대보다 빠르면 유리해져. 세이리스의 모래사장에서도 그랬듯이."

그렇다. 그때의 적은 결코 드래곤에 비해 강한 건 아니었다. 그러나 에미가 그 회피를 끌어당기는 스킬을 얻지 않았다면,

나만으로 이길 수 있었을지 미심쩍다. 마왕을 상대하는 것보다 많이 다쳤을 정도다.

속도를, 해제 불가능한 어둠의 힘으로 방해한다. 그것이 【어스름의 마경】 레벨 13의 힘……!

"첫 공격으로, 목을 관통시킬 생각이었는데—."

"《어비스 네일》."

"—크아아아악!"

나는 에미의 방어에 고생하는 마왕을 향해 반사적으로 마법을 꽂아 넣었다.

……에미의 목을, 찌른다고? 너, 잘도 내 앞에서 그런 말을 하는군.

소생마법(리저렉션)은, 한 번 성공했다. 그러나 역시 그 마법은 정말로 기적이었다. 한 번 성공하기는 했지만, 나는 이제 두 번 다시 그런 기분을 맛보고 싶지 않다.

에미에게서 내게로 시선을 돌린 마왕이 외쳤다.

"네가 이번의 마경! 이 녀석이 방패! 그렇다면, 네가 【어스름의 여신】인—."

마왕이 눈을 부릅뜨면서 시빌라를 바라봤다. 이 녀석은 시빌라를 알고 있는 건가.

"—프리실라냐!"

아니었다. 이야기하는 내용을 봐서는 상당한 정보통인 줄 알았는데, 이 상황에서 이름을 틀리다니…….

"시빌라. 저 녀석은 누구를 말하는 거지?"

"……글쎄."

시빌라는 어깨를 으쓱하며 한숨을 내쉬었다. 동시에, 갑자기 마법을 날렸다.

"《플레임 스트라이크》."

가차 없는 고위력 마법. 적이 하층에 있을수록, 특히나 마왕에게는 효과가 별로 없다고 들었지만, 그래도 상위 마법 중 하나. 마왕은 팔로 얼굴을 덮으면서 싫은 표정을 지었다.

"나는 시빌라. 『어스름의 여신』 시빌라야."

노골적으로 불쾌한 얼굴로 마법을 꽂아 넣은 시빌라는 계속 말을 이었다.

"이번에는 『여신의 서』를 악용하기도 했으니, 철저하게 할 생각이야. 나는 너도, 『붉은 구제회』에서 태양의 여신교를 뒤엎으려는 망할 녀석도, 어딘가에서 오크를 만들고 있는 녀석도, 전부 뭉개버릴 생각으로 움직이고 있어. 나는 화났거든!"

마델라에 도착하고 나서 굉장히 적극적으로 움직이고 있다 싶었는데, 역시 여신의 일원으로서, 『여신의 서』가 이용당하고 있는 게 화가 난 건가.

순간 그렇게 생각했지만.

"……하지만 말이지. 제일 화난 건 자기 자신이야."

네가 제일 화가 난 부분은 그게 아니겠지.

"처음에는 싸우는 어른과 귀가를 기다리는 아이의 행복을 위해 썼던 『여신의 서』. 그게 악용당한 탓에 딸에게 말도 걸지 못하는 어머니와, 어머니가 누군지 모르는 딸이 있다는 것……. 그걸 바로 깨닫지 못했던 나 자신에게 화가 난다고!"

애슐리와 마이라. 그리고 아이들을 위해. 너는 언제나 그랬었지.

아드리아에서도, 세이리스에서도, 여기 마델라에서도, 그걸 소중히 여겼다.

그러니 나도 그런 너의 여행에서 옆에 서고 싶다고 생각한 거다. 그러면, 예전처럼 자신에게 절망하기만 하는 게 아니라, 누군가에게 줄 수도 있으리라고 생각했으니까.

여신에게 어울리는, 주역(내)이 되는 거다.

"러셀. 이제 이 녀석과 할 말은 없어! 《플레임 스트라이크》!"

"동감이야! 《어비스 네일》!"

우리의 동시 공격이 쏟아지자, 마왕은 황급히 백스텝으로 거리를 벌렸다.

그러나, 그 마왕은 생각처럼 거리를 벌리지 못했다.

에미의 방패가 검게 빛나고 있었으니까.

"이건, 【어스름의 기사】……!"

"《하데스 핸드》."

'《하데스 핸드》.'

"큭! 위력이, 올라갔어……!"

처음에 쓴 하데스 핸드는, 기습하기 위한 무영창이었다.

그러나 이번에는 목소리를 낸 이중 영창. 조금 전보다 훨씬 강하다.

"이런 곳에서, 내가, 귀여운 이 내가……!"

“자기 평가가 굉장히 높은 마왕이군. 귀엽다는 말은, 너 같은 녀석에게는 하지 않아.”

“그러게. 자신을 『보쿠』라고 말하는 굉장히 귀여운 아이를 알고 있으니까.”

에미도 같은 사람을 떠올린 모양이다. 뭐, 그 녀석을 알고 있으면 이렇게 반응하겠지.

에미의 방패가 다시 검게 빛났다. 마왕은 이미 이중 영창 하데스 핸드로 인해 움직일 수 없다.

마왕의 레이피어는 이미 위력이 없어서, 반사 신경에서 압도하는 에미에게 팔이 잘렸다.

에미를 사이에 두고, 반대쪽에서 시빌라가 오른 옆구리를 찔렀다. ―빠직, 하는 소리가 울렸다.

“크……! 이걸로, 이겼다고………… 마지막은, 내, 가…….”

시끄러웠던 마왕은, 마지막으로 다시 조용한 목소리로 선언하고는 검은 재가 되어 사라졌다.

“패배 대사 고마워~! 에미가 검, 러셀이 목숨, 내가 코어. 좋네!”

“과연, 시빌라는 던전 코어를 노리고 있었던 건가.”

“그렇다면, 이걸로 전부 끝난…… 거죠?”

셋이서 마왕이 있던 곳을 보면서, 그 마왕이 부활하지 않는 걸 확인했다.

“마법을 쓸 타이밍과 방법, 사전에 상의한 대로 잘 풀렸군. 역시 시빌라야. 미지의 상대여도 믿을 수 있어.”

"나는 러셀이 굉장하다고 생각해! 막는 게 너무 간단해서 놀랐어. 나, 또 위기 때 도움받았네. 게다가 처음의 일격은, 분명…… 에헤헤, 기뻐라."

"으음, 나는 에미가 최고였어. 사용법이 굉장하더라. 무엇보다 【어스름의 기사】 중에서 이렇게 성실한 성격인 아이는 처음이거든. 역대 최고의 안정감이야."

우리는 서로를 진지하게 바라봤다. 그리고 모두 함께 가볍게 웃고는 양손을 들었다.

내 오른손은 시빌라에게, 왼손은 에미에게. 시빌라와 에미도 서로 한 손을 맞댔다. 마왕에게 이겼다……. 슬금슬금 실감이 솟아났다.

세 번째 마왕, 토벌 완료다.

최하층의 마왕을 쓰러뜨린 우리는 그 앞으로 나아갔다.

"아드리아에서는 마왕이 자폭해버려서 깔끔하게 사라졌었지."

"세이리스에서는 비아냥거리는 듯한 글밖에 없었고."

"뭔가 있기는 할까~?"

안쪽 방으로 들어가자, 눈앞에 펼쳐진 것은 작은 방. 그 안에 있는 건 책상. 그 위에 올라가 있는 건……『여신의 서』다.

나는 그 책을 들고 팔랑팔랑 넘겼다.

"적혀있는 내용은, 교회에서 배부하는 것과 똑같나……."

방은 마력의 빛으로 어둡게 느껴지지는 않았지만, 아련한 보라색 기운이 감돌아서 보기 힘들었다.

던전 안에서는 책을 읽을 수 없겠어. 마왕에게는 평범하겠지만.

내용을 몇 페이지 넘기다가, 문득 어느 지점에 시선이 갔다.

『—여신의 의지를 이어받은 자로 인해, 사람의 형태나 사람이 아닌 자는 이 땅에서 멀어졌다.』

그렇다. 시빌라가 예전에 이야기했던, 『붉은 구제회』가 중요시하던 부분이다.

어째서 그 문구에 시선이 갔느냐면, 이유는 지극히 단순하다. 그 부분에 선이 그어져 있었다.

마왕의 방에 있는 책에 이 표식이 있다는 건, 그 마왕이 여신의 서를 읽으면서 『붉은 구제회』 녀석들과 교류하고 있었다는 거겠지.

시빌라와 에미에게 그곳을 보여줬다. 그로부터 시빌라는 가볍게 페이지를 처음부터 끝까지 보고는 『그곳 말고는 아무것도 쓰여있지 않네』라고만 말하고 내게 책을 넘겼다.

마왕의 소지품인가……. 받아둘까. 지금까지 그리 진지하게 읽지는 않았으니까.

마왕을 토벌하고 마델라 던전을 나왔다.

인파가 특히 적은 시간대. 시빌라는 동쪽 방향, 그 『붉은 구제회』의 건조물이 있는 방향으로 시선을 돌렸다.

"믿는 자는 구원받는다— 라는 건 거짓말이야."

여신이라고는 생각할 수 없는 발언이다.

"구원받은 건 믿고 있었기 때문이니까 여신 덕분이고, 구원받지 못한 건 믿지 않아서 여신이 구원해주지 않은 거라니. 여신에게 너무 편파적인 해석이잖아."

확실히 그 말은 옳다.

시빌라에게 있어서 여신은 자신을 말한다. 실제로 시빌라는 나를 구원해줬다.

그러나, 그건 여신을 믿었기 때문은 아니다.

"성공도, 실패도, 자기 손으로 붙잡아야 가치가 있는 거야. 실패도, 말이지."

시빌라는 우리를 바라봤다. 자신의 손으로 어스름의 직업(잡)을 내린 우리를.

"성공했을 때, 겸허한 사람은 『운이 좋았다』라든가 『여신님 덕분』이라며 감사해. 방심하지 않는 건 좋은 일이야……. 하지만, 『신앙하지 않으면 성공하지 않는다』라는 공포로 신앙하는 건, 순서가 반대잖아. 알지?"

"물론, 이지. 자신의 성공과 실패는, 자기 손으로 붙잡지 않으면 의미가 없어."

신앙해도, 하지 않아도, 결과는 나온다. 그게 태양의 여신을 신앙하지 않는 이유가 되지는 않지만, 동시에 필요 이상으로 신앙할 이유도 되지 않는다. 왜냐하면, 여신을 싫어하는 내가, 이렇게 여전히 모험가로서 계속 마왕 토벌에 성공하고 있으니까.

이건, 여신 시빌라를 신앙하고 있어서가 아니다.

내가 레벨 업해서, 어둠마법을 썼으니까. 내가 행동한 결과는 나의 것이다. 추방당했을 때의 괴로움도, 드래곤에게 얻어맞았던 아픔도.

설령 여신이라도, 그걸 누군가에게 양보할 생각은 없다.

"저, 저도! 오히려 줄곧, 떠밀려서 직업을 고르고, 써왔는데……. 그러니까 지금, 스스로, 직업을 골라서 성장하는 게, 굉장히 근사하다고 생각해요……!"

에미는 【어스름의 기사】라는 직업이 되었다. 그건 에미 자신에게는 굉장히 커다란 선택이었겠지.

성기사가 되고 나서 얻은 수호의 마법을 잃으면서까지 나와 함께 싸울 힘을 얻었다.

그 결과, 지금은 어깨를 나란히 하고 마왕 토벌을 하게 된 거다.

우리의 대답을 듣자, 시빌라는 만족스럽게 끄덕였다.

"너희를 보고 있으면, 나도 어느 정도 마음이 편해져."

시빌라의 마음은 이해한다. 나는 신이 아닌 데다 태양의 여신을 신앙하지 않지만, 그래도 녀석들에게는 화가 났다.

특히, 이용당한 당사자인 너는…… 직업 변경조차 자기 뜻대로 할 수 있으면서도 나와 에미의 의지를 확인할 만큼 인간에게 호의적인 너라면.

"마치 『대주교가 한 말은, 여신 본인의 말이라고 생각해라』라고 말할 것 같으니 말이지."

"그러게. 역시 한 방 후려치고 싶어~."

우리와 이야기를 나누자 기분이 많이 편해졌는지, 시빌라는 즐겁게 말했다.

고아원으로 돌아가자, 아이들이 와글와글 몰려왔다.

"시빌라다!"

"늦었잖아~."

모여든 아이들 앞에 쪼그려 앉은 시빌라가 기쁜 듯이 머리를 쓰다듬었다. 정말이지, 처음부터 네가 수녀였던 게 아닌가 싶을 만큼 잘 따르는군. 시빌라 자신도 이 시간을 무엇보다 소중한 마음의 양식으로 삼고 있는 것 같다.

그중 한 명이 나를 눈치챘다.

"앗, 러셀 씨다."

"나 말이냐?"

갑자기 이름을 부르길래 놀랐다. 이 녀석은 확실히, 고아원에 들어와서 처음에 본…….

"……베니, 였던가?"

"응."

소년은 웬일로 시빌라가 아니라 내게 왔다. 무슨 일 있나?

내가 의문이 들어 고개를 갸웃하자, 베니는 고개를 숙였다.

"계속 몸이 안 좋았으니까, 러셀 씨한테는 다시 고맙다고 말하고 싶어서……."

흐음, 예의 바른 녀석이군. 다른 아이들은 감사의 말을 한 번 하고는 다 끝났다는 식이었는데, 아무래도 베니는 줄곧 나에게 은혜를 느끼고 있었던 모양이다.

“베니는 좋은 녀석이구나. 그 다정한 성격 그대로 성장해줘.”

“응.”

문득 시선이 느껴지자, 시빌라와 에미가 나를 묘하게 즐거운 듯 보고 있었다.

……그 흐뭇한 광경을 보는 듯한 표정은 뭐야? 나도 누구에게나 퉁명스러운 건 아니라고. 하물며, 이런 작은 아이한테 쌀쌀맞게 나갈 수 있겠냐.

거북함을 떨쳐내기 위해, 베니에게 딱딱하게 말했다.

“용건은 그것뿐이냐?”

“앗, 아니. 그건 아니야.”

“응? 그런가?”

베니는 품에서 작은 구체를 꺼냈다.

“이거, 줄게. 모두에게는 비밀.”

뭔지는 모르겠지만, 비밀이라면 그다지 보여줄 수는 없겠군.

“알았다. 받아둘게.”

“저기, 그게, 나중에 말이지…….”

나는 자기 주머니에 그 도구를 넣었고, 베니가 뭔가 말하려고 할 때 현관문이 열렸다.

“다녀왔어~. 아, 러셀 님…….”

“애슐리인가. 우리도 지금 돌아온 참이야.”

애슐리에게는 사전에 예정을 공유했다. 그건 『붉은 구제회』를 속이기 위해서다. 그렇기에 이곳에서도 섣불리 언급할 수는 없었다.

그런 애슐리의 모습을 짐작했는지, 시빌라가 말을 걸었다.

"애슐리, 수고했어. 프레데리카가 요리하고 있는 것 같아."

"아, 죄송합니다. 서둘러 갈게요!"

부엌으로 향하는 애슐리를 따라가서 프레데리카에게도 귀가 인사를 했다. 이후에는…… 뭐, 아이들과 시간이라도 때울까.

오늘 요리도 굉장히 맛있었고, 다정한 맛이었다.

프레데리카는 정말로 요리가 능숙하다. 그런 그녀가 『좋아하는 것』이, 교회 고아원 관리 멤버의 일과 일치하고 있는 게 그녀의 매력을 끌어올리고 있다.

이것도 자신의 선택과, 그 성공 사례겠지.

싸울 힘에만 해당하는 게 아니다. 아니…… 프레데리카는 충분히 싸우고 있나. 왕국 전체 고아들과의 『육아』라는 싸움을.

어린 시절부터, 동경하는 연상 누나였던 프레데리카.

힘이 강해졌어도, 키가 커졌어도, 【성자】가 되었어도.

오히려 성장한 지금, 프레데리카라는 한 명의 존재가 얼마나 컸는지를 어린 시절보다도 훨씬 잘 느끼게 되었다.

내가 도와줄 수 있는 거라면 적극적으로 협력하고 싶다.

다음 날, 변함없이 맑아지지 않는 마델라에서.

세이리스 때와 마찬가지로 시빌라가 창문을 통해 바깥을 바라봤다.

단, 그때처럼 너무나도 밝게 느껴지는 하늘과 바다가 있는 여관은 아니다.

시빌라는 창문을 통해 바깥을 노려보고 있다. 팔짱을 끼고, 손가락으로 팔을 두드리면서, 때때로 눈을 감고 탄식을 내쉬고 있다.

"왜 그래?"

"……어머, 러셀. 빠르네."

"무슨 일 있나?"

"『붉은 구제회』 녀석들이 눈치챈 건지, 아니면 그 마왕이 자신의 소멸을 조건으로 걸어둔 건지는 모르겠지만…… 아무튼 대주교와 마왕은 손을 잡고 있었으니까, 이걸로 관여가 확실해졌어."

또 애매한 표현을 쓰는군……. 마왕과 대주교의 관여가 어쨌다는 거지?

나는 결국 시빌라에게 무슨 일이냐며 재촉했다. 결론은 빨리 말해줬으면 좋겠다.

"색적마법을 쓰고 있는데……. 도시 바깥의 마물, 명백하게 늘어났어. 오크의 범람은 역시 녀석들과 관계가 있는 거야. 이대로 가면 도시를 공격할지도 몰라."

시빌라가 내놓은 대답에는 역시 놀랐다. 너무나도 노골적인 범람 타이밍. 이건 거의 틀림없이 의도적으로 마물을 넘치게 하고 있다는 걸 알 수 있는 것이었다.

완전히 달라진 마델라의 상황.

『붉은 구제회』의 남자는 자신이 믿는 신……. 아니, 자신이 태양의 여신교보다 위에 올라서 세상에 군림하기 위해서라면 이 도시의 주민은 이미 아무래도 좋은 모양이다.

시빌라 옆으로 가서 도시 외벽을 봤다. 창문 바로 아래에는 최근 막 생긴 검술 훈련용 짚더미. 검성을 동경하는 어린 소년이 세운 거다.

기운차게 연습하는 모습을 지켜본 나는 시빌라의 말에 고개를 끄덕였다.

"저 아이들의 미래, 지켜줘야겠지. 본격적으로 녀석들을 없애기 위해 움직일 거야."

제2장

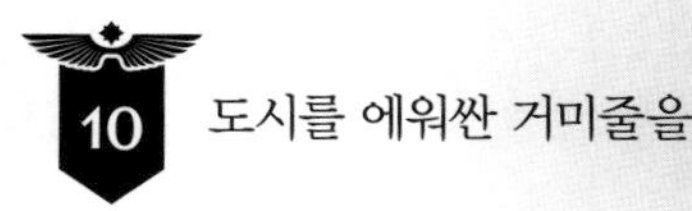
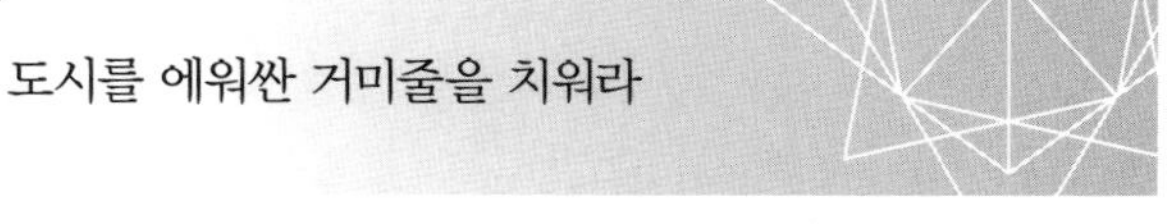

10 도시를 에워싼 거미줄을 치워라

상황을 정리해보자. 우리는 프레데리카와 동행해서 이 도시로 왔다.

마델라. 활기를 잃은 도시. 거미줄처럼 도시 주민들을 에워싸 장악하려는 『붉은 구제회』라는— 시빌라는 『적회』라고 부른다— 수상한 종교.

머리가 붉다는 이유만으로 『대주교』라는 남자만이 아니라 남편에게까지 이용당한 애슐리.

그녀의 친딸 마이라는 자아가 있는지조차 알 수 없이 『사제』라는 역할을 맡고 있다.

그리고 도시 주민들은 건강 문제에 시달리고 있다. 시빌라에게 치료마법을 쓸 수 없을까 상담했지만, 공적을 빼앗길 가능성이 높다며 가로막았다. 식료품 및 그 식재료에 쓰이는 『미각 각성분』이 원인이라는 건 밝혀냈지만, 섣불리 움직일 수는 없다. ……답답하군.

이 도시는 우편 길드, 식료품 유통 관계자, 게다가 모험가에 이르기까지 『붉은 구제회』의 손이 닿아있다. 바깥에 넘쳐나는 마물, 오크조차도.

결국 마델라 던전은 마왕을 쓰러뜨릴 때까지 고블린밖에 없었다. 즉, 바깥에 넘쳐나는 오크는 그 던전과는 다른 곳에서 나오고 있다는 뜻이 된다. 여전히 그 던전 입구가 어디에 있는지는 모르겠단 말이지…….

어제 그 마왕을 쓰러뜨린 것으로 상황이 움직였는지, 도시 바깥에서는 오크가 대량으로 넘쳐나고 있다. 그게 『붉은 구제회』가 직접 손을 쓴 것인지는 모르겠지만, 이게 현재 상황이다.

무슨 일이 일어난 건지는 몰라도…… **무언가**가 일어났다는 건 틀림없겠지.

"앗, 까만 사람 또 얼굴을 찡그리고 있어."

"까만 사람이 아니야. 러셀 씨야."

"라모나 씨는 찡그린 표정 말고 다른 모습을 본 적이 없어."

"그러니까……."

쾌활해 보이는 소년이 말하고, 베니가 정정하고, 소녀가 미묘하게 틀린 이름으로 불렀다. 이거야 원, 나도 고아원에서 막 나왔을 때는 너희와 크게 다르지 않았다고?

……이 기운찬 꼬마들도 처음에는 『붉은 구제회』가 퍼뜨린 독에 시달리고 있었다. 이렇게 치료해서 기운을 찾았지만…… 언젠가는 이 도시 전체를 해방시켜주고 싶다고 생각하게 된다.

"……후."

돌이켜보면, 이런 생각을 하게 된 나도 굉장히 둥글어졌다. 어머니의 병 때문에 울던 브렌다를 만났을 때는, 적당히 치료해주고 돌아갈 생각이어서 대화조차 제대로 하지 않았었는데 말이지.

"아, 쿠로스케가 웃었다!"
"그러니까 러셀 씨라고…… 아, 진짜다."
"라이자 씨, 웃음, 근사해."
아이들의 목소리를 듣고 자기 뺨을 주물렀다. 자연스레 웃음이 나온 건가.
"나도 웃지 않는 건 아니니까."
"그렇게 말하는 크롬은 이제 안 웃고 있는데?"
"아니야, 클로드야. ……어라?"
"클로에 씨, 웃는 게 무조건 좋아."
어이, 완전히 휩쓸려서 이름의 원형조차 없잖아. 베니, 조금 더 힘내라고.
그리고 세 번째, 왜 계속해서 여자 이름이 되는 거지? 너는 내가 여자로 보이는 거냐?
"나는 러셀이다. 나 참……."
"어머, 완전히 아이들과 친해졌네. 클로에?"
"때린다."
안쪽에서 나무 막대기를 든 시빌라가 히죽히죽 웃으면서 다른 아이와 함께 돌아왔다. 시빌라 뒤에는, 마치 대련을 한 것처럼 똑같은 나뭇가지를 들고 있는 소년.
시빌라가 바깥에서 놀아주고 있었다는 건, 바깥의 상황을 살피는 것도 겸했다고 생각하는 게 자연스럽겠지. 도시 마델라 주변은 이미 마물투성이가 되어버린 것을 시빌라가 색적마법으로 감지했다. 이게 의도적인지 아닌지는 모르겠지만……

틀림없는 이상 사태다.

오늘 아침도 역시 프레데리카가 준비했다.

생각해보면 프레데리카는 아침에 일찍 일어나고, 늦잠을 자는 모습을 본 적이 없다. 그럼에도 불구하고 늦게까지 뭔가 메모를 쓰고 있다.

그건 아마 『태양의 여신교』의 고아원 관리 멤버인 프레데리카가 이 고아원 아이들의 상황 등등의 세세한 정보를 정리하고 있는 거겠지.

무리하다가 탈이 나기 쉬운 성격이다. 조금 걱정되는데.

'『엑스트라 힐 링크』.'

나는 무영창으로 회복마법을 사용했다.

부상은 물론이고 피로나 장비 손상까지 원래대로 되돌리는 성자의 회복마법. 그것의 전체판이다. 내 마법을 바로 눈치챈 건 시빌라와…… 역시, 프레데리카였다.

이쪽을 바라본 시빌라와 순간 눈이 마주치자, 나는 살짝 끄덕였다.

"뭔가 했니?"

프레데리카는 작은 목소리로 물으면서 얼굴을 내밀었기에 『겸사겸사야. 피로를 풀었어』라고 눈을 돌리며 대답했다.

예전에 에미에게는 당당하게 공주님 안기를 했었는데…… 프레데리카의 얼굴은 여전히 가까운 거리에서는 쑥스러워지는군.

"……역시, 러셀, 은, 멋있네."

다정한 음색으로 말한 프레데리카가 떨어졌다. 여기서는 『다정하다』라고 해야 하지 않나. 프레데리카도 잘 모르겠다. 뭐, 기본적으로 여자는 잘 모르겠지만.

예전에 빈스가 『나는 여자에 대해서라면 전부 알아』라고 말했는데, 지금은 스스로 안다고 말하는 녀석일수록 모르는 법이라고 생각하게 된다.

자넷 같은 녀석은 『나는 딱히 지식이 많지는 않은 편이야』라고 말했으니까. 다들 말도 안 된다며 태클을 걸었다. 그 녀석의 그건 겸허가 아니라 비아냥이다.

"음~ 이거 즐거운 일이 벌어지고 있군요~~ 꺄앙!"

시빌라가 옆에서 실로 밉살스러운 미소를 짓고 있었기에, 모르는 여자의 세계 대표 같은 장난기 많은 여신의 머리에 강하게 손날치기.

"으으, 왜 이렇게 태도가 엄한 거야……? 러셀은 세상에서 제일 귀여운 시빌라 옆에 앉게 된 것을 좀 더 신에게 감사해야 한다고."

"네가 말하니까 자화자찬도 정도가 있다 싶은데……."

태클을 걸자, 우리의 대화를 보던 주변의 시선이 포근하다는 걸 깨닫고는 얼버무리기 위해 책상 위의 샌드위치로 손을 뻗었다.

아침을 먹은 우리 세 사람은 오늘 일을 상의하기 위해 바로

2층으로 모였다.

잠시 기다리자, 설거지를 마친 애슐리가 방으로 들어왔다. 이번에는 애슐리와 말을 맞추는 게 목적이다.

시빌라는 말없이 방으로 들어오더니…… 어째서인지 애슐리의 몸을 찰싹찰싹 만져댔다. 나와 에미는 서로 얼굴을 마주 봤지만, 시빌라는 딱히 아무 일도 없었다는 듯 자리에 앉았다.

"어, 끝? 뭐였나요?"

"『적회』 녀석들이 엿듣기 위한 마석을 넣어놨을지도 모른다고 생각했을 뿐이야."

"……무서운 생각을 하시네요."

가능성으로 짐작 가는 게 있는지 애슐리가 방을 나갔고, 돌아왔을 때는 작은 상자를 들고 있었다.

뚜껑을 열자, 그곳에는 구형의 무언가가 들어있었다.

"『플레이』."

애슐리가 뭔가 마법을 사용하자, 어렴풋하게 빛나더니…… 놀랍게도 구체에서 소리가 들려왔다.

『여신은 평등하게, 백성들에게 행복을 내려주려 했다. 그러나, 결코 모든 것을 평등하게 내려줄 수는 없다며 한탄했다―.』

"하아……. 『스톱』."

다시 마법 같은 것을 사용하자, 말하는 돌에서 소리가 멈췄다. 꽤 명확한 목소리였기에, 바로 이것이 그때 대성당에서 들은 목소리라는 걸 알 수 있었다.

"아아…… 이게 『소리 저장기』라는 건가."

"맞아요. 보수 중 하나로, 마이라가 『여신의 서』를 일부 낭독하고 있죠."

"과연, 이건 굉장한데……."

이렇게나 깨끗하게 소리를 들을 수 있다니. 확실히 만나지 못하는 딸의 목소리를 집에서라도 들을 수 있다면, 보수로는 각별할 거다. ……이게 인질을 잡은 쪽에서 만들었다는 게 참으로 꺼림칙한 이야기지만.

시빌라는 어째서인지 아까부터 구체가 들어있는 상자를 찰싹찰싹 만졌다.

"왜 그래?"

"엿듣기 위한 마석, 이쪽에 있을 가능성을 고려했거든. 괜찮았어."

정말로 위기관리 능력이 굉장한 녀석이다……. 애슐리가 조금 기겁하고 있잖아.

"어라, 저 지금까지 꽤 섣부르게 굴었나요? 이거 안 되는 건가요?"

"아니, 이 녀석이 너무 예민할 뿐이야. 네가 조금 얼빠졌다고는 생각하지 않…… 생각…… 아니, 아무것도 아니야."

"여기서는 부정해주셔야 하는 거 아닌가요?!"

솔직히 너의 텐션으로 신중함을 기대하는 건 불가능해. 그리고 에미가 동료 의식을 가진 스마일을 너에게 보여주는 시점에서, 너희 두 사람은 아마 똑같은 레벨이야.

"그럼, 잽싸게 보고해보자. 우리는 마델라 던전에 들어갔어."

"간단한 곳이네요. 어땠나요?"

"제16층까지 들어가서 마왕을 쓰러뜨렸지."

태연하게 말하자, 고개를 끄덕이던 애슐리가 움찔 멈추더니, 들은 내용을 반추하듯 고개를 갸웃하며 이쪽을 바라봤다.

"……저기, 그게 말이죠. 제가 잘못 들었다고 생각하는데요."

"세 명째야. 생활에 악영향은 없고, 던전을 방치해도 100년은 마물이 넘치지 않게 될 뿐이지."

"고작 그렇게 정리하기에는 무지막지하게 굉장한 공적이라고 생각하는데요……."

두 명째 마왕이 여러 의미에서 농도가 진한 녀석이었으니까. 마델라의 마왕은 경박한 느낌이었고, 솔직히 그다지 고전하지 않았다. 그 대량 발생한 고블린이 능력의 진가였겠지.

"참고로, 던전 11층은 고블린이 붉어서 말이야, 던전의 수용량을 넘치게 해서 도시를 멸망시킬 작정이었는지, 의도적으로 마물을 모아놓고 있더군. 게다가 마왕 공인이었어."

"좀처럼 믿기 힘들지만……『붉은 구제회』, 완전히 여신의 적이네요……."

그야 마왕과 의도적으로 손을 잡았다는 말은 보통 믿을 수 없겠지. 그러나 의도적이었다. 왜냐하면—.

"애슐리. 나의 색적마법에 따르면, 벌써 도시 주변은 마물투성이가 되었어."

시빌라가 말하자, 애슐리와 에미도 놀랐다. 그러고 보니 에미에게는 이야기하지 않았었나.

"어, 그랬던 건가요?!"

에미가 일어나서 창문 쪽으로 갔지만, 그쪽은 외벽밖에 보이지 않잖아. 너무 당황하고 있어.

"설마, 그것도."

"그래. 우편 길드가 모험가 길드의 연락을 묵살하는 것과 도시 주변에 마물이 넘쳐나도 구원이 오지 않았던 것, 너무나도 『적회』에게 유리한 상황이야."

나도 에미처럼 창문으로 시선을 돌렸다. 지금의 도시 바깥은 별로 상상하고 싶지 않다.

"의도적인지는 모르겠지만, 문제의 원인은 십중팔구 어제의 던전 돌파겠지."

시빌라가 수긍했고, 이야기가 일단 매듭지어지자 에미가 손을 들었다.

"저요저요! 저는 애슐리 씨가 어제 어땠는지도 알고 싶어요!"

"그러고 보니, 아직 말씀드리지 않았었네요."

애슐리는 고개를 끄덕이고는 어제 일을 이야기하기 시작했다.

"정보 제공 후에는 역시 많은 보수를 받았어요. 시빌라 씨, 정말로 감사합니다."

시빌라는 감사의 말을 듣자 살짝 웃었다.

"그 후에는, 평소처럼 붉은 후드를 착용하는 게 의무였지만, 오늘은 맨 앞줄 정면에서 볼 수 있었어요. 가까이서 보니까, 정말로 제 딸은 너무 귀엽게 태어난 게 아닌가 싶을 만큼 최고의 미소녀더라고요. 그야 다들 묵묵히 듣게 되겠죠."

"한 번 제일 뒤에서 들은 적이 있는데, 정말로 투명한 목소리였지."

"독창자(솔리스트)의 목소리는 다양한 말로 자주 비유하는데, 그 아이는 이른바 『천사의 목소리』겠네."

"으으, 저만 직접 들어본 적이 없는데요오…… 아까 소리 저장기 구슬에서 들려온 것 같은 목소리겠죠? 좋겠다아."

해방시켜준 뒤에는 에미도 마이라의 목소리를 들어보면 될 거야. 정말로…… 그런 녀석들이 그 아름다움을 이용하고 있다는 것이 더더욱 미워질 만큼 좋은 목소리였다.

"그 후에는, 아까의 『소리 저장기』와 『형태 저장기』를…… 이거에요."

또 하나. 봉투에서 나온 건 마이라가 정면을 바라보는 특수한 얇은 판.

모험가 길드에도 있었던, 투명한 패널이 명멸하는 최신식 『형태 저장기』다.

확실히 굉장한 기술이지만……. 그런데, 이건…….

"……차가운 얼굴이군."

"네?!"

내가 중얼거리자, 애슐리가 돌아보면서 『형태 저장기』판을 다시 바라봤다.

"어라, 하지만 언제나 이런 얼굴인데요. 그야 표정은 없지만……."

"시빌라가 처음에 기습적으로 후드를 벗겼을 때는, 앳된 표정을 짓고 있었어. 대화를 나눠보니, 결코 무감정하던 건 아니야. 내면은 좀 더 어릴 거다."

애슐리는 내 말을 듣자 묵묵히 『형태 저장기』판을 바라봤다.

어째서인가 했는데…… 놀랍게도, 그 판을 움켜쥐어서 빠직, 하고 깨버렸다.

에미는 물론이고 시빌라조차 놀라면서 애슐리의 다음 말을 기다렸다.

"그렇구나……. 내가 줄곧, 몇 년이나 보고 있었던 건, 만들어진 마이라였던 거야……."

몇 초 동안, 뭔가를 참듯이 눈을 감고 있던 애슐리가 이윽고 고개를 들었다.

"기록을 남긴다면, 웃는 얼굴을 남기고 싶어요. 성자님, 여신님, 성기사님. 『진짜 마이라』를 되찾기 위해, 힘을 빌려주세요."

그 눈은 강하고, 결의가 느껴지는 눈이었다. 물론 우리는 그 말에 수긍했다.

……자, 그럼. 얼추 이야기는 끝난 걸까.

"그럼, 오늘은 어떻게 움직여야 할까요."

"대충 생각해뒀는데, 바깥의 마물을 줄이면서 출처를 조사할 거야."

"나와 시빌라가 나가는 건가."

"오늘은—."

"그거, 잡아줄래?"

"이거 말인가."

나는 근처에 있던 채소를 부엌에 놨다.

마물의 범람에 따른 도시의 위기. 아직도 보이지 않는 던전의 수수께끼.

정보를 교환하고, 필요하다고 생각해서 제안한 결과, 그 자리의 모두가 놀랐다.

내가, 오늘 할 일.

그것은— 프레데리카와 함께 대기다.

어째서 내가 프레데리카 옆에서 요리하고 있는가. 이야기는 조금 전으로 거슬러 올라간다—.

"……결국 그 던전에 오크는 하나도 없었어. 출현 장소는 틀림없이 근처에 있겠지만, 조사를 위해 모험가 길드에 협력을 요청하고 싶어."

그 마왕의 이야기를 떠올리면, 아마 여기 마델라에서 나름대로 싸울 수 있는 모험가는 대부분 『붉은 구제회』라고 봐도 틀림없을 거다. 정보가 누설된다면, 우리 주변이 일제히 표적이 될 수 있다.

구원 의뢰를 보내고 있는 이상, 모험가 길드 전체가 『붉은 구제회』에 물들지 않았다는 건 다행이지만…….

"시빌라도 표적이 되었으니까, 단독 행동은 곤란하지 않을까?"

"응. 그러니까 애슐리에게 정보를 주고 있는 지금은, 굳이 함께 행동하는 거라면 에미 쪽이 『애슐리가 손을 댈 수 없었다』라는 연출을 위해서는 자연스러워."

"아~, 확실히 그러네요. 일단 시빌라 씨의 빈틈을 찌르라는 지시였으니까요."

과연. 그쪽도 관계되어 있는 건가. 그렇다면 시빌라와 나만 행동하는 건 피하고 싶다.

"『붉은 구제회』 대주교에게는 빈틈이 없었다고 보고하기로 하고, 이후에는 프레데리카 씨의 주변을 어떻게 할지인데……."

얼추 상황을 듣자, 바로 해결책이 나왔다.

"그럼, 내가 남는 건 어때?"

모든 걸 해결할 방법. 그건, 프레데리카 옆에 내가 있는 거다.

이 도시 바깥에서는 누군가가 눈을 빛내고 있을 가능성이 높다. 그러니 어둠마법을 쓰는 일은 피하고 싶다. 눈에 띄어서는 안 되는데, 스스로 눈에 띄는 짓을 하면 의미가 없으니까.

"내가 프레데리카 옆에 있는 게, 세 사람 모두 안심할 수 있겠지."

"……러셀은, 그래도 되는 거야?"

"언제나 앞에 나설 생각은 없고, 신세를 진 프레데리카를 방치하면서까지 내 마음대로 할 생각도 없어. 에미나 애슐리는 프레데리카의 변화를 눈치챘나?"

두 사람은 잠시 눈을 마주하고는, 나를 보면서 동시에 고개를 내저었다.

"프레데리카는, 내가 회복마법으로 다시 체력을 회복시켰다는 걸 스스로 알 수 있을 만큼 체력이 떨어져 있었어. 그 사람은, 자신의 고생을 생각하지 않고 너무 열심히 일해. 그러니까 신경을 써주고 싶어."

"그렇구나…… 러셀은 확실히 보고 있었네. 나, 언제나 명랑한 사람이구나~, 정도밖에 생각하지 않았어. 오늘도 평소와 똑같은 줄 알았는데……."

"아뇨, 그쪽이라면 연상인 제가 눈치챘어야 했어요. ……역시 러셀 님은 성자님이네요. 프레데리카 씨는 저에게도 은인이니까, 감사합니다."

"신경 쓰지 마. 나도 우연히 눈치챘을 뿐이니까. ……그리고, 에미."

에미를 돌아본 나는 옛 기억을 떠올렸다.

나는 키친 나이프를 들고 요리를 도와주려 했을 때, 칼에 베여 손가락을 다쳤다. 에미는 내가 다쳐서 아주 조금 피를 흘리는 모습을 보고 엉엉 울어버렸다.

세이리스에서도 내가 마물의 공격을 받았을 때, 조금 불안해했다. 그건 에미가 나를 과보호를 할 만큼 다정하기 때문이겠지.

그러나, 에미는 세이리스의 마왕전에서 그걸 넘어섰다.

내가 위기에 처할 뻔한 상황에서도 『승리』를 위해 마왕 토벌을 내게 맡겼다.

그러니까, 지금의 【어스름의 기사】 에미가 있다.

"나는, 방해되지만 않는다면 프레데리카의 요리를 도울 거다. 괜찮겠지?"

에미는 옛날을 떠올리듯이 눈을 감고는, 살짝 끄덕였다.

"물론 괜찮아. ……뭔가, 여러모로 미안해."

"상관없어."

서로 옛날을 그리워하며 미소 지었다.

대화는 심플. 요리를 하고 싶다. 해도 괜찮아.

남들이 본다면 별것 아닌 이야기. 그러나 우리에게는 중요한 이야기였다.

애슐리는 고개를 갸웃했다. 뭔가 우리만의 이야기에 말려들게 해서 미안하군.

시빌라는 뭐, 짐작하겠지. 세이리스에서도 에미를 꽤 마음에 두고 있었으니까, 어느새 두 사람의 사이가 가까워진 건 기분 탓이 아닐 거다.

"그럼, 이야기도 끝났으니 바로 행동에 들어가자."

"응."

오늘 모두의 방침이 정해졌기에, 각자 준비에 나섰다.

그런고로, 나는 지금 프레데리카와 부엌에 서 있는 상태다.

"후후…… 러셀이 요리를 도와주겠다고 나선 건 몇 년 만일까?"

"5년인가 6년 정도겠지. 에미도 내가 요리하는 걸 이해해줬어."

"그래…… 에미는 그 마음을 유지하면서 러셀을 인정했구나. 다들 성장하고 있어. 나도 기쁘네."

"왜 남 일같이 말하는 거야. 돌봐주었던 프레데리카 덕분이잖아. 자, 냄비가 끓기 시작했어. 어차피 매번 맛있는 걸 만드니까, 내가 도와줬을 때만 애들이 싫은 표정을 짓게 만들지 말라고."

"후후후. 말투는 퉁명스러운데, 칭찬하는 빈도가 굉장히 늘었네. 역시 러셀은 러셀이야~."

"……."

잘 표현할 수 없지만, 이런 사람에게는 평생 고개를 들 수 없을 것 같다.

옆에서 요리하는 『수녀 누나』는, 그 시절에 올려다봤을 때와 비교하면 키가 완전히 반대이지만, 내가 느끼는 존재의 크기는 전혀 변함이 없다.

"이것도 자를까?"

"응. 부탁해."

나는 도마에 올린 감자를 잡았다.

가볍게 씻고, 감자를 조금 큼지막하게 잡았다. 그대로 껍질을 살짝 벗긴 뒤에, 우선은 절반으로 잘랐다.

언제나 먹고 있는 건 이 정도 사이즈였다고 생각하면서 썰었다.

"……러셀, 처음…… 맞지? 익숙하네."

"주방에 서는 건 그 이후 처음이지만, 검은 다시 잡게 되었으니까."

"생각해보면 머리가 좋은 것만이 아니라, 옛날부터 손재주가 있었지. 빈스에게도 기술로 이기는 듯한 인상이었고."

"알 수 있는 건가?"

"아무리 그래도 그 체격 차이로 이기고 있으니까 알지. 몸이 작은 아이는 보통 못 이겨. 어떤 아이라도 그래. 그러니까 러셀의 승률이 높았던 건, 기술과 노력 때문일 것 같았어~."

흐응, 그런 점도 확실하게 보고 있었나. 여성은 에미 정도가 아니면 모의전에 흥미 자체가 거의 없다고 생각하고 있었는데.

"보고 있었어. 러셀은, 언제나. 개인적인 흥미가 있어서일까?"

"……."

"아아, 나도 참 무슨 소리를 하는 걸까……. 모처럼 대신 집을 봐주고 있는데, 에미가 없다고 해서 이런 말, 안 되는데."

생각을 떨쳐내듯이 고개를 내저은 프레데리카는 조미료를 추가했다.

요리는 맡기는 게 낫겠지. 초짜가 경험도 없이 지식만으로 나설 때는 아니다.

"이후에 도와줄 건 없을까?"

"사용한 나이프와 도마를 씻어줄래? 그게 끝나면 이후에는 맡겨줘도 돼."

"알았어."

들은 대로 덤덤히 씻은 뒤, 의자에 앉아 프레데리카를 기다렸다.

요리의 완성을 기다리는 남자라. 이래서는 마치…… 아니, 생각하지는 말자.

"후후. 만약 요리를 만들어주는 상대가 러셀 혼자였다면,

부…… 모자, 같네.”

“아니, 모자로는 안 보이지. 적어도 부부 정도라고 생각하지 않을까.”

“어? 그, 그렇게 생각했어?”

놀란 표정으로 돌아보다니, 지금의 나는 그렇게 어린애처럼 보이나……? 적어도 프레데리카는 부모 세대 정도가 아니라 거의 같은 세대로밖에 보이지 않는데.

“흐, 으~응……. 그렇구나아…….”

그녀는 냄비로 시선을 돌리더니, 갑자기 콧노래를 부르기 시작했다. 왠지 잘 모르겠지만, 기분이 상한 게 아니라면 상관없나…….

할 일이 없어서 문득 주머니를 뒤적이자, 뭔가 들어있는 걸 느꼈다.

여신의 서다. 팔랑팔랑 넘겨봤지만, 딱히 특징은 없다. 그야말로 교회에서 살 수 있는 태양의 여신교의 것과 똑같다.

잠시 읽어볼까. ……. ……굉장히 조목조목 쓴 이야기라고나 할까, 신기한 책이다.

“어머, 여신의 서를 가지고 있네?”

프레데리카가 어느 정도 조리를 끝냈는지 나를 들여다봤다.

“아니…… 떨어져 있던걸 주웠어.”

“떨어져 있었어? 깨끗한 상태인데.”

“……뭐, 그렇지.”

이런, 들통날 것 같다. 확실히 떨어져 있었다기에는 깨끗한 상태다.

"있잖아, 러셀."

"그래. 뭔데?"

프레데리카는 나와 시선을 맞추려는 듯 의자에 앉았다. 얼굴을 양손으로 받치려는 듯 무릎을 테이블 위에 세우자, 그 가슴이 테이블 위에 올라갔다. 나는 시선을 돌렸다.

작게, 키득 웃는 소리가 들렸다. ……여전히 이것만큼은 익숙해지지 않는다.

그런 생각을 하고 있었기 때문이겠지. 그 말이 기습이 되었던 건.

"러셀."

"그러니까 뭔데."

"—다들, 이 도시를 위해 애쓰고 있는 거지?"

갑작스러운 말에 무심코 눈을 크게 뜨고는 프레데리카를 봤다. 프레데리카는 기습이 성공한 게 굉장히 기쁜지, 키득키득 웃으며 기지개를 켰다.

"그 반응, 역시 알기 쉽네."

"윽…… 맞아. 하지만, 어째서?"

프레데리카는 우리가 뭘 하는지 모르게 해놨을 거다.

그러나 프레데리카 자신은 평온한 표정으로 고개를 내저었다.

"뭘 하는지는 몰라. 하지만, 모두의 성격을 알고 있으니까 알 수 있어. 바깥에 나갈 때, 이 마델라를 구할 생각으로 움직이고 있다는 걸."

"굉장하네. 다 간파했나."

"그러니까, 간파한 건 아니야. 그저…… 언제나 러셀에 대해 생각하고 있으니까, 알게 된 거야."

나를, 언제나……?

"러셀은 눈치가 빠르니까. 자애 같은 감정만이 아니라, 책임감 같은 것도 있으니까 여신님께서 【성자】를 내려주신 거겠지. 알 수 있어."

여신님, 이라.

내가 이 직업(잡)을 잃지 않았던 건, 그때 『회복술사(힐러)』라는 걸 포기하지 않았으니까.

시빌라에게 배운 나의 본질. 그런 것까지 포함해서, 프레데리카는 나를 나 이상으로, 한참 전부터 이해하고 있었던 거겠지.

"왠지, 그렇게까지 생각하고 있었다니 쑥스럽네."

"후후. 러셀에 대해 생각하는 건 즐거우니까."

프레데리카는 다시 냄비의 상황을 보러 일어섰다.

"나도 러셀 일행하고—."

마지막으로 살짝 중얼거린 말은, 그리 잘 들리지 않았다.

11 에미 : 시빌라 씨에게도 모르는 게 있었다

고아원을 나와서도 미묘하게 어두~운 하늘과 조용~한 느낌의 도시.

도시를 지키는 벽은 높아서, 고아원 2층에서도 도시 바깥은 하~나도 안 보인다. 세이리스가 쾌청하고 떠들썩했으니까, 사람이 적으면 더더욱 왠지 쓸쓸하다는 생각이 드네.

자, 그럼. 오늘은 굉장히 굉장히 드문 조합이다. 나와 시빌라 씨만 있는, 2인 파티다.

이번에 우리만 나오게 된 이유는, 놀랍게도 러셀이 대기조로 입후보했기 때문이다. 깜짝 놀랐다.

만약 땡땡이 상습범 같은 사람이었다면, 대기조로 입후보한 건 일하고 싶지 않아서 그렇다~, 라는 생각밖에 들지 않았겠지.

하지만…… 러셀이다. 활약하지 못하던 자신에게 절망하던 그 러셀. 그 러셀이, 시빌라 씨와 함께할 파트너를 나에게 맡겼다.

참고로 러셀이 내가 없을 때 어떤 말을 했는지는 확실히 들었습니다! 언제 들었느냐면, 아드리아를 나가기 전에.

러셀은 자는 시간이 빠르다. 그래서 잠든 뒤에, 여자들끼리 모여서 이야기했다. 물론 러셀을 따돌린다거나, 그런 건 아니야. 다들 러셀을 좋아하니까.

그래도, 그건 그거, 이건 이거. 러셀이 있으면 하기 힘든 이야기가 엄청 많으니까.

아드리아의 마왕에 대한 것. 고아원을 노린 이유가 내 마음을 꺾기 위해서였다는 것.

……내구력은 술사 정도에 불과한 러셀이, 추방의 원인이 된 나를 구하기 위해서 자기 목숨을 마왕 앞에 내던져서 위험에 처했던 것.

그 이야기를 듣고, 나는 울었다.

아니, 울었던 건 나만이 아니다. 프레데리카 씨도 울었고, 젬마 씨도『나이를 먹으면 눈물샘이 약해져서 곤란하다니까……』라며 고개를 돌렸다.

젬마 씨가 우는 모습을 본 거, 아마 나는 처음이다.

어마어마하다는 말을 붙여도 될 만큼 긍지가 강한 러셀이, 이번에는 놀랍게도 대기조로 입후보하다니.

"러셀의 배려겠지."

"네?"

옆을 걷던 시빌라 씨가 퉁명스럽게 중얼거렸다.

"알고 있었어. 여기 오고 나서부터 러셀이 꽤 나를 배려해 주고 있다는 거."

시빌라 씨는 찝찝한 감정을 내비치면서 길가에 있는 돌멩이를 살짝 걷어찼다.

소리 없는 거리에서 돌멩이가 포~옹 하고 날아가서 튕기는 새된 소리가 들렸다.

"그 녀석은『여신의 서』가 악용되는 걸 본 내가 신경이 곤두서있다는 걸 알고 있었어. 이런 부분에서까지 눈치가 빠른 점은, 정말…… 건방지다니까."

시빌라 씨가 투덜투덜하면서 자기 머리를 매만졌다.

"그러니까, 내가 언제나 말하는『최선의 선택』을 위해, 우리를 보내준 거야. 원래는 자기 혼자서라도 해결하려고 움직이는 녀석이야. 하지만 프레데리카를 생각하면 누군가가 남는 게 좋잖아. 결과적으로 러셀은 대기조를 선택한 거지."

"……."

"러셀 주제에…… 러셀 주제에."

시빌라 씨의 그 중얼거림이 무슨 감정에 의한 것인지는 정확하게 모르겠지만. 확실하게 알 수 있는 건, 시빌라 씨의 마음속에서도 러셀의 존재가 커졌다는 거다.

그러니까, 러셀과 떨어진 지금도 러셀을 떠올리며 중얼거리고 있다.

……후후, 왠지 옛날의 나 같다.

"에미가 흐뭇한 눈으로 바라보는 게 왠지 미묘~하게 분하네. 지금의 나, 그렇게 이상해?"

"으음. 잘 모르겠지만, 평소의 시빌라 씨라면『효율 중시! 그러니까 러셀이 남는 건 당연하네!』같은 느낌이 되었다고 생각해요. 러셀이 시빌라 씨의 마음을 생각해서 움직이고 있는 것처럼, 시빌라 씨도 러셀의 마음을 생각하고 있구나~, 라고 생각해요."

"음~, 귀여운 에미가 이제 말도 완전히 잘하게 됐네……."

그야 뭐~, 나도 시빌라 씨를 굉장히 보고 있으니까!

하아, 하고 한숨을 내쉰 시빌라 씨는 내가 봐도 정말 평소의 시빌라 씨가 아니다. 그러면서도, 굉장히 평소의 시빌라 씨 같기도 하다.

왜냐하면, 이 여신님은 러셀이 얽힐 때는 이렇게 되는 일이 꽤 많으니까.

"시빌라 씨는, 러셀을 잘 보고 있네요. 오랫동안 함께 지냈던 저보다도 러셀의 감정 변화에 바로 반응한다고나 할까."

"기, 기분 탓 아닐까? 과거에 만난 수만 명이나 되는 인간의 감정 중에서 공통적인 걸 조합해서 예상하는 정도야."

"후후, 그~런가요. 뭐~, 러셀도 러셀대로 시빌라 씨에 대해 자주 이야기하는데, 듣고 있던 제가 봐도 조금 재미있—."

"—잠깐만."

내가 떠들던 중에, 시빌라 씨가 옆에서 내 어깨를 꽉 잡았다.

굉장히 진지한 표정으로 이쪽을 보고 있다. 어, 어? 뭔가 이상한 말을 했었나요?

그렇게 이상한 말은, 하지 않았는데? 대체 무엇에 의문이 생긴 건가요?

"방금, 러셀이 나에 대해 자주 이야기한다고 말한 것 같은데……."

"네? 그런데요. 러셀은 종종 시빌라 씨 이야기를 해요. 시빌라 씨하고는 마델라에 오고 나서 계속 같이 행동했으니까, 러셀도 분명 많이 이야기하고 있지 않을까~, 했는데요."

시빌라 씨, 내 어깨를 붙잡은 채 고개를 수그렸다.

뭐, 뭐지……? 정말로 시빌라 씨의 낌새가 이상하다.

"……거든."

"네?"

무슨 말을 한 건가 싶어서 얼굴을 가까이 댄 순간, 갑자기 이쪽을 돌아보고는 양손을 펼치고 자기 몸 앞에 뭔가 커다란 물건을 든 것처럼 허리를 낮춘 포즈를 취했다.

이른바 『호소하는 포즈』 같은 그거다.

"못 들었거든?! 잠깐만. 러셀은 에미한테 내 이야기를 했던 거야? 무슨 이야기를 했는데? 이상한 소리를 한 건 아니겠지?"

"어, 아니, 오히려 마구 칭찬했다고나 할까. 고아 아이들이 굉장히 잘 따라서 굉장하다든가……. 그야 뭐, 전부 그렇다는 건 아니지만, 기본적으로는 칭찬하고 있었어요."

"어, 진짜 못 들었는데……. 내가 칭찬하라고 해도 머리만 때릴 뿐이었는데……."

"그야 러셀의 지금 성격이라면 그런 반응이 나오겠죠……. 아아, 그리고 프레데리카 씨도 들었다고 말했어요. 러셀이 시빌라 씨를 칭찬하던 거."

"프렛치도 들었다고?!"

시빌라 씨, 얼굴을 붉히면서 휘청휘청 뒤로 물러나더니 울타리에 기댔다.

"나, 전혀 못 들었는데……. 어, 잠깐만. 러셀은 그렇게나……?"

……우와, 정말로 못 보던 반응이다. 러셀은 전혀 그런 말 하지 않았구나.

이거, 저지른 걸까……?

러셀과 이야기하다 보면, 시빌라 씨의 화제가 나오는 건 드물지 않다.

왜냐하면 까놓고 말해서 용사나 성자나 현자보다는, 『여신』이라는 존재가 정말 있다는 게 아~무리 생각해도 우리 같은 인간에게는 신기하니까. 진짜 너무 신기하니까.

무엇보다, 그 여신님 본인이 이렇게나 인간미 넘치고 아이들을 좋아하는 털털한 미녀니까.

시빌라 씨를 칭찬하는 건 즐겁다. 아이들에게 사랑받는 시빌라 씨는 굉장히 즐거워 보여서, 그 광경은 어떤 때보다도 『여신님』이라는 느낌이 드니까.

특히 고아원에서 자란 내가 그렇게 느끼고 있고, 같은 환경이었던 러셀도 똑같을 거다.

아이와 거리를 좁히는 건, 간단해 보이지만 어렵다. 좋고 싫음이 논리적이지 않으니까, 철이 들지 않은 시절의 아이와 거리를 좁히는 건 정말로 어렵다.

그런데 시빌라 씨한테 걸리면 몇 초만이다. 게다가 전원 동시에. 다음 날이 되면 모두 시빌라 씨를 너무너무 좋아하게 된다.

프레데리카 씨도 결코 아이들 모두와 처음부터 친했던 건 아니다. 그래서 아이들이 바로 시빌라 씨를 좋아하게 되었을 때는 그 능력을 칭찬했었다……. 러셀과 함께.

특히 여자아이를 대하는 법도 능숙한데, 검성을 동경하는 남자아이와도 금방 친해져서 거리를 좁힌 건 프레데리카 씨에게는 불가능한 타입의 방식이다.

결론.

러셀, 시빌라 씨를 엄청 잘 보고 있다.

"……거짓마알…… 못 들었어……. 나한테 좀 더 말해줬어야지……."

시빌라 씨, 다시 머리를 꼬면서 투덜투덜 중얼거렸다.

그 모습을 보니, 참을 수가 없어져서 키득키득 웃고 말았다. 시빌라 씨의 반응, 너무 귀여우니까. 그 검은 날개를 펼친 여신님이라고는 생각할 수 없을 만큼 소녀다운 모습이다.

이렇게나 인간미 있고 감정 풍부한 여신님, 설령 불경하더라도 친밀감이 솟지 않는 건 불가능합니다!

그렇구나~. 뭐든 알고, 어떤 상황에서도 예언 같은 예측을 하는 여신님. 그런 시빌라 씨라도 자기 일만큼은 몰랐었나~.

"시빌라 씨. 러셀에게 칭찬받고 싶었던 거네요."

"맞아……. 정말로 거침없이 때리기만 하거든. 그래도 작전 입안이라든가, 잘 풀렸을 때라든가, 가~끔 칭찬한다고. 그래도…… 그렇구나. 러셀은 나를 종종 칭찬하는구나. 후후, 그렇구나……. 러셀이…… 그렇구나 그렇구나……."

시빌라 씨, 히죽히죽 웃으면서 그렇게 되풀이하고 있다. 어쩌지. 정말로 이 여신님 귀여운 계열이네요. 내가 빤~히 보고 있다는 걸 알아채자 놀라서 이쪽을 돌아봤다.

“으윽, 세이리스에서도 에미한테 당했었으니까, 하필이면 에미한테 이런 모습을 보여주는 건 부끄럽네…….”

“역시 러셀, 의식하나 보네요.”

“……당연하잖아.”

시빌라 씨는 다시 앞으로 걷기 시작했다.

“그 녀석은, 지금까지의 【어스름의 마경】과는 너무 달라. 그저 직업(잡)이 【성자】이기 때문은 아니야. 나와 마찬가지로 책임감이 있고, 똑같은 문제 해결 의식이 있어.”

이야기를 이어가다가 멈추고는 구름 낀 하늘로 손을 뻗었다.

“여신의 명령을 전혀 의심하지 않고, 생각하지 않고 따르는 건, 역대 【어스름의 마경】에게는 일반적인 일이었어. 동시에 그들이 나의 내면을 배려하지 않았던 것도, 나에게는 일반적인 일이었지. 그러니까 마왕은 나와 함께 있는 인간을, 비아냥을 담아서 『어스름의 권속』이라고 말해.”

그 손을, 꽉 움켜쥐었다.

“하지만, 러셀은 여신(나)의 대등한 동반자(버디)라고, 항상 그렇게 의식하고 있어. 마음은 완전히 영웅담의 주역이야. 그야말로 【용사】처럼. 게다가 그걸 【성자】의 마음과 동일시하고 있지.”

이야기를 이어가던 시빌라 씨는 마지막으로 나를 돌아보며 웃었다.

“정말이지, 뼛속까지 『흑연의 성자』네.”

신은, 아득한 천상계의 존재. 그 옆에 대등하게 서는 건, 하늘을 붙잡는 듯한 터무니 없는 이야기.

보통은 무리다. 분명 포기할 거다. 하지만…… 포기하지 않는 사람이 있다.

……그렇구나. 러셀은 역시, 여신과 대등하게 설 수 있는 자신을 목표로 삼고 있구나. 정말로, 굉장하네…….

러셀은 굉장히 훌륭하게 성장했다. 그러니까 러셀을 쫓아가던 나도 그 덕분에 급속도로 진보할 수 있었다. 스스로 자신(에미)을 긍정할 수 있게 되었다.

하지만…… 러셀이 너무 굉장해서, 너무 눈부셔서. 다가가면 다가갈수록 그 등이 멀어지는 것 같아…….

“어머, 이번에는 에미가 고민에 잠겼어?”

“……네?”

시빌라 씨가 나를 들여다보면서 뺨을 콕콕 찔렀다.

“걱정하지 않아도, 지금 단계에서 빛과 어둠을 상징하는 직업(잡)을 양쪽 모두 가진 건 너희뿐이잖아. 에미는 지금 이대로라도 충분하고도 남을 만큼, 러셀과 비견되는 존재야.”

시빌라 씨가 키득키득 웃으며 떨어졌다.

……그렇구나. 다른 누구도 아닌 시빌라 씨가 그렇게 말한다면. 이런 말을 제대로 해주는 것도 시빌라 씨의 좋은 점이라고 생각한다.

그런 이야기를 나누면서 도시 문까지 가자, 문지기가 엄숙한 얼굴로 서 있었다.

"멀뚱멀뚱 서 있지 마! 마물이 너무 많다고! 너희도 떨어지는 게 좋아!"

"이얍."

시빌라 씨가 밀리지 않겠다는 듯 나의 태그를 보여줬다.

나타난 건, 물론 성기사의 정보.

"서, 성기사님……?!"

무조건 이런 극단적인 반응이 돌아온단 말이지. 역시 성기사라는 존재는 특별한 걸까. 시골뜨기라서 『강하구나!』 정도밖에 기뻐하지 않았던 당시의 나에게 설교하고 싶다.

……게다가, 성자를 『회복마법이 겹친다』 정도의 이유로 쫓아냈던, 당시의 자신도.

그러나 그 덕분에 지금의 검은 러셀은 너무너무 멋있다. 결과는 좋았다고 말하면 역시 불성실하고 실례겠지만, 그래도 나는 지금의 러셀과 함께 여행하고 있어서 무지 행복합니다.

자넷에게 미안할 정도다. ……편지, 제대로 읽어줬을까.

"우리, 얼마 전에도 마물을 마구 쓰러뜨렸어. 아무리 둘러싸여도 여유롭거든. 도시 바깥, 내보내줄 수 있을까?"

"네, 네. 두 분이 괜찮으시다면 물론이죠!"

느닷없이 고함을 지르던 문지기가, 성기사 태그 하나로 돌변해버렸다. 왠지 귀족 특권 같아서 조금 무섭네. 편리하지만, 이런 일에 너무 익숙해지지 말기로 하자.

이 문장이 눈에 들어오지 않느냐~! 같은 거 말이지. 문장 하나 보여주면 모두 바닥에 무릎을 꿇던 책, 자넷이 읽고 있었지. 거기밖에 기억하지 못하지만!

“그럼 열겠습니다……. 괜찮으십니까?”

“지금, 마물은 문 앞에 없어. 열었다가 바로 닫아도 돼. 돌아올 때 부를 테니까.”

“네. 알겠습니다!”

문이 열리고, 우리는 그 얇은 틈새를 통해 밖으로 나갔다.

“문밖은 이세계였습니다, 라고 해야 하나.”

시빌라 씨가 살짝 웃으며 어깨를 으쓱했다.

하지만 나는, 그런 가벼운 말에 대답하지 못할 만큼 놀라서 말문이 막혔다.

“—이, 렇게나……?!”

문에서 나온 순간, 첫날에 봤던 그 돼지 얼굴 마물이 일제히 이쪽을 보더니…… 씨익, 하고 웃었다. 무리. 무리무리. 그때의 고블린급으로 생리적으로 무리인 얼굴.

“그러고 보니, 러셀은 이 호색한 마물에 화를 내더라.”

“아, 첫날에 나왔으니까 같이 싸웠었죠.”

“응. 검을 든 러셀이 등을 지켜줬어. 역시 남자에게 보호받으니까 아무래도 두근거리더라.”

부, 부러워!

그야 나도 성기사니까? 무지 단단하고? 까놓고 말해서 그냥 얻어맞아도 대미지가 없을 만큼 강한 모양이고?

하지만, 그래도 그것하고 이건 달라!

러셀이 마물에게서 감싸주면서 파파팟 대활약하다니, 그건 정말로 위험한 패턴이다. 당해버리면 나는, 아마 그대로 끌어안지 않고는 견딜 수 없을 거다.

으~ 러셀이 『여신에게 직업(잡)을 떠넘겨 받았으니까 태양의 여신은 싫어』라고 말했던 거, 지금은 그 마음을 조금 이해하겠어!

"하지만, 그때도 역시 여신을 지키는 게 아니라, 나와 나란히 서서 싸우는 것에 의의를 느끼고 있었던 것 같아. 여자를 밀쳐내는 짜증 나는 주역은 아니네."

……아, 그렇구나. 등을 맞대고 싸우고 있었다면, 그건 대등한 관계다.

내가 생각하는 사이에 접근해온 마물을 시빌라 씨가 마법으로 불태웠다.

"그럼, 어느 정도 정리하고 나서 따로 행동하기로 하자."

"아, 알겠습니다!"

안 되지, 안돼. 의식을 전환해야 해. 나는 검을 든 시빌라 씨와 마찬가지로 검을 들고 옆에 나란히 섰다.

그렇구나…… 그런 의미에서는, 지금의 나는 여신님과 나란히 싸우고 있는 건가.

만약.

만약, 러셀이 정말로, 여신님과 나란히 서는 존재가 되려고 한다면……. 나는…….

—그래.

나도 되면 된다. 나 스스로가 『여신과 나란히 서는 존재』라

고 인정할 수 있는 자신이 되는 거다.

그러면, 러셀을 보더라도 나만 놔두고 떠날지도 모른다는 감각은 없어지겠지.

문득 샘솟은 간결한 결론 앞에서, 나는 생각했다.

―이 냉정함도, 역시【어스름의 기사】가 주고 있는 걸까.

나는 자신의 달라진 의식을 생각하면서, 새삼스레 자신의 마음이 변했다는 걸 느꼈다. 느닷없이, 나약하던 나의 마음을 탄탄하게 받쳐주는 이 힘. 게다가 정신 상태의 변화.

자신이 달라져 버린 것 같아서 때때로 조금 무서워진다. 그러나, 그 결과가 가져온 건 항상 최선의 결과다. 지금 자신의 의식이 강탈당하지도 않았다.

어느 의미로는『용기』같은 셈이다. 용기 있는 자……. 마치 이게 용사의 힘 같네.

몇 번이나 구원받은, 나의 내면에 있는 신기한 힘.

아직 모르는 게 많지만, 잘 어울려 나가기로 하자.

어디까지 가더라도 러셀의 곁에 있는, 자신이 생각하는 최고의 자신이 되는 거다.

좋~아. 힘내자~!

12 프레데리카의 진의. 나는 정말로 강한 사람을 알게 되었다

일어난 아이들을 돌보느라 바쁘던 와중, 시빌라와 에미가 점심시간에 맞춰 돌아왔다. 함께 점심을 먹고는 다시 상황을 보고했다.

"흐에에, 러셀……. 평야에 플로어 보스가 있는 거, 어딜 봐도 이상해에……."

"솔직히 너와 첫날에 쓰러뜨린 규모가 아직도 상층에서의 놀이였다고 생각될 정도로 위험했어. 저번과 달리, 완전히 나는 에미의 후위로 전념하게 됐고."

이상 사태인 것도 정도가 있군……. 플로어 보스에는 흥미가 있지만, 일격에 처리하지 못한다면 성가시다.

"경험치만 보면 러셀에게도 괜찮아 보이지만, 에미도 레벨을 올려둬야 하니까."

"과연, 그쪽 상황은 알았다. 이쪽은 보는 대로 딱히 아무 일도 없었어."

"네? 아무 일도 없었나요……?"

보고하러 함께 온 애슐리가 어째서인지 유감스러운 듯 목소리를 높였다.

"아니, 어째서야……. 그보다도 애슐리 쪽은 어떻지?"

“동문까지 갔는데, 쫓겨났어요. 솔직히 시빌라 씨를 따라가는 게 나았을까 생각하기도 했는데, 슬쩍 거리를 조사하면서 돌아다녔어요.”

과연, 애슐리는 도시의 일원으로 움직이고 있었나.

“나는 오후에도 똑같이 움직이면 될 것 같은데. 보는 대로 꼬마들이 꽤 떠들썩해서 말이지. 특히 저 녀석들 시빌라 시빌라 외치면서 시끄러우니까, 나 혼자서는 벅차.”

“어머! 천사들이 세상에서 제일 귀여운 나를 지명했나 보네!”

완전히 고아들과 놀 생각이 넘쳐나는 시빌라에게, 알고 있겠지만 일단 못을 박아뒀다.

“오후에는 바깥 토벌을 가지는 않는 거냐?”

“아마 오후에도 똑같이 움직인다면, 지금까지 아무것도 하지 않은 애슐리가 의심받을 거야. 그러니까 뭐, 우리가 움직인다면 오후 직후는 아닌 편이 낫겠지.”

상대의 사고 패턴도 예상하면서 움직이는 건가. 이럴 때의 시빌라는 믿음직한 부분이 크다.

“알았다. 오후는 그 녀석들을 돌봐줘.”

“즐거운 휴식 시간이네!”

저 기운 덩어리 같은 애들을 상대하면서 그렇게 말하는 게 대단하다. 나는 좀 지쳤는데…….

밤에도 요리를 돕고, 애슐리는 오후에 바로 정보를 수집하러 나갔다. 아무리 그래도 아무런 연락도 없이 지금 같은 상황인 건 신경 쓰이겠지.

결국 시빌라와 에미는 다시 문밖으로 나가서 싸웠고, 귀가 후에는 저녁 식사를 했다.

마물이 넘쳐난다는 걸 제외하면 하루 내내 프레데리카와 요리하면서 대화를 나누고, 기운이 남아도는 꼬마들에게 휘둘리던 별것 아닌 일상.

그러나 마물이 넘쳐나고 있기에, 평범하고 전혀 극적인 일이 일어나지 않는 나날이 얼마나 귀중하고 고마운 것인지 생각하게 된다.

프레데리카가 보내는 매일이 바쁘면서도 충실하다면, 이런 일상을 무엇보다도 소중히 여겨야 한다는 걸 이해하게 되었다. 겨우 프레데리카와 같은 시점에 설 수 있게 된 거다.

—그렇기에 나는, 프레데리카 **본인의 시점**을 눈치채지 못했다.

밤, 내일 예정을 확인한 우리는 취침했다. 시빌라가 『잠들지 않는 수호자』라는 거짓 정보를 준 에미는 「이제 못 머거~」라는 잠꼬대를 중얼거리며 자고 있다. 너, 오늘은 특히 많이 먹었지.

식재료를 많이 사둬서 다행이다. 물론 길드에 기록된 파티의 자금을 사용했다. 아이들 전원 분량을 진짜로 혼자 다 먹어치웠으니까.

나도 침대에 들어가서 마지막으로 자는 시빌라를 기다리며 눈을 감았다.

"……러셀."

좀처럼 잠이 오지 않는 가운데, 시빌라가 조심스레 말을 걸어와서 눈을 떴다.

"아, 깨어있었네…… 다행이야."

나와 눈이 마주치자, 시빌라는 안심한 듯 한숨을 내쉬었다.

"왜 그래? 뭔가 문제가 있는 거냐?"

내가 묻자, 시빌라는 웬일로 애매하게 대답했다.

"없다고 하면 없고, 있다고 하면 있어. 단지, 러셀에게 입 다물고 있을 수는 없다고 생각했거든."

뭔가 종잡을 수 없는 대답을 한 시빌라는 고민하는 표정으로 창가로 이동했다.

나도 조용히 일어나 시빌라의 시선을 따라 창문 아래를 본 순간.

"—앗!"

시빌라가 하려던 말을 모두 이해한 나는 방을 나섰다.

밤의 장막이 드리운 뒤뜰. 시빌라가 마법으로 만든 돌벽 때문에 주변에는 보이지 않는—유일하게 우리가 묵고 있는 방에서만 보이는—곳에서, 프레데리카가 쓰러져 있었다.

"프레데리카!"

나는 그 연약하게 웅크린 모습을 뒤에서 끌어안고 회복마법을 걸었다.

【성자】의 마법은…… 지금의 프레데리카에게는 거의 효과를

발휘하지 못했다. 정신적인 쇠약, 마음의 상처는 여신의 최고 위직이라도 무력하다.

프레데리카의 떨리는 손이 들고 있는 건…….

"……검?"

지면에, 그 검성을 좋아하던 아이가 시빌라와 함께 놀았을 때 들던 목검이 있었다.

프레데리카가, 무기를?

"설마, 프레데리카…… 직접 싸우려고 한 거냐?!"

"……러셀에게, 꼴사나운 모습을 보여주고 말았네."

부정은, 하지 않나. 하지만 어째서.

"그러고 보니, 프레데리카도 여신의 직업(잡)을 얻었잖아. 들은 적은 없었지만."

지금까지 신경 쓰지 않았지만, 프레데리카도 당연히 여신의 직업(잡)이 있다.

"나는 말이지. 이 정도야."

프레데리카는 내 목에서 태그를 떼어서 자기 손에서 정보를 표시했다.

『세인트고다트』—【신관】 레벨 1.

처음 보는 프레데리카의 정보. 이 나라의 왕도 세인트고다트가 마지막 등록 확인.

"레벨…… 올리지 않은, 건가."

자연스레 나온 내 중얼거림을 듣자, 프레데리카는 당시를 떠올리듯 눈을 감았다.

"세인드고다트의 던전에는, 고블린이 있는 던전과 슬라임이 있는 던전이 있어. 나는 슬라임 던전에, 당시 동료와 들어갔었지."

그 모습은 상상이 가지 않지만, 프레데리카에게도 그런 시기가 있었나.

"그래서 말이지. 나는 약해진 마물을, 한 번 쓰러뜨렸어. ……그게, 처음이자 마지막."

당시의 감정이 떠올랐는지, 프레데리카는 손을 강하게 움켜쥐었다.

"그, 마물의 생명이 사라지는 감각, 경험치가 들어오는 감각. 그게 굉장히 무서워서. 아아, 나, 죽였구나. 그런 생각이 드니까…… 그 자리에서 쓰러지고 말아서……."

프레데리카가 느낀 것. 사람에 따라서는 마물을 쓰러뜨렸을 때 레벨 업의 근원이 되는 경험치가 느껴지는 사람도 있다고 한다. 프레데리카는 그쪽이었던 거겠지.

"이야기하고 싶지 않다면, 무리해서 이야기하지 않아도 돼."

프레데리카는 고개를 살짝 내저으면서 쥐어짜듯이 목소리를 냈다.

"힘이…… 러셀의 힘이 되어주고 싶었어. 나만 기다리고 있는 건, 견딜 수 없었어."

"……말하기 어렵지만, 레벨을 올려도 【신관】이 도움이 된다고는……."

뭐니 뭐니 해도 내가 【성자】니까……. 유감이지만, 회복마법을 쓰는 계열은 이제 필요 없다. 그런 상식적인 생각을 했기 때문이겠지. 프레데리카의 대답을 듣자, 나는 벼락을 얻어맞은 것처럼 움직일 수 없었다.

"그래도, 소중한 러셀을 위해, 공격을 대신 맞아주는 정도는 할 수 있어……!"

……나는, 이 사람의 『강함』을 얕잡아보고 있었다.

예전 파티에서 나는 빈스가 【용사】가 되었기에 검을 드는 걸 그만뒀고, 전원이 회복마법을 익히게 되자 회복술사(힐러)로서 도움이 되지 못해 쫓겨났다. 그때는, 이런 최상위직을 받아놓고서 생각한 것은, 여신을 향한 원망과 불평뿐이었다…….

그러나 프레데리카는 어떤가! 마물의 목숨조차 빼앗는 게 괴로워서 경험치의 무게에 기절해버리는, 여신이 만들어낸 『직업(잡)』이라는 은혜를 받을 수 없는 성격인데도 『레벨을 올릴 수 없다면, 올리지 않은 채 누군가를 위해 몸을 던진다』라고 생각하고 있는 거다!

사람으로서, 앞을 바라보는 마음의 강함이, 너무나도 다르다……!

이런 사람을 상대로, 마음으로 나란히 설 작정으로 있었다고?! 나는 바보냐. 오만한 것도 정도가 있지!

주변에서 【성자】이니 뭐니 떠들어대는 나보다도, 훨씬 『성녀 전설』에 어울리는 성격을 가졌다. ……아아, 혹시 **그래서**인가.

프레데리카는 마물에게서 경험치를 얻을 수 없다. 즉, 너무나도 **성녀다워서 레벨을 올릴 수 있는 성격이 아니니까**, 성녀가 아닌 건가?

아아, 정말이지…… 이런 부조리가 일어난다면, 역시 이 세계를 구축하는 직업(잡)과 레벨이라는 구조는, 잔혹하다. 나 같은 녀석보다 훨씬 잘 어울린다고 생각하는데.

……나는 만감을 담아서, 프레데리카의 떨리는 손을 덮듯이 위에서 감쌌다.

작은 손의 떨림은, 내 손 안에서 점차 멎어갔다.

"……응, 고마워. 괜찮아, 미안해……. 나도 무리라는 건 알고 있었어."

나는, 품 안에서 평소보다 작게 느껴지는 프레데리카에게, 말을 걸었다.

"들어줘. 내 이야기를."

"러셀의?"

"그래. ……사실은, 아드리아 던전에서 마지막에 실패해서 말이지. 그걸 에미가 커버해줬어. 그 대가로, 에미는 내 눈앞에서 죽었지."

"—뭐?! 그, 그런…… 하지만 에미, 살아있는데……."

"시빌라 덕분이야. 그 녀석이 『한결같은 사랑의 장』에 나오는 소생마법(리저렉션)을 나에게 가르쳐줘서, 되살릴 수 있었지. ……하지만, 내가 아는 얼굴이 아무런 반응도 보이지 않게 되는 감각이…… 여전히 꿈에 나올 만큼 무서워서……."

그 감각만큼은, 여전히 잊을 수가 없다. 완전 회복마법을 전원에게 빈번하게 쓰게 된 것도, 그때의 영향이 크겠지. 잠깐의 상태 불량이나 정신의 흐트러짐이 전투에서 최악의 결과를 불러올 수 있다는 걸 알고 있으니까.

"나에게 있어서, 무슨 일이 생겼을 때 그와 똑같은 감정이 드는 상대는 그리 많지 않아. 그 몇 안 되는 사람 중 한 명이…… 프레데리카, 너야."

"내, 가……."

"나 자신은 여러모로 변해버렸지만, 그래도 옛날의 나와는 역시 이어져 있으니까. 그런 나에게 있어서, 프레데리카는 틀림없이 내가 돌아갈 곳 중 하나야."

이제 로브가 하얗던 시절의 나로는 돌아갈 수 없다. 그러나, 아무리 변했어도 나의 뿌리에는, 줄곧 지내온 아드리아 고아원의 모두가 있다.

만약…… 만약 프레데리카가, 예전의 에미처럼 말 못하는 시체가 되어버린다면, 나는 어디까지 자신을 유지할 수 있을까.

그녀처럼 기다리는 쪽이 된 적은 없지만, 마음을 모르는 건 아니다.

"프레데리카, 약속해줘."

"……약속?"

"나는, 반드시 살아서 돌아오겠어. 그러니까 너도, 절대 무리하지 마."

프레데리카는, 고작 며칠 사이에 피로가 너무 축적되어 있었다. 검을 들지 않더라도, 이 사람의 매일은 틀림없이 가혹한 싸움이다. 그야말로 내가 보지 못한 사이에 쓰러질 정도로 말이지.

이 사람을, 도저히 내버려 둘 수가 없다.

"언제까지고, 걱정하는 게 자기뿐이라고 생각하지는 말라고? 남에게 무리하지 말라고 말하는 녀석일수록, 자신은 마음껏 무리하는 법이니까 말할 것도 없이 프레데리카를 가리키는 거야."

어깨를 안아주며 단호하게 말했다.

아무리 그래도 피로의 축적이 너무 빠르다. 마왕을 토벌한 에미보다 피곤함을 느끼다니, 평소에 대체 얼마나 무리에 익숙한 건지 모르겠다. ……대체 몇 년을 계속해온 거지.

그러나 나는 프레데리카가 괴로운 표정을 짓는 걸 본 적이 없다. 이 사람에게는 마왕 토벌 이상의 피로가 일상인 거다.

우리 고아원 꼬마들은 당연한 듯이 웃는 프레데리카만 인식하고 있었다. 어린 시절에는 그래도 됐겠지만…… 그걸 눈치채지 못했던 지금은, 너무나도 태평하던 자신에게 화가 났다.

"그러니까, 나와 함께 있을 때는 철저하게 회복시켜주겠어. 마물에도 피로에도 지켜줄 테니까, 간단히 나보다 먼저 죽겠다고 말하지는 마. ……그것뿐이야."

멈추는 건, 시빌라라도 무리겠지. 이 녀석을 어떻게 할 수 있는 건 분명 나뿐이다.

겨우 정신적으로 회복된 듯한 프레데리카는 내 팔에서 떨어졌고…… 어째서인지, 손을 뒤로 돌려 깍지를 끼고는 조금 토라진 듯이 나를 치켜봤다.

"……러셀."

"뭔데."

"……있잖아, 나도 일단 에미를 위해서 양보하고 있던 부분이 있었는데. 그렇게 솔직하게 대해주면, 참지 못하고 진심으로 노리게 될지도 몰라?"

"그건…… 뭐라고 대답해야 할지 모르겠는데……."

지금, 에미가 화제에 나올 흐름이었나?

"그래도, 양보나 참는다는 말이 가장 먼저 나오는 게 프레데리카답네. 그러니까, 그런 것도 전부 포함해서 너는 좀 더 자신에게 솔직해져야 하지 않을까?"

"……그렇구나. 러셀이 등을 밀어준다면. 응, 알았어. 그럼."

프레데리카는 한 발짝 다가오더니, 내 눈을 똑바로 바라보면서 손을 붙잡앗다.

"나를 지켜줘. 언젠가…… 나, 밝힐 테니까. 그때는 받아줘야 해. 왕자님."

"아니, 왕자가 아니라 성자인데……."

"아아앙, 나의 러셀. 또 분위기를 못 타고 있어!"

왠지 마지막에는 이상한 느낌이 되어버렸는데…… 기운이 난 것 같아서 다행이다.

아니, 잠깐. 달라붙지 마. 그런 건 거북하다고 계속 말했잖아. 그만둬.

이 사람, 때때로 자기의 몸매는 완전히 무시하고 어린애처럼 달라붙어서 곤란하다. 싫은 건 아니지만, 어떻게 대처해야 할지 전혀 모르겠어…….

참고로 방으로 돌아가자, 아~주 꺼림칙한 미소를 짓고 있는 글러먹은 구경꾼 여신이 히죽히죽 웃으며 팔꿈치를 툭툭 찌르기에, 강한 손날치기를 먹여줬다.

"포, 폭~력 반대……."

당한다는 걸 알면서도 하니까, 너는 정말 질리지도 않는단 말이지. 당장 잘까.

"……어라? 잠깐만, 어떤 때라도 회복해주는 게 러셀 아니야~?"

"시끄러워. 에미가 깬다."

아아, 정말…… 진짜로 에미가 깨어날 때까지 떼를 쓸 것 같으니까, 일단 회복해줄까.

"오, 눈치 빠르네~."

그래그래. 내일도 빨리 일어나야 하니까, 언제까지고 창문 아래를 보지 말고 너도 빨리 자라고.

13 한 가지 의문의 해결과, 새로 생겨난 의문

프레데리카의 요리는 언제나 맛있었다. 그건 프레데리카가 부엌의 키를 잡고 있기 때문이다. 내가 도와준 바람에 제삼자가 불만을 품으면 곤란하겠지.

그런고로 기합을 넣어서 요리했고, 오늘도 배고파하는 마델라의 아이들을 부르러 갔다.

"프레데리카의 요리가 완성됐다. 배가 고픈 녀석은 와라."

우르르 몰려와서는 「러셀 씨다」「시빌라하고 사이좋은 사람」, 「시빌라의 남자?」, 「아니야. 클로리스 씨야」라며 제멋대로 떠들어댔다.

"그럼 먹기로 할까."

"네~에."

식탁에는 요리가 깔끔하게 놓였고, 아이들은 기운차게 먹기 시작했다. 내가 손댄 것이 받아들여질지 불안했는데, 문제없어 보인다.

"자기가 만든 걸 맛있게 먹는 모습을 보는 건, 나쁘지 않군."

"어."

먹고 있는 아이 중 한 명이 프레데리카에게 말할 생각이었던 내 중얼거림을 들었다.

"이 요리, 까만 사람이 만들었어?"
"그래. 어제도 러셀이 도와줬단다. 잘해서 깜짝 놀랐어."
"굉장하네, 까만 사람!"
"그래."
나는 그 기운찬 녀석에게 가볍게 대답했다. 하지만…… 무엇보다도.
"……프레데리카 덕분이겠지. 나 혼자서 이렇게 하는 건 도저히 무리야."
"그~렇게 말하면서 언제나 겸손해하지만, 가볍게 해버리는 게 러셀이니까~. 빈스와 모의전을 하던 것도, 에미의 물건을 찾아주던 것도, 자넷의 서적 강의도 러셀이 했었잖니?"
"뭐…… 우연히 잘 맞았을 뿐이야. 흥미가 있었으니까."
"검과 책이라면 몰라도, 물건 찾기는 다르잖아. 직접 나서서 하려고 생각하지는 않는 법이야."
"……그런가."
"그럼."
프레데리카는 그렇게 말하지만…… 그녀는 고아원의 누나이자, 보호자이자…… 선생이기도 했다. 애초에 누군가에게 다정하게 대할 것을 가르친 것도 프레데리카다.
어린 시절의 기억이라는 건, 흐릿해서 떠오르지 않는 것도 많다. 멍하니 그런 일도 있었다고 돌이켜보는 정도에 불과하다.
그래…… 오래된 낙서를 몇 년 뒤에 찾아보는 셈이다. 막상 그걸 보더라도, 이미 무슨 생각으로 그렸는지, 애초에 무슨 그림이었는지도 모른다.

그러나, 그때의 우리는 분명 그곳에 존재했고, 뭔가를 생각하면서 했다. 떠오르지 않더라도, 그게 지금의 나를 형성하고 있다.

……기억의, 조각.

그러고 보니, 프레데리카는 줄곧 변함없는 모습이었지. ……여성에게 이런 말을 묻는 건 실례라는 건 알지만, 그래도 역시 신경 쓰인다.

슬쩍 떠보기로 할까.

"그러고 보니, 프레데리카는 언제부터 고아원 관리 멤버가 된 거지?"

"아드리아 고아원이 처음이야. 거기서부터 각지의 고아원 시설을 여기저기 돌고 있어."

그런가? 그럼…….

"러셀~, 실례되는 생각하고 있지~?"

……뭐, 역시 지금의 질문이라면 의도를 알 수 있나.

"얼버무리는 게 실례일지도 모르니까, 말해두는데. 프레데리카는 정말 언제나 변함이 없어. 나와 나란히 거리를 걷고 있으면 또래로밖에 보이지 않으니까."

"……."

프레데리카는 뭔가 대답하려고 입을 뻐끔거렸지만, 바로 고개를 숙이고 말았다. ……뭐지? 결국 자기 쪽에서 명확하게 물어놓고서는 이상한 녀석이군.

"까만 사람, 제법이네!"
"휴우~ 휴우~."
"아, 안돼. 라이카 씨는 나……."
떠들어대지 마라. 이거야 원, 애들이 놀리는 건 어디나 변함없나.
그러나 지금 이건 전면적으로 내 잘못이다. 내가 거북한 분위기로 만들고 말았다.
"아~, 뭔가 미안. 설거지는 내가 해둘 테니까 쉬고 있어."
"으, 응. 그렇게 할게……!"
프레데리카는 식기를 부엌에 놓고는 휘청휘청 방으로 돌아갔다.
"……러셀은, 역시 꽤 나쁜 남자야~?"
"대체 무슨 뜻이야."
"시빌라가 그렇게 말하던데~. 러셀은 어어, 백다리나? 걸치는, 나쁜 남자랬어~."
역시 그 녀석은 돌아오면 때려줘야겠다.

설거지 같은 수수한 작업도, 해보면 의외로 나쁘지 않다.
그러고 보니 베니가 계속 이쪽을 보고 있다. 딱히 봐도 재미있는 건 아닐 텐데…….
"……러셀 씨. 그거 들었어?"
"그거라니, 뭐냐."
"안 들었구나."

영문을 모르겠는데. 『그거』라고 하면 뭔지 모른다고. 뭔지 말해줘.

"건네줬잖아, 동그란 거."

그러고 보니, 베니에게 뭔가 받았었다. 『들었어?』라고 물어봤으니까…….

"『소리 저장기』인가."

"……뭐야 그게."

확실히 정답인 줄 알았는데…… 혹시 『소리 저장기』라는 말을 모를 뿐인가. 애초에 인연이 없는 물건일 테니까. ……그렇다면, 원래 주인은 한 명밖에 없다.

"애슐리의 것 아닌가?"

"아마, 맞아. 애슐리 씨의 방에 있었어."

베니는 순순히 수긍했다.

"멋대로 남의 물건을, 마치 자기 물건처럼 나에게 주면 안 돼. 완전히 내가 훔친 것 같잖아."

"……."

"이봐, 뭐라 말이라도 하는 게 어때?"

사과할 줄 알았는데, 무반응. 이런 지도는 하기 힘든데……. 프레데리카를 부를까? 내가 고민하던 사이, 베니는 기묘한 말을 하기 시작했다.

"그 돌에서, 뭔가 남자 목소리가 들려서."

"뭐?"

"그러니까 낮은 남자 목소리야. 못 들었어?"

처음 듣는다. 그게 그 안에 들어있었다고?

예전에 설명을 들었듯이, 『소리 저장기』 마도구는 귀족용의 매우 비싼 도구다. 거리에서 살 수 있는 게 아니고, 하물며 어린이가 손에 넣는 건 원래 불가능하다.

그 『소리 저장기』에, 딸의 목소리를 넣은 걸 보수로 받던 게 애슐리다.

실제로 마이라의 목소리가 들린 이상, 남자의 목소리가 들리는 건 불가능하다고 생각해도 된다.

그러나 베니가 거짓말을 할 이유가 없다. 모든 사정을 모르니까.

"그게, 방 근처를 지나가다가, 뭔가 소리가 들려서. 그래서, 설명하려고 했는데…… 애슐리 씨가 돌아와서, 조금 거북해져서……."

아아, 마왕을 토벌하고 돌아왔을 때인가. 확실히 애슐리에게 습격받은 직후이기도 했으니, 베니가 거북한 분위기를 느꼈던 것도 이해는 간다.

건강 문제의 원인, 애슐리가 받은 보수. 거동이 이상했던 베니. 고아원에서의 의문은 얼추 해결됐다고 봐야 하나.

……동시에, 새로운 의문이 생겨났다. 애슐리가 사랑하는 딸의 목소리를 듣기 위해 손에 넣은 마도구에서 남자의 목소리가 들렸다는 완전한 미지의 정보.

"그 동그란 구슬, 바로 입을 다물어버렸으니까 잘 알 수 없어서……. 러셀 씨는, 굉장한 회복마법을 쓸 수 있으니까, 고칠 수 있나 해서."

도구는 인체처럼 회복시킬 수 없는데……. 그래도 운이 좋았다. 나는 이 도구의 사용법을 눈앞에서 봤다. 베니는 사용법을 몰랐을 뿐이겠지.

"알았다. 아무 걱정하지 않아도 되니까, 해결은 나에게 맡겨둬."

"응……."

나는 베니의 머리를 쓰다듬으면서 보내준 뒤, 2층 방으로 돌아갔다.

아무도 없는 방에서 창밖을 바라봤다.

내가 이렇게 느긋하게 식사할 때도 그 녀석들은 싸우고 있겠지.

프레데리카를 지키면서 문제 해결에 공헌할 수 있으면 좋겠다는 마음은 있다. 나는 주머니에서 『여신의 서』를 작은 테이블 위에 올려놓고, 동그란 구슬을 꺼냈다.

"틀림없이, 애슐리가 가지고 있던 것과 똑같은 물건이야. 그럼 누구의 목소리가 나오려나—."

문득, 얼마 전 시빌라가 비슷한 말을 했던 게 떠올랐다.

—시빌라 너, 그건 이미 『붉은 구제회』가 나온다고 말한 셈이잖아.

그래. 확실히 그런 생각을 했었지.

나는 돌을 양손으로 들고, 애슐리가 했던 그 말을 입에 담았다.

"―《플레이》."

그때 애슐리와 똑같이, 마도구가 나의 『플레이』라는 말에 반응했다.

『……이러면, 괜찮겠지.』

『지금부터 말하는 건가요?』

『네. 사제님, 이미 시작됐습니다.』

『알겠습니다. ―신들과 마신의 싸움은 끝없이 이어졌다. 압도적인 힘을 가진 신들과 무진장한 힘을 가진 마신. 그 양자 사이에 끼인 토지는 크게 황폐해졌다.』

소리 저장기 마도구, 처음에는 확인부터 들어가는 건가.

베니가 말한 건 이것……은 아니겠지.

마왕은 물론이고, 신들도 처음에는 지상이 피해를 입어도 싸움을 멈추지 못했던 건가.

의외로 온화하지 않은 녀석도 많나 보군. 뭐, 시빌라 같은 게 여신을 하고 있을 정도니까, 그보다도 기운찬 여신이…… 그보다 기운찬 여신은 사양하고 싶은데…….

『하나의 섬이 멸망했을 때, 신들은 생각했다. 이대로는 대지가 멸망하리라. ……그중에서 한 명의 신이 일어났다. 태양의 여신은 말했다.「지상에 있는 자들에게 싸울 힘을. 그 사람의 인생을 긍정하는 자에게, 지킬 힘을. 누군가를 위해 마음 아파하는 자에게, 치유할 힘을. 대지를 양육하고 생명을 이어가는 자에게, 양육할 힘을」이라고.』

불쌍하군, 멸망한 섬. 어디 있는지는 모르지만, 확실히 이 글은 서장이었을 거다. 이렇게 이야기하는 사람의 속도에 맞춰서 들으니까 좋은 복습이 되는군.

그나저나…… 과연, 듣고 있으니까 확실히 듣기 쉬운 투명한 목소리다. 대충 읽고 넘길 때와 비교하면 내용이 자연스레 들어온다.

『태양의 여신에게 찬성한 신들은 서로 협력하여 인간에게 힘을 주었다. 그것이 『직업(잡)』이다. 여신은 사람들의 마음을 이해하여, 그 사람에게 미래의 선택지를 주었다.』

……그 결과가 【성자】인가. 사람들의 마음을 이해하고 있다면, 나의 그 나날은 대체 여신에게는 뭐였던 걸까.

이해하고, 선택지를 주었다……라.

『그리고, 지상에 여신이 내려왔다.』

응? 휙휙 넘겨보던 부분이라서 그런가. 여신이 내려온 건 최종장인 줄 알았는데, 이런 초반부터 지상에 내려왔던 건가.

여신의 서의 내용은 기본적으로 지상에서 이루어진 일이니까.

신앙심이 깊지 않은 나 같은 녀석은 여신의 서에 적힌 내용을 그저 창작 설화라고 생각하고 있지만, 공교롭게도 나는 진짜 여신이 존재한다는 걸 안다.

그러니까 여기에 적힌 내용은— 아마 사실이다.

시빌라는 그만큼 옛날부터 있었던 거겠지. 그렇다면 다른 신들은 어디에 있는 걸까. 전부 내려온 건 아니라고 생각하지만, 시빌라만 내려와 있는 건 아니겠지……?

『여신은, 축복을 내린다. 여신을 찬미하라.』

마지막에는 이런 느낌으로 끝나는 건가. 이게 여신의 서에 기록된 시작의 장인 거군.

인류에 맞춘, 여신을 자연스레 찬미하게 하기 위한 내용이다. 태양의 여신이 어떤 녀석인지는 전혀 모르겠다. 아무래도 내가 아는 유일한 여신이 그거다 보니…….

태양의 여신이 그 정도로 까불이라면, 조금은 친밀감도…….

아니, 잠깐. 시빌라가 두 명……? 그렇게 생각하니……. 이런. 두통이…….

적어도 여신 중에서 그렇게나 자유분방한 건 그 녀석뿐이길 바란다…….

『여기까지만 해도 괜찮나요?』

『네, 수고하셨습니다. 이제 돌아가셔도 됩니다.』

『네. 알겠습니다.』

마지막으로 그런 대화가 오가면서 목소리가 멈췄다. 확실히 남자의 목소리는 들리지만, 그것뿐이다. 대체 베니는 뭘 말하고 있던 걸까.

뭐, 재미있는 건 들었으니까 나쁘지는 않지만.

확실히 개시 시점을 처음으로 돌리는 마법도 있었는데……되돌리는 말은 잊어버렸다. 이 마도구를 애슐리에게 돌려줄 때라도 물어볼까.

나는 음성이 멈춘 구형 마도구를 바라보면서 가지고 있는 『여신의 서』를 열었다. 복습 겸 다시 읽어보니, 지금 들은 부분이 정말로 서장이라고 할 정도의 작은 부분이라는 걸 알게 되었다.

다음 페이지부터는 지상에서 여신의 가르침을 이어받은, 태양의 여신교에서 말하는 『시작의 사람』 이야기가 시작된다. 그 인물이 『여신의 서』를 쓰기 시작한 거다.

그리고 많은 이들이 나오기 시작한다. 자신의 책을 들고 각지로 이주한 사람들이 그 땅에서 여신의 가르침을 넓히며 『태양의 여신교』의 교회를 만든다.

그리고 왕국에는 여신교가 퍼졌다.

……그나저나, 처음의 그 사람은 용케도 여신이라는 것을 믿을 생각이 들었군. 뭔가 특별한 힘을 받기라도 한 건가.

책을 만드는 능력? 아니면 용사 같은 힘인가? 기본적으로 신의 시점에서 시작과 교훈 같은 게 쓰여있기에, 인간의 구체적인 이야기는 그렇게까지 나오지 않는다.

거기까지 고찰하다가, 문득 당연한 걸 떠올렸다.

—묻고 싶어지면, 시빌라에게 물어보면 되잖아.

그 녀석, 여신이니까. 말하는 걸로 봐서는 『여신의 서』 편찬에도 얽혀있을 것 같고.

나는 의자에 다시 깊숙히 앉았다. 할 일이 없어졌군. 스스로 대기하겠다고 말했지만, 기다린다는 게 이렇게나 답답할 줄이야.

이럴 때가 되면, 나의 능력이 은폐해야 하는 어둠마법이라는 것이 원망스럽게 느껴진다.

두 사람은 마물이 산더미처럼 나오는 환경에 있다. 차분히 있는 건 무리였다.

—아아, 그런가.

나는 에미를, 줄곧 이런 마음으로 지내게 만든 건가. 싸움이란, 딱히 마물을 쓰러뜨리는 것만 있는 게 아니다. 마음을 강하게 먹는 것까지 포함해서 싸움인 거겠지.

뭔가 단서가 될 만한 거라도 찾아볼까—.

『정시 연락입니다.』

—음?!

지금, 확실히 그 마도구에서 목소리가 들렸다! 남자 목소리다. 멀리서 들리는 느낌이었지만, 확실히 났다.

이 고아원에는 아이들과 프레데리카뿐. 그렇다면 남자의 목소리는 이 마도구 말고는 나올 수 없다.

나는 마도구에 얼굴을 가져갔다.

『네, 수고하셨습니다. 그쪽의 상황은 어떻습니까?』

『뒤쪽의 들판에 풀어놓은 녹색은 도시에는 다가가지 않도록 밖으로. 말을 써서 세이리스 방면으로 펼쳐지게 하고 있습니다.』

『대단히 좋군요. 그런데, 녹색의 감시는 하고 있습니까?』

마도구의 목소리가, 멈췄다. ……뭐지? 여기서 멈추는 건가? 굉장히 어중간한 곳이다. 조금 더 정보가 필요한데.

그렇게 생각하고 있었는데, 다시 작은 목소리가 나왔다.

『……아, 아뇨……. 감시자는, 남아있지 않습니다.』

아무래도 잠시 침묵했던 모양이다. 젊은 남자가 작은 목소리를 꺼낸 순간.

마도구에서 나오는 목소리가, 갑자기 분위기를 바꿔서 대답했다. 무시무시하게 낮은 톤이다.

『잘못 말한 겁니까? 감시자를 남겨두지 않았다고 들려왔는데요.』

명백하게, 불길한 분위기다. 명확한 침묵. 이후에 뭐가 나오는 걸까.

모습이 전혀 보이지 않는 소리 저장기 마도구는, 침묵하게 되면 무슨 일이 일어나는지 알 수가 없다. 불길한 예감을 느끼고 잠시 귀를 떼서 마도구를 바라봤다.

그 몇 초 후.

『신을 섬길 자격이 없군요! 그 정도의 신앙으로 간부가 되다니! 어리석기는! 정말 한탄스럽군요! 오오, 우리의 신이여. 이 자의 『해방』을 원하시나이까.』

『요, 용서해주십시오, 대주교님!』

찰칵, 문이 열리는 소리가 들렸다. 목소리가 아니어도, 소리라면 저장할 수 있는 모양이다.

『이자는 『해방』을 바라는 모양입니다.』

『용서를! 제발! 용서를!』

『두 번째를 바라는 무능한 자는 필요 없습니다.』

그로부터 남자의 비명이 멀어졌고, 문이 닫히는 소리가 났다.

—남자에게 뭘 했는가. 그건 아이라도 알 수 있다.

저렇게 싫어하는 모습과 『해방』이라는 말. 문자 그대로 『붉은 구제회』에서의 해방이 아니라는 시빌라의 말처럼, 완전히 산 제물이나 처형 같은 부류다.

……과연. 베니가 거북한 듯이 말할 만했다. 이런 대화를 들었다면 정신적으로 멀쩡하게 있을 수 없다.

베니는 용케 나에게 이걸 맡겼구나.

『무능한 자를 거느리는 건 지치는군. ……『장기말』용의 돌인가. 사용법을 별로 듣지 못했는데.』

이건…… 아마, 이 마도구를 본 목소리로군.

『사제님…… 아니, 장기말의 딸도 예정대로 해방하기로 할까.』

……지금, 이 녀석, 뭐라고 말했지? 내가 생각하기도 전에, 마도구에서 문이 닫히는 소리가 났다. 누군가 새로운 사람이 들어왔는지, 다시 젊은 남자의 목소리.

『지금 돌아왔습니다, 대주교님.』

『네, 수고하셨습니다. 무사히 B랭크 모험가님을 구해낼 수 있었습니까?』

흥, 변모가 빠른 남자다. 이게 바로 조금 전 한 명의 목숨을 앗아간 녀석의 목소리인가. 타인의 인생이 끝장났다는 걸 알면서도 이렇게나 태연하게 있다니. 혐오감밖에 들지 않는군.

아마 정말로 아무렇지 않게 생각하고 있겠지. 마이라를 이용하는, 거짓으로 점철된 대주교. 그의 가면 속에는 그 광신적이며 냉철한 목소리가 있다.

『네. 무사히 『붉은 구제회』라는 걸 전해드렸습니다.』

『훌륭하군요. 그럼, 애슐리를 불러주시겠습니까?』

『애슐리 말입니까? 알겠습—.』

거기서, 목소리가 뚝 끊어졌다.

어디까지나 예측인데…… 여기까지가 『소리 저장기의 한계 시간』이 아닐까. 꽤 긴 시간 음성이 들려왔지만, 이것만으로는 『여신의 서』의 전문을 망라하는 건 불가능하다.

……그나저나, 베니가 가져온 이것. 터무니없는 증거품이군. 이것만 있다면 녀석들이 대체 뭘 하고 있는지 명확하게 이해할 수 있다. 설득력의 차원이 다르다.

아마 소리를 저장하기 위한 마법은 썼지만, 그걸 멈추는 마법을 쓰는 건 깜빡했다는 거겠지.

—베니. 너는 애슐리를 구할 마지막 열쇠였을지도 모르겠어.

이야기 내용을 정리하자. 추상적이지만, 나도 무엇이 뭘 가리키는지는 알 수 있다.

『장기말』이라는 건…… 애슐리다. 『장기말의 딸』이 사제 마이라니까.

흥. 대단히 거만한 시선으로 별명을 지었군. 자신은 손을 더럽히지 않고 있으니까. 역시 대주교는 나도 가장 싫어하는 타입이다.

……애슐리는, 괜찮을까?

역시 암살을 계속 미루는 상황을 허용할 녀석으로는 보이지 않는다.

시빌라의 예상 자체는 어느 정도 정확하지만, 그것도 사전 정보가 있어야만 한다. 그 녀석도 이 목소리를 듣는다면 계획을 대폭 수정하겠지. ……나도 조금 낙관하던 부분이 있다.

대주교, 그리 쉽게 손패의 숫자를 줄이는 부자연스러운 짓은 하지 않으리라 생각했는데. 터무니없다. 이 녀석은 태연하게 줄일 수 있어.

애슐리를 장기말 취급하는 증거는 이 마도구뿐. 시빌라에게는 대기하겠다고 말했다. 그 판단은 분명 올바르다.

올바르지, 만.

—그걸로, 정말로 나는 납득할 수 있나?

조용해진 마도구를 보고— 나는, 검을 손에 들었다.

14 구하러 간다. 무엇보다도, 나 자신을 위해서

고아원에서 준비를 마치고, 주머니에 마도구를 넣은 내가 1층으로 내려가자 아이들의 머리를 쓰다듬어주던 프레데리카가 내 모습을 보고 눈을 가늘게 떴다.

"가는 거구나."

그 눈은, 뭐든 내다보고 있는 듯한 연장자의 눈……이면서, 동시에 어딘가 쓸쓸해 보이는 눈이었다.

"그래. 애슐리에 관해서 조금 신경 쓰이는 게 있어서."

"그렇구나. 애슐리와 만난 지 얼마 안 됐는데도 소중하게 생각해주다니. 역시 러셀은 정의의 사자네."

"그런 게 아니야. 단지…… 그래. 지금 움직이지 않으면 후회한다고 생각했을 뿐이야."

그렇다— 후회다.

힘이 없을 때는 그나마 어쩔 수 없다는 변명을 할 수 있었을지도 모른다. 그러나 【어스름의 마경】이 되어 힘을 얻은 지금, 움직이지 않았다가 사태가 악화된다면 분명 후회할 거다.

어디까지나 자신을 위해서. 그런 거창한 이유는 없다.

행동의 결과, 실패한다면 분하겠지. 그러나 그건 어디까지나 자신의 행동으로 인해 만든 결과다. 아마 시빌라라면……

뭐, 그 녀석이라면『그럴 여유가 있다면 다음을 생각하라고』 말할 것 같지만.

그러나…… 도전조차 하지 않다가 패배의 결과만 알게 된다면, 나는 자신을 용서할 수 있을까?

"나는 어디까지나 나를 위해서 움직여. 결과적으로 애슐리와 마이라도 구하겠지. 그것뿐이야."

"……마이라?"

아, 실수다. 너무 깊이 생각하지 않고 말해버렸다.

"아…… 숨기고 있어서 미안해. 내가 이야기해도 될지는 모르겠지만, 이렇게 되면 숨기는 게 오히려 신경 쓰이겠지. 마이라는 애슐리의 딸이야."

역시 몰랐었는지, 프레데리카가 눈을 크게 떴다.

"애슐리에게 딸이 있었다니……. 그 딸이…… 가까이에?"

"그래. 사제라는 이상한 역할을 떠안아서, 낭독만 하고 있어."

"그럴 수가……. 계속 함께 살았는데도, 나는 그런 것도 몰랐다니……."

"아니, 애슐리도 프레데리카에게 걱정을 끼치고 싶지 않았겠지."

비밀로 하고 싶은 이유는 이해한다. 애슐리도 책임감과 사명감이 있고, 동시에 자기 안에 담아두는 성격인 것도, 짧은 관계 속에서 이해했다.

궁지에 몰리면 판단력이 조금 둔해지는 법이니까.

나와 프레데리카가 대화를 나누던 와중, 그걸 듣던 베니가 말을 걸어왔다.

"애슐리, 딸 있었어?"

"이거야. 『플레이』."

"아, 그거……!"

나는 마도구를 꺼내서 구체를 통해 목소리를 흘렸다. 소리 저장기 마도구는 역시 신기한지, 프레데리카도 놀라면서 그 목소리를 들었다.

투명한 목소리로 『여신의 서』의 제1절을 낭독하는 구체 마도구.

"……예쁜, 목소리."

"그렇지? 『스톱』."

마지막까지 흐른 뒤에는 자동으로 처음 부분까지 돌아가는 모양이다. 그냥 재생해봤는데 다행이다.

낭독이 끝나자마자 나는 소리를 껐다. 이 신호는 필수였다.

—그 남자들의 이야기를 들려줄 수는 없다.

베니에게 힐끔 시선을 보내자, 그는 살짝 고개를 끄덕였다. ……총명하다. 이해해줘서 고마웠다.

이 아이들을 우수하게 길러낸 것이 애슐리다. 역시, 확실하게 애정을 담아서 길러냈잖아. 뭐가 『진짜 아이가 아니니까』라는 거냐.

애슐리. 너는 충분히 이 아이들의 어머니라고 생각해. 그렇다면…… 내가 할 일은 하나.

"베니. 이 목소리의 아이를 만나고 싶지 않나?"

"어…… 응. 만나고 싶어. 굉장히, 예쁘니까……."

베니는 시선을 이리저리 돌리면서 쑥스러운 듯 뺨을 긁적였다. 목소리만으로 이렇게나 흥미를 보이게 하다니. 외모도 목소리와 똑같을 만큼 가련하니까 기대하라고.

그런 반응을 보인 베니의 머리를 웃으면서 쓰다듬은 프레데리카가 내 손에 있는, 지금은 침묵한 구체를 봤다.

"그 목소리가, 마이라라는 아이?"

"그래. 베니보다 어릴 거다."

"……."

프레데리카는 잠시 눈을 감은 뒤 고개를 끄덕이고는, 다시 눈을 떴다.

내가 어디로 가는지 알아챈 거겠지. 낮에 보여줬던, 진지한 표정이다.

"무리, 하지는 마."

"서로, 말이지."

프레데리카는 순간 어안이 벙벙해진 듯 눈을 깜빡이더니, 바로 키득 웃었다.

"알았어. 러셀의 부탁이라면 확실히 지킬게. 하지만 그래도 필요에 쫓겨서 지쳤을 때는, 먼저 보고할 테니까, 그렇게 되면 마음껏 위로하고 치료해줘."

"맡겨둬. 내 마력은 무한하니까, 마지막에는 이 도시 사람 모두를 『성녀 전설』의 힘으로 회복시킬 거야. 프레데리카 한 명이라면 얼마든지 해줄 수 있어."

"후후. 『성녀 전설』을 재현하려고 하다니 너무 허세가 심하잖아~. 그런 부분은 아직 귀엽네. 그래도, 기대하고 있을게."

딱히 허세는 아니고, 오히려 『성녀 전설』의 재현 쪽이 더 여유로운데 말이지…….

"정말로 러셀이 언제나 함께라면, 나도 훨~씬 노력할 수 있을 거야."

"그러니까 너무 노력하지 말라고 했잖아. 나 참……. 그럼, 갔다 올게."

이야기가 길어질 것 같았기에, 나는 마지막으로 베니의 머리를 조금 난폭하게 쓰다듬었다. 내가 이 가능성에 도박을 걸 생각이 든 건, 이 녀석 덕분이다.

설마 우리 여신도, 고아원 아이에게 추월당할 줄은 몰랐겠지. 그 녀석이라면 이것조차도 기뻐할 것 같지만.

문을 열고 밖으로 한 발짝 내디뎠다. 마지막으로, 뒤에서 소리가 들렸다.

"다녀와, 러셀. 우리의…… 나의, 성자님—."

자신의 태그를 만지면서 가볍게 마력을 넣었다.

『아드리아』—【어스름의 마경】 레벨 13.

그곳에 표시된 것은 당연히 어스름의 직업(잡). 이걸 『붉은 구제회』 같은 신흥 종교가 있는 곳에서 표시하는 건 곤란하다.

여신교에서는 태양의 여신이 수여한다는 직업(잡).

어스름이라는 어둠마법 전문 직업을 어떻게 해석할지는 모른다.

그럼, 문지기 말인데…… 시빌라와 에미가 없다는 건 틀림없이 바깥에 나갔을 거다. 그럼 그걸 이야기하면 내보내 줄 수 있을지도 모른다.

"나가고 싶은데, 상관없나?"

"앙? 뭐냐고. 여자하고 애들만 나오다니. 너도 빨리 돌아가, 지금 바깥은……."

"마물투성이. 맞나?"

남자가 놀란 듯 눈을 크게 떴다. ……잘 보니, 이 남자는 본 적이 있다.

"나와 함께 왔던 파티 멤버가 먼저 밖에 나갔을 텐데. 직업(잡)은 보여줬나?"

"아, 아아…… 설마, 당신도……."

"【성기사】 에미와 합류할 예정이다. 얼마 전 함께 도시에 들어온 걸 기억하고 있나?"

시빌라가 자신의 자금으로 수배했기에 꽤 좋은 마차를 썼다. 나름대로 눈에 띄었을 테니까 기억하고 있을 터.

"아아, 그때의……!"

"그래. 바깥의 마물이 줄어들었을 때 내가 회복시키기로 상의했으니까. 그래…… 《엑스트라 힐》. 어때? 피로가 회복됐겠지? 이 힘을 【성기사】에게 써주기로 약속했다."

문지기는 내 마법을 받고 바로 자신의 변화를 눈치챘다.

"우오, 우오오오! 굉장해! 몸 어디도 피곤하지 않아! 굉장해……!"

"일, 힘들어 보이는군. 괜찮아. 내가 밖으로 나가면 조금 더 안전해질 거다."

역시 능력을 보여주는 게 제일이다. 내 말을 믿을 수 있다고 생각한 모양이었다.

"헉……! 아, 알겠습니다. 허가하지요."

"감사한다. 그런데, 나와 에미와 시빌라 말고 문에서 나간 녀석은 있나?"

"여기서 오늘 나간 건, 세 명입니다. 동문에서는 모르겠지만요."

동문에 대한 건 알고 있었지만, 오늘은 틀림없이 애슐리도 거기서 나갔겠지.

나는 그 녀석을 생각하면서 허리춤의 검을 확인하기 위해 건드렸다.

눈앞에 펼쳐진 광경과 뒤에서 문이 닫히는 소리를 듣고 혼자 한숨을 내쉬었다. 당연한 듯이 에미와 합류하기 위해서라고 말했지만, 물론 나에게 그럴 예정은 없다.

"이거야 원…… 우리 여신님의 영향인가."

그 녀석이 태연하게 거짓말을 내뱉다 보니 나도 닮아버린 걸지도 모른다. 긍지 높은 여신을 닮았다……라고 말하고 싶지만, 완전히 장난기 많은 여신의 분위기에 넘어가서 안 좋은 영향을 받아버린 것 같군…….

그건 그렇고.

시야에 펼쳐진 압도적인 광경에 탄식이 나왔다. 그 녹색 마물의 시체가 곳곳에 굴러다닌다.

조금 많다거나, 그런 수준이 아니다. 오크의 시체가 마치 얼룩무늬와 같다.

그러고 보니, 이 녀석들은 여자의 얼굴을 빤히 보고는 천박한 미소를 지으며 다가오는 마물이었다. 에미는 그래 봬도 맨손으로도 오크보다 강하니까 질 리는 없겠지. 정신적인 면에서는 조금 걱정되는 부분도 있지만, 그 녀석도 그 녀석대로 마음을 강하게 먹기 위해 노력하고 있다.

시빌라 쪽은 천박한 마물이 상대라고 해도 걱정하는 게 쓸데없을 만큼 털털하니까 걱정하지 않는다. ……머릿속에서 시빌라의 환영이 항의하고 있지만 무시하자.

"둘 다 걱정하는 게 실례되는 셈인가. 그렇다면, 나도 내가 해야 할 일을 하자."

시빌라와 몇 번이나 향했던 붉은 건물로 발을 옮겼다.

지금은 붉은 로브를 입지 않았지만, 이렇게 되면 그런 걸 신경 쓸 필요도 없겠지.

지금 이런 상황이라면, 저곳에 있는 건 그에 걸맞은 상위의 인물들뿐일 거다. 마이라나 간부들은 물론이고, 마이라를 돌보기 위한 인간도 상주하고 있겠지.

아마 애슐리도 그걸 알면서 갔을 거다.

시빌라와 에미가 근처에 있다면 합류하고 싶지만, 발견하지 못하더라도 상관없다. 우선은 애슐리가 마음에 걸린다.

다른 『붉은 구제회』 녀석들이라면 몰라도, 적어도 그 대주교와 애슐리의 전 남편만큼은, 설령 내 정체가 들키더라도 가차 없이 어둠마법을 쓸 거다.

"《윈드 배리어》. ……무사하게 있어줘."

나는 살짝 중얼거리고는, 여전히 살아있는 오크가 우글거리는 가운데 『붉은 구제회』 본부를 향해 내달렸다.

문에서 나오자마자 살아있는 오크가 보이기 시작했다. 즉, 두 사람은 벽을 따라 마물을 쓰러뜨리고는 있지만, 이쪽에는 오지 않았다고 생각하는 게 자연스럽다.

검을 한 손에 들고 시빌라와 함께 있을 때와 비교하면 무척 살기등등한 마물을 보며 코웃음 쳤다. 설마 여자가 없다는 것만으로도 이런 얼굴이 되는 건가?

"그 녀석이라면 이렇게 말하겠지. ─마물 주제에 건방져!"

나는 마물 무리에 파고들어서 검을 옆으로 휘둘러 마물을 쓰러뜨렸다. 모처럼 혼자 있는 기회이기도 하고, 약한 적을 쓸어버릴 찬스다. 움직여두는 것도 나쁘지 않다.

검을 계속 휘두르면서, 마물의 몸에서 흐르는 피를 곁눈질하며 다음 사냥감으로 표적을 옮겨서 쓰러뜨렸다.

'《엑스트라 힐》.'

머릿속으로 마법을 썼다. 부상만이 아니라 체력 그 자체를 회복시키는 마법은 이럴 때 무엇보다 도움이 된다.

전사계 직업에 비해 체력이 좋은 편은 아니다. 게다가, 제아무리 강한 전사라도 『피로』가 쌓이면 반드시 움직임이 둔해진다. 그렇기에 다들 힘을 온존하며 싸우는 거다.

그러나 이 마법을 쓰면 항상 전력으로 싸울 수 있다.

한순간에 승패가 판가름 나는 전투에서 『전력』을 계속 낼 수 있다는 영향력은 헤아릴 수 없다.

나는 주변의 마물을 일소하고, 멀리 보이는 『붉은 구제회』 본부를 노려봤다.

건물 근처까지 마물이 나와 있었기에 전부 토벌했다. 도중에 커다란 개체인 그레이트 오크도 덮쳐왔다. 희귀한 개체라고 들었는데, 세 마리는 쓰러뜨렸다. 꽤 많은데…….

건물 앞에는 예전에 사제를 만나러 왔을 때 있던 감시병이 없었다. 그렇지만 지금 상황이라면 그것도 당연한가.

애초에 나는 『붉은 구제회』 신자가 아닌 사람이 이 건물에 들어올 수 있는지 모르지만, 이럴 때 신자가 구하러 오지 않는 걸 보면 신자들의 수준도 알 만하군.

……뭐, 그렇지. 죽으면 그걸로 끝이니까.

지금까지 운 없이 죽은 사람도, 여신을 향한 신앙심이 부족해서 죽은 게 아니다. 시빌라도 말했었지. 『믿는 사람은 구원받는다』라는 말의 트릭을.

자넷의 말에 따르면, 돈을 많이 낼수록 상위 계층에 올라서 구원받는다…… 였던가? 그렇게 들었다. 그렇다면, 신자는 자기 목숨이 최우선이겠지. 목숨을 내던지면서까지 대성당에

올 리가 없다.

실제로 태양의 여신보다 존재가 불확실한 신이라는 게 이럴 때 영향을 주는 거겠지. 이런 종교의 진가는 여차할 때 드러나는 법이다.

"아무튼, 지금은 그걸 이용하도록 할까."

나는 건물 안으로 들어갔다. 예전에 시빌라와 왔을 때는 신자로 넘쳐났지만…… 이렇게 아무도 없는 복도를 걸으니 굉장히 넓고 눈에 안 좋은 곳이구나 싶다.

고아원 출신으로서는 밉살스러울 따름이지만, 꼭 이런 곳에 한정해서 자금이 풍족해 보인단 말이지.

『……게 된 겁니다…….』

앗! 안에서 목소리가 들린다. 나는 신중하게 대성당 안으로 발을 들여놓았다.

목소리의 주인은 바로 찾았다. 아니…… 이걸 목소리의 주인이라고 해야 할까?

『—그것이, 자신만의 힘으로 마왕을 쓰러뜨린, 최초의 사람이 되었다.』

마이라의 목소리. 그러나 단상에 마이라는 없다. 그렇다면 이 목소리를 내고 있는 게 무엇인지는 명백했다.

"—애슐리."

"……러셀 님? 어, 잠깐, 《스톱》. 러셀 님이 어째서 여기에?"

"이제 그만 그 경칭은 그만둬. 이게 아니라, 신경 쓰이는 게 있어서 말이지."

나는 애슐리의 옆, 대성당 맨 앞줄에 앉았다. ……이런 곳에 앉는 것만으로도 거금이 든다고 하니까, 정말로 바보 같은 종교다.

이쪽을 보면서 고개를 갸웃한 애슐리에게, 로브 속에서 그걸 꺼냈다.

“앗, 그건 전에 잃어버린 거……!”

애슐리의 소유물이라는 건 안다. 그러나, 이번 주제는 그게 아니다.

“애슐리. 너는 이걸 예전에 재생했다가 그대로 방에 놔두고 갔었지?”

“아, 아아…… 아~, 맞아요, 맞아요. 그럴 거예요. 돌아오니까 어딘가로 사라져서요.”

“베니가 범인이다. 그리고…… 목소리가 계속 틀어져 있었기에, 들을 수 있었던 거지.”

애슐리는 놀라더니, 내 손에 있는 마도구를 받아서 목소리를 듣기 시작했다.

“《플레이》.”

그 목소리에 반응한 마도구에서 조금 전 들었던 음성이 흐르기 시작했다.

“역시, 이거예요. 서장의 낭독을 보존한, 처음으로 받은 마이라의 소리 저장기…….”

한동안 목소리를 듣던 애슐리가 문득 고개를 갸웃했다. ……눈치챘나.

"저는, 이 마도구의 소리를 멈추는 걸 잊은 적이 없어요. 다시 들으려면 처음으로 되돌릴 필요가 있으니까요. 그럼 베니가 되돌렸나……?"

"하지 않았어. 애슐리, 너는 틀림없이 멈추는 걸 잊었어."

"그럴 리가……."

"멈추는 말을 말하지 않은 경우, 너는 어떻게 하지?"

"음…… 아마도 마지막까지 듣고 있지 않았을까요? 도중에 멈추거나 한 기억은 별로 없네요."

내가 고개를 끄덕이자, 소리 저장기 마도구의 말이 끊어졌다.

"처음에는 사용법을 몰라서, 어림짐작하는 목소리가 들어있었죠."

나는 묵묵히 마도구를 가만히 바라봤다. 애슐리는…… 눈치챈 모양이다.

멈추는 말을 하지 않는다면, 반드시 마지막까지 들었다. 지금이 그 상태다. 베니는 이 낭독 후 지점의 마도구를 발견한 거다.

조용한 대성당.

얼마나 돈을 써서 만들었는지 모르는 넓은 공간에서, 나와 애슐리의 숨소리만이 들린다. 애슐리는 마도구를 가만히 바라봤다. 나에게 말을 걸지도 않고 조용히, 묵묵히.

이윽고, 그때가 찾아왔다.

『정시 연락입니다.』

갑작스러운 목소리에 놀란 애슐리의 눈이 나를 바라봤다.

그 얼굴에 끄덕여주자, 애슐리는 다시 흐르기 시작한 목소리를 긴장한 표정으로 들었다.

거기서 흐르는 목소리. 명백한 대주교의 목소리.

『이자는 『해방』을 바라는 모양입니다.』

해방— 그것은 애슐리의 보수로서 사랑하는 딸 마이라를 대상으로 했던 말.

시빌라가 얼마 전 지적했던 말. 실패한 부하에게 격양한 대주교가 한 말.

"어…… 이, 건……."

애슐리가 시선을 이리저리 돌리며 더듬더듬 중얼거렸다. 나는 애슐리의 손을 잡았다. 깜짝 놀란 그녀가 이쪽을 바라보자, 나는 눈을 마주하기 직전 손에 든 마도구를 봤다.

『사제님…… 아니, 장기말의 딸도 예정대로 해방하기로 할까.』

장기말과, 장기말의 딸. 그 직후에 나온 말.

『애슐리 말입니까? 알겠습—.』

"이것이, 소리 저장기 마도구가 저장할 수 있는 시간의 한계겠지. 내가 들을 때도 완전히 똑같은 부분에서 멈췄어."

애슐리는 내 말에 반응을 보이지 않고 마도구를 가만히 바라봤다.

애슐리는, 마도구를 품에 넣고는 단상을 보고 이야기하기 시작했다

"이후에, 저는 고아원에 『신의 가루』…… 그 하얀 조미료죠. 그걸 놔두고, 주변 집에도 퍼뜨렸다는 걸 전했어요. 길드도

받았다는 것을 높이 평가해주면서, 이걸 건네줬죠."

툭툭, 조금 전 재생하던 마도구를 두드렸다. ……과연, 그런 경위로 도시에 미각 각성분이 퍼졌고, 애슐리는 그 대가로 첫 마도구를 받은 건가.

길드도 판단력이 둔해져 있다 싶었는데, 신자로 만들지 않더라도 많은 도시 사람들을 약화시켜서 기반을 다지고 있었던 거다.

"그 이전의 대화가, 이거였던 거네요."

"그래. 아마 목소리의 남자는『해방』…… 즉, 처분당했겠지. 대주교의 빠른 변모에는 놀랄 뿐이야."

"하아, 이렇게 차가운 목소리를 낼 수 있는 사람이었네요. 이야~ 우리는 진짜 장기말이었구나~."

"이때 처분당한 남자가 누구인지는 모르겠지만……."

"제이크."

갑자기 애슐리가 모르는 이름을 꺼냈다. 해방— 처분당한 남자를 알고 있었나.

"아는 사이였나."

"뭐, 아는 사이 수준이 아니라 남편이었죠."

"뭣……?!"

태연하게 대답하고 있지만…… 애슐리가 그 의미를 이해하지 못할 리가 없다.

"최근에는 전혀 만나지 못했다 싶었어요. 그렇구나. 이렇게 간단히, 실수 한 번에 처분당했구나. 남편, 간부였다고요? 목숨, 정말 싸구려구나……."

제이크는 주교였을 거다. 그런데도, 한 번의 실패로 처분당한 건가.

"……가능하면 제가 처리하고 싶었는데."

"이봐, 농담이라도 그런 말은 하지 마. 너의 손은 아이들의 머리를 쓰다듬기 위해 있는 거야. 그 손을 피로 물들이지는 마."

"그런 말씀을 하시는 걸 보면, 성자님도 여신님하고 정말 비슷하네요."

내가, 그 녀석하고? 비슷하다는 말은 평소였다면 부정했겠지만, 지금의 흐름이라면 아이들을 좋아한다는 점인가? 전혀 자각은 없는데…….

"하지만 제이크는 죽었고…… 어라, 이대로 가면 마이라는—."

"신의 배신자입니까."

—앗!

나와 애슐리는 서로 같은 방향을 바라봤다. 목소리가 난 건, 단상 안쪽.

그곳에는 대주교가 부하를 이끌고 서 있었다.

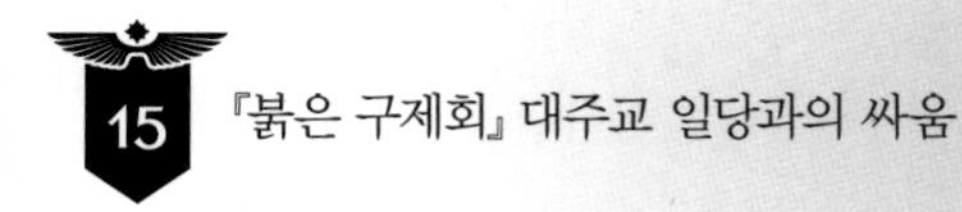

15 『붉은 구제회』 대주교 일당과의 싸움

음흉한 표정을 한 집단이 대성당 안에서 우르르 들어왔다. 이놈이고 저놈이고 전부 새빨간 로브를 입고 있다.

대주교가 붉은 로브, 좌우의 인간도 붉은 로브…… 지팡이라. 전사 타입은 아닌 모양이다.

……『붉은 구제회』, 대주교인 남자. 표면상으로는 웃음을 가장하고 있지만, 자신에게 도취되어 숙청을 저지르던 목소리를 들은 뒤여서 그런지 코웃음밖에 안 나오는군.

"그나저나, 이거이거…… 설마 당신이 배신할 줄은 몰랐습니다, 애슐리. 이쪽도 당신 말고는 움직일 수 있는 장기말이 없어서 곤란한데요."

대주교가 나불나불 떠드는 사이, 주변 녀석들은 우리를 포위하듯이 좌우로 펼쳐졌다.

"배신이고 뭐고, 이 마도구에 목소리를 넣은 건 대주교님이잖아요?"

"오산이었습니다. 확실히 처음에는 사용법을 몰라서 마도구의 녹음 기능을 정지하는 걸 잊었죠. ……이 일은, 한참 전부터 알고 있었다는 겁니까."

"아니요. 고아원 아이가 찾아준 모양이더라고요. 저도 눈치채지 못했던 목소리를."

"……그 꾀죄죄한 꼬맹이들이."

대주교가 살짝 욕설을 내뱉었다. 잠깐의 변화이자, 작은 목소리. 그러나 넓고 조용한 대성당에서 그 목소리는 잘 들렸다. ……옆에서 숨을 삼키는 목소리도.

역시 가짜 대주교 따위는 이런 수준인가. 사람의 지위를 돈으로 나누는 조직의 톱에게 고아를 향한 자비가 있을 리 없지. 그 눈은 금전욕으로 더러워진 진흙의 색밖에 없다. 이 녀석은 사람 위에 설 그릇이 아니야.

"대주교님은, 원래 그런 모습이었나 보네요. 그럼, 역시 제이크는……."

"붉은 신과 하나가 되었습니다. 실로 영광스러운 일이라고 생각하지 않습니까?"

"그렇게 영광스럽다면 본인도 일체화하는 게 어떤가요?"

"아니요. 저에게는 아직 해야만 하는 일이 있기에, 도저히……."

능구렁이처럼 피하면서 여전히 대주교로서의 체면은 유지하려 하고 있군. 그 남자가, 문득 표정을 지우고 나를 바라봤다.

"그런데…… 그쪽에 있는 분은 누구십니까?"

그럴 줄 알았지만, 아무래도 이 녀석은 나를 전혀 기억하지 못하는 모양이다. 이렇게나 전신이 새까맣다면 기억하고 있을 줄 알았는데……. 뭐, 멀리서 봤을 뿐이고, 이 녀석은 마차에 있던 나나 마부보다는 프레데리카 쪽에 시선이 가겠지.

자, 그럼. 이럴 때는 뭐라 대답해야 좋을까. ……그래.

“『사신(邪神)의 신도』라는 건 어떠냐?”

“……재미있는 말을 하는 분이군요.”

입으로는 온화하게 말하고 있지만, 짜증을 내고 있다는 걸 잘 알 수 있다. 『붉은 구제회』에 대해 말하는 건지, 『붉은 구제회』 쪽에서 보는 태양의 여신을 말하는 건지 판단이 헷갈리겠지.

뭐, 정답은 어느 쪽도 아니지만.

“소중히 여기던 마도구를 잊어버린 모양이라, 고아원 선생님에게 전해주러 온 거다. 실로 친절하지? 잊어버린 물건을 전해주는 건 옛날부터 내 일이었거든.”

“네, 그렇군요. ……바깥이 이런 상황이 아니었다면, 잊어버린 물건을 전해주러 온 게 부자연스럽게 보이지도 않았겠죠.”

뭐, 그야 그렇지. 이런 상황에서는 문지기도 섣불리 누군가를 바깥에 내보내지 않는다. 내가 평범하지 않다는 정도는 예상이 가나.

“바깥의 그건, 당신이 한 겁니까?”

“뭐, 그렇지. 회복술사(힐러)가 되었지만, 검으로 베었다.”

“검사인데도 【신관】을 받은 겁니까?”

나는 그 질문에 조용히 코웃음 치고는 어깨를 으쓱했다.

“자신의 노력을 부정당하는 직업(잡)을 받다니, 당신은 태양의 여신이 잘못되었다고 생각한 적이 없습니까?”

“그래. 한두 번이 아니지.”

대주교의 눈이 채점해보는 것처럼 살짝 열렸다.

"그렇다면, 『붉은 구제회』는 어떻습니까? 『태양의 여신』보다 상위의 존재로서, 우리는 『붉은 신』의 부활을 원하고 있습니다. 당신은 우수해 보이는군요. 꼭 간부로—."

"거절한다."

나는 목소리에 겹쳐서 단호하게 거절. 대주교는 한쪽 눈썹을 들며 침묵했다.

"너희가 신앙하는 건, 붉은 신이 아니라 마왕이나 그런 것 아닌가? 그러니까 마물의 숫자 같은 것도 컨트롤하고 있는 거겠지."

"……."

"다른 도시에서 구원이 오면 불리하겠지? 그러니 이런 짓도 저지르는 거다."

나는 주머니에서 종이를 꺼내 팔랑팔랑 흔들었다.

복원된 구원 의뢰서를 본 순간, 대주교의 가느다란 눈이 크게 뜨였다. ……흥, 내가 좀 떠본 것만으로 그런 알기 쉬운 반응을 보인다면, 이걸 찾아낸 녀석을 상대로는 알몸이나 다름없겠군.

사내놈의 알몸에 흥미는 없지만, 이 녀석의 더러운 내장이라면 흥미가 있다.

"애슐리. 읽어봐."

"……마델라 평원에 오크 다수 발생, 구원을 바란다. 보내는 곳은 하몬드, 모험가 길드 앞!"

애슐리가 읽자, 주변 녀석들이 동요했다.

"이거야 원. 당신은 실로 흥미롭군요. ……고개를 과하게 들이민다는 말을 들어 본 적 없습니까?"

"당신에게는 그렇게 보이겠지. 과하게 들이밀면, 어떻게 되지?"

놀리듯이 대답해주자, 대주교는 좌우에 눈짓을 줬다. ……슬슬 오나.

"일단 물어보기로 하죠. 당신은 그 마도구의 이야기를 모두 들었습니까."

"물론이지."

"애슐리. 당신도 전부 들었겠죠."

"네."

"그렇다면, 『해방』의 의미도 알았겠군요."

"산 제물, 혹은 『처분』이겠죠."

"그걸 알면서도, 솔직하게 대답하다니. 실로 좋군요."

애슐리가 덤덤히 말하자, 대주교는 어깨를 흔들며 여유롭게 웃었다.

"후후후…… 용케도 솔직하게 말하는군요. 이미 포기했습니까?"

애슐리는 그 질문에 또렷하게 대답했다.

"저는, 알고 싶을 뿐이에요. 결국 나의 인생에 의미는 있었는지."

"의미는 있었습니다. 머리가 붉은 어머니가, 머리가 붉은 딸을 낳았다. 그것만으로도 당신의 가치는 다른 신도보다 충분히 있었죠."

"……그것 말고는? 머리가 붉다는 것 말고도 많이 있잖아요. 태어나면서 가진 외모는? 예전에는 꾸몄던 피부는? 가사나, 능력, 성격이나 직업은?"

대주교는 시시하다는 듯 한숨을 내쉬고는 단호하게 잘라냈다.

"그런 건, 머리가 붉다는 것에 비하면 대부분 대용할 수 있는 의미 없는 것입니다. 사제님을 낳았다. 그것 이상의 가치는 없습니다."

애슐리는 입을 다물고는, 주먹을 쥐었다. 마침내, 분노한 형상으로 외쳤다!

"그 아이는, 마이라야! 『사제』가 아니야!"

"흠."

대주교는 전혀 관심도 없다는 듯이 애슐리의 진심 어린 절규를 흘려버리고는, 품에서 지팡이를 꺼내 이쪽에 겨눴다.

"역시 꼬맹이와 똑같은 곳에 가줘야겠군요."

"……읏?! 마이라를 어디로 보냈어?!"

"당신들도, 붉은 신을 위한 제물로 바쳐야겠습니다. 영광으로 생각하시죠."

슬슬 한계라고 봐야 하나. 조금 더 떠들 수도 있었는데 말이지.

"《파이어 재블린》!"

부하가 마법을 날렸다. 공격마법까지 철저하게 붉다니, 너무 의리가 투철해서 웃음이 나오는군.

"《윈드 배리어》."

나는 애슐리가 옆에서 뛰쳐나가려는 걸 붙잡고는 방어마법을 사용했다. 물론 이중 영창이다. 교대 영창이 아니라면 이중 영창으로 쓰는 것도 버릇이 되었군.

"움직이지 마, 애슐리."

"흠. 꽤 레벨이 높아 보이는군요. 역시 지금 상황에서 이 건물까지 온 자. 하지만, 이 정도로 끝은 아닙니다."

대주교 뒤에서도 새로 두 개의 그림자. ……그 밖에도 어새신 같은 자가 대기하고 있었나. 그럼, 다음은.

"—큭. 이건……?!"

갑자기 움직임이 둔해진 대주교와 두 남자가 신음했다. 지금 순간 하데스 핸드를 사용했다. 저런 『속도』를 무기로 삼는 녀석들에게는 가장 성가신 공격이겠지.

"마델라의 마왕과 마찬가지로, 속도가 나오지 않는 【어새신】은 걸림돌에 불과하지. 그런데도 뒤에 있는 쓰레기들에게 꼬리를 흔들고 싶다면 덤벼라. 회복술사(힐러)가 검으로 상대해주마."

남자들은 대주교를 돌아봤다. 그 얼굴에는 공포. 반면 대주교는 미간에 주름을 잡았다.

"……당신들, 뭘 하는 거죠. 두 사람 모두 『해방』되고 싶습니까?"

그 단어에 움찔 반응한 남자들은 이쪽을 향해 나이프를 들었다.

"오~오~, 대단한 공포정치잖아. 역시 붉기만 한 신이라는 녀석은 못 쓰겠어."

태양의 여신 같은 방임주의가 훨씬 낫고, 나의 여신은 기분 전환을 위해 바다나 레스토랑이나 고급 여관에 데려가 주기도 하니 말이지. 비교할 수조차 없다.

"붉은 신을 모독하다니……!"

나는 굼벵이가 달려오는 것처럼 느린 어새신을 보면서 검을 뽑았다. 이건 마왕과의 능력차 때문일까. 느리군, 느려.

내가 오른쪽 녀석의 다리를 벤 동시에, 애슐리가 왼쪽 녀석의 팔을 나이프로 베었다. ……역시 애슐리는 상당히 강하군. 참 대단한 수녀가 다 있다 싶다.

도중에 좌우에서 마도사들이 공격마법을 연사했지만, 나의 윈드 배리어 앞에서는 열풍 같은 셈이었다. 뭐, 이 마법은 파이어 드래곤의 불도 막아냈으니까 말이지.

"평범한 술사는 아니군요."

"이래 봬도 검에는 자신이 있거든. 꽤 제법이지?"

"……마델라의 마왕, 이라고 했습니까. 설마, 당신이?"

"뭐, 맞아."

두 사람의 협력으로 쓰러뜨렸지만, 누가 마무리를 지었어도 이상하지는 않았다.

떠드는 사이에 애슐리가 움직였다. 좌우 술사를 정리한 참이다.

두 마도사는 정신없이 마법을 마구 쏴댔지만, 나에게 마법이 닿지 않았기에 방심하고 있었다. 애슐리에게 팔을 베이자 지팡이를 떨구고 말았다. 반대쪽 술사가 황급히 애슐리를 향해 마법을 쏘려 했지만, 애슐리는 마도사를 방패로 삼았다.

상대가 움츠러들었을 때, 대성당 반대쪽에 있던 마도사에게 나이프를 던졌다. 그 은색 빛은 상대의 손목을 갈랐고, 남자의 비명과 함께 또 하나의 지팡이도 바닥에 떨어졌다.

"능숙하잖아. 왜 시빌라에게는 그러지 않았지?"

"생각하기는 했는데…… 지금의 윈드 배리어 같은 마법이 사용되면 러셀 님에게 들킬 뿐이라서 오히려 위험하다고 판단했어요."

……정말로 우수한 어새신이었구나. 뭐, 이렇게나 숙련되었으니까 그 사고를 시빌라에게 읽히고 만 건가.

"그럼, 혼자가 되었군."

"……."

대주교는 밉살스럽게 나를 노려봤다. 아직 숨기고 있는 게 있을지도 모른다. 방심하지 마라.

"오크가 넘쳐나는 지금 상황, 네가 지시를 내려서 한 일이겠지?"

"……무슨 말씀이신지. 당신이 마델라의 던전을 공략한 영향이 아닙니까?"

"비아냥거리며 답할 작정이었겠지만, 마델라 던전의 화제를 왜 꺼냈지?"

"……앗!"

"그 이유는 하나. 마델라 던전의 붉은 고블린 집단을 모아두며 늘리던 게 너고, 오크도 너희가 모아뒀다가 깨작깨작 방출하고 있었기 때문이다. 안 그런가!"

녀석은 눈을 크게 뜨며 한 걸음 물러났다. 무덤을 팠군. 바보가.

선부른 변명과 선부른 비난은 자신에게 꽂힌다.

어느 정도 겸허함이 있었다면 이런 엎치락뒤치락하는 응수에서 선부른 발언은 하지 않았겠지만…… 그만큼 맹신하는 자들이 주변을 둘러싸고 있었기 때문인가.

이럴 때에는 침묵만이 있을 뿐이다. 표정도 바뀌서는 안 된다. 그래야만 우위를 점할 수 있다.

……후. 이런 감각을 기르게 된 것도 그 수다쟁이 여신의 영향이겠지. 그 녀석에게 이런 말을 한다면 우쭐댈 것 같으니까 말하지는 않겠지만.

적어도 이 녀석은, 나에게 속아넘어가는 꼴을 보면 삼류 수준이다.

"무슨 말씀이신가요? 러셀 님."

"붉은 고블린을 도시에 범람시키기 위해 기르고 있더군. 그걸 모른다면, 던전의 영향으로 마물이 범람한다는 말은 할 수 없어. 즉, 이 녀석은 모아둔 마물이 넘쳐난다는 것, 다시 말해 『오크를 모아두고 있다』라는 걸 알고 있는 거다. 마도구로 말했잖아? 『들판에 풀어놓은 녹색』이라고."

녹색은 틀림없이 오크를 말한다. 흐름이 안 좋아졌다는 걸 깨달았겠지?

나에게 궁지에 몰린 대주교는— 도망가버렸다!

"《스톤 월》!"

이, 이 녀석……! 부하는 붉은색으로만 통일해놓고, 자기는 도망치기 위해 지속성이냐?! 끝까지 자기만 생각하는 녀석이로군!

나는 녀석을 쫓기 위해 돌벽을 향해 달렸지만…… 갑자기 그 벽이 무너졌다.

"너무 무리하잖아. 그래도 좋은 판단이었어. 역시 리더네."

그곳에는 여유롭게 웃고 있는 시빌라와, 팔을 붙잡고 등에 무릎을 얹은 자세로 대주교를 지면에 눕힌 에미가 있었다. 좋은 타이밍이다……!

"이 녀석과, 또 네 명 있었어. 일단 전원 전투 불능으로 만들었지."

신도석 통로를 걸으면서 대성당에 쓰러진 두 어새신 옆을 지나갔다. 묘한 움직임을 보이려 했기에, 에미가 대주교를 강하게 억눌렀다.

뚜둑, 하는 소리와 흐릿한 목소리가 들리자 남자들이 자세를 풀었다. 애슐리와 함께 가까이 다가가자, 시빌라는 한숨을 내쉬었다.

"그나저나, 정말로 무리했네."

"지금 당장 움직이지 않으면 후회한다고 생각했을 뿐이야. 나는 내가 하고 싶은 걸 했을 뿐이니, 특별한 건 아니야."

"이 상황에서 그렇게 말하는 게, 정말로 특별하다는 느낌이야."

도와주러 온 건 정말로 고맙다. 이 녀석은 놓치면 성가실 것 같았으니까.

“잘 와줘어. 전혀 연락하지 않았는데, 대체 어째서?”

“마물 토벌이 끝난 뒤에 일단 에미와 문에 모였거든. 그때 문지기가 말했었어. 『동료와는 합류하지 않은 겁니까?』라고.”

아아…… 그런가. 애초에 나는 『성기사에게 협력한다』라는 명목으로 마물투성이인 도시 밖으로 나갔으니까. 문지기가 의아해하는 것도 당연하다면 당연한 이야기다.

“상황을 봐서, 나는 곧바로 러셀이 여기에 왔다고 판단하고 에미에게 설명했어.”

과연. 역시 이 녀석이라면 나의 행동 정도는 예상이 가나.

“그나저나, 오늘은 우리에게 맡긴다고 판단했을 텐데, 무슨 일이 있었던 거야?”

“그게 말이지…… 애슐리.”

나는 애슐리에게 화제를 돌렸다. 그걸로 무슨 일인지 짐작한 시빌라는 내가 가져온 마도구를 재생하기 시작했다.

한동안 마이라의 예쁜 목소리가 대성당에 울렸다.

서장 낭독이 끝나고, 가벼운 대화화 함께 목소리가 멈췄다.

“《스— 커억?!”

포기를 모르는 대주교가 마법을 쓰려던 순간, 에미의 주먹이 그의 머리에 떨어졌다. 단어 하나조차 목소리로 내지 못했다. 터무니없는 반사신경이자, 가차 없는 일격이었다.

“지금 느낌, 마법이었죠? 설마 러셀에게 마법을 쓸 생각이었나요? 저는 솔직히 당신은 사양하지 않고 해치워도 용서받지 않을까, 하는 마음이 있어요."

에미는 용아검을 뽑아서 지면에 꽂았다. 내 마법이 없어도, 붉은 융단 밑의 돌바닥을 가르는 것쯤이야 용의 이빨과 에미의 괴력이라면 여유롭다.

……그나저나, 벌레도 무서워하던 에미가 이렇게나 분노를 드러낼 줄이야.

하긴, 에미는 도시에 들어가기 전에 앳된 모습의 마이라를 나보다 가까이서 봤었다. 사정을 알게 된 이상, 오히려 용케 참고 있었다고 봐야겠지.

나도 『이 녀석은 그냥 죽여도 되지 않을까?』라고 생각하고 있을 정도니까. 그런 대화를 나누던 사이에 시간이 지났고, 마도구에서 목소리가 들렸다.

"네— 끄윽……?!"

에미가 수갑에 감싸인 손으로 대주교의 입을 틀어막고, 다른 한 손으로 머리를 움켜쥐어 고정했다. 녀석은 뭔가 말하려고 얼굴을 새빨갛게 물들였지만, 헛수고다.

그리고 한동안 『해방』 이야기, 애슐리의 이야기가 나오고 나서, 소리가 갑자기 멈췄다.

시빌라는 팔짱을 끼며 몇 번 고개를 끄덕였고, 에미는 감정을 억누르고 있으면서도 경악하며 눈을 크게 떴다.

"……과연. 이걸 러셀이 발견했다는 거지?"

"정확하게는 베니다. 최대한 빨리 이걸 전해주고 싶어서 말이지."

"내일이라도 좋았을 텐데, 그것만을 위해 이런 곳에 혼자 오다니 정말 무리한다니까. 정말로 뼛속까지 성자님이라는 느낌이네."

"그런 게 아니야. 정말로 멋대로 움직였을 뿐이야."

"정말 너다워. 특히…… 시답잖은 일에도 『우리에게 감사하십시오』같은 말을 붙이는 어딘가의 대주교와는 큰 차이네. 에미, 입은 풀어줘도 돼."

에미는 고개를 끄덕이고 손을 뗐고, 시빌라는 팔짱을 끼고 씨익 웃으면서 대주교를 내려다봤다. 이 상황과 구도에서 시빌라가 대주교에게 무슨 말을 할지, 실로 기대된다.

"어머나~! 이거이거, 하얀 천을 입고 있던 어딘가의 아저씨잖아~! 창문 너머에서 본 이후 오랜만이네~! 그 이후로 『여신의 서』는 제대로 읽었을까~?"

호들갑스럽게 양손을 펼친 시빌라의 너무나도 뻔뻔스러운 말에 웃음이 터질 뻔했다. 마도구에 저장된 대화를 막 들었는데 말이지.

"여신교의, 호위……!"

"뭐, 정식 호위는 아니고 한가했을 뿐인 모험가 파티야. 참고로 『붉은 구제회』에 대해서는 잘 알고 있었어. 얼마 전에 여기에 들어오기도 했고."

"……뭐라고?"

"붉은 후드를 뒤집어쓴다고 누구나 『붉은 구제회』인 건 아니잖아? 뒤쪽 구석에서 계속 지켜봤었어. 그런데……."

시빌라는 쪼그려 앉아서 대주교를 내려다봤다.

“『사제님』이 계시지 않은 것 같은데, 오늘은 자리를 비운 걸까?”

지금 마이라는 여기에 없는 모양인데…….

“이 인원으로 추측해보면, 먼저 애슐리를 처리할 작정으로 왔다고 생각하는 게 자연스럽나. 애슐리, 대기 명령이라도 나왔던 거 아냐?”

“말씀하신 게 맞아요. 대성당에서 기다리라고 했어요. ……입을 막을 작정이었던 거네요.”

직접 말로 하게 되자, 애슐리도 겨우 자신이 처한 상황을 실감한 모양이었다. 이곳에 마이라는 없다.

“……후, 후후후…… 인질로 잡으려 했는데, 결과적으로 정답이었군.”

“무슨…… 설마, 대주교 당신 이미 마이라를 산 제물로 바쳤구나!”

시빌라가 그렇게 외치더니, 대주교를 에미에게서 빼앗으려는 듯 멱살을 양손으로 움켜쥐며 들어 올렸다.

대주교는…… 이런 상황에서도, 기분 나쁠 정도로 일그러진 미소를 짓고 있었고, 옆에서 애슐리가 「힉……」 하고 작은 비명을 질렀다.

에미도 더러운 걸 보는 눈으로 뒷걸음질 쳤다. 핏발선 눈과 잇몸을 드러낸 대주교의 얼굴. 이미 제정신인 것처럼 보이지 않는다.

시빌라가 기겁하면서 잠시 떼어놓자, 대주교는 도망치려 했다. 그걸 본 나는— 내가 가진 모든 힘을 다해 후려갈겼다!

대주교의 얼굴에 주먹이 꽂혔고, 녀석의 몸이 나선으로 회전하며 단상에 떨어졌다.

"그렇게 목숨을 바치고 싶으면, 멋대로 네놈의 목숨이나 바쳐라. 이 쓰레기가!"

대주교는 스르륵 일어나서 자기 코를 만지더니, 그 선혈의 색을 보고— 입꼬리를 들었다. 이 녀석, 진짜로 붉기만 하면 뭐든 좋은 거냐. 기분 나쁜 것도 정도가 있잖아.

"멋진 붉은색! 참으로 선명한 붉은색! 아아, 붉은 신이 강림하신다! 알 수 있어, 느껴진다, 우리의 붉은 신을! 구원의 손이 오늘 우리의 곁에! 신이여, 나의 힘을 바치나이다!"

대주교는 양팔을 들고 대성당 천장을 바라봤다. 그에 이끌려 나도 천장을 보자……!

"뭐야 저건……."

대성당 천장 부근에, 붉은 구멍이 나타났다.

짙은 마력이 넘치면서, 안에서 독살스러운 붉은 안개가 새어 나왔다.

"마신……."

시빌라가 나지막하게 그 단어를 입에 담았다. 마신……? 마왕이 아니라?

"아아, 역시 신은 계셨던 거다! 이걸로 태양의 여신교는 끝나고, 『붉은 구제회』가 세상을 다스리는 거다! 왕국도, 제국도,

전부 태양의 여신교! 잘못되었다…… 그래, 나야말로—.”

『잘도 떠드는군.』

대주교가 단상에서 일어서자, 붉은 구멍에서 흐릿하고 낮은 목소리가 들렸다.

『과연. 『새칠』이 아니라 『덧칠』을 한 자가 있군. 그럼 벗기기로 하지. 그러는 편이…… 절망의 맛이 나니까.』

뭐지, 이 목소리는……. 아니, 무슨 말을 하는 거냐? 새칠? 절망의 맛?

내가 의문을 가진 동시에, 천장에서 붉은빛이 대주교에게 쏟아졌다. 그와 동시에—.

“……. ……나는. ……지금까지 나는, 뭘…… 뭘……?”

갑자기 대주교의 반응이 변했다.

『맛있군. 이제 됐다.』

그 직후, 검붉은 덩어리 같은 게 천장의 구멍에서 쏟아졌다.

“아.”

대주교는 그 덩어리와 함께 지면에 가라앉았다. 지금까지 실컷 봐온 붉은색이, 방사형으로 단상에 퍼졌다.

그걸로, 끝.

제멋대로 굴던 대주교는, 자기가 『온 세상을 다스릴 수 있다』라는 마왕의 꼬드김에 넘어가서 신봉하던 붉은 신, 아니 붉은 마신에 의해 죽었다. 유언도 남기지 못한, 허망한 최후다.

그러나…… 마지막의 그건…….

『여신에게 봉인된 나의 육체가 설마 인간의 손으로 부활하게 될 줄이야…….』

부활시킨 본인에게는 전혀 흥미가 없다는 듯이, 천장의 구멍에서 덤덤하게 목소리가 나왔다. 그러나 붉은 구멍은 말이 이어짐에 따라 조금씩 작아졌다.

『이곳은 마력이 진하지만, 지상으로 갈 수 있는 현현은 아직 조금 더 남았나. 어쩌면, 마계에서라면…….』

마지막으로 작은 목소리 같은 게 들린 뒤, 붉은 구멍은 사라졌다. 저런 게 세상에 나와버렸다면, 이 대성당도 평범한 곳은 아닐지도 모른다.

그나저나 마계라…… 아마 시빌라가 말하던 던전 최하층을 말하겠지. 말할 것도 없이, 오크가 나오는 던전이다.

마신에 의한, 너무나도 일방적인 전개. 남은 건 우리 네 명과 『붉은 구제회』의 네 명. 특히 『붉은 구제회』의 네 명은 단상에 있는 대주교의 흔적을 보고 있었다.

"저게, 당신들이 신봉하던 녀석이야."

시빌라의 목소리를 듣자, 『붉은 구제회』의 네 명이 돌아봤다.

"붉은 와인은 피의 비유. 여신이 다른 세계에 봉인한 건, 상위의 신이 아니라 『마신』을 말해. 그 대주교는 마델라의 마왕과 접촉했을 때 『신을 부활시키면 세계를 지배할 힘을 손에 넣을 수 있다』라는 말을 들은 거지."

『붉은 구제회』의 킬러들은 서로 얼굴을 마주 봤다. 마델라의 마왕이라는 건 갑작스러운 이야기겠지.

"마델라 던전 하층은 이제 간단히 들어갈 수 있어. 거짓말 같으면 가서 마왕이 없다는 걸 확인해봐도 좋아. 뭐, 적어도—."

그녀는 팔짱을 끼고 천장을 바라봤다.

"**저게** 아군이 아니라는 것 정도는, 바보라도 알 수 있겠지만. 당신들이 『붉은 구제회』의 신자였든, 고용된 킬러였든, 이제 주인님은 없어."

시빌라의 이야기 내용. 일그러진 목소리와 함께 눈앞에서 대주교를 죽인 검붉은 구멍 속 존재. 한동안 모두가 공허한 눈으로 멍하니 있었다.

네 사람 중 나이프를 들고 있던, 머리까지 붉은 후드를 뒤집어쓴 한 명이 자기 품에서 목걸이를 꺼내 바닥에 내리쳤다. 다른 세 명이 바라보는 가운데, 남자가 말하기 시작했다.

"나는 『붉은 구제회』의 부제(副祭)다. ……우리는, 저런 걸 신봉하고 있었던 건가……."

"문자 그대로, 맹목적으로 말이지. ……그렇게 말하고 싶지만, 도시 모험가도 포함해서 그 아저씨가 공포로 지배하고 있었다는 건 알아."

그 마왕이 했던 말에 따르면, 대주교 한 명이 폭주하고 있었다는 건 상상하기 어렵지 않다.

"당신을 전원을 도시 병사들에게 넘기고 싶지만, 그런 느긋한 소리를 할 수 없게 됐어. ……도시 그 자체가 마신에게 파괴당할지도 몰라. 알겠지?"

이번에는 네 사람 모두 망설임 없이 끄덕이고는 남은 목걸이를 내버렸다.

“이 중에서, 오크 던전이 어디 있는지 짐작 가는 사람 있어?”

“아니, 몰라. 그 마도구에서 나온 이야기도 처음 듣는 것뿐이었어.”

“그래. 당신이 부제라면 발언력도 꽤 있겠네. 반성하고 있다면 대주교가 죽었다는 것과 이제 이 도시에서 이 종교는 끝이라는 걸 도시 사람들 모두에게 전해줘. 붉은 신이 아니라, 태양의 여신에게 맹세할 수 있어?”

네 사람은 얼굴을 마주하고는, 이쪽을 돌아보며 끄덕였다.

원래는 병사들에게 넘길 필요가 있지만…… 이미 느긋하게 그런 소리를 할 여유가 없다.

“러셀과 애슐리도 괜찮지?”

“상관없어. 이 이상 저 녀석들과 어울려줄 여유도 없어졌으니까.”

바로 조금 전까지 목숨을 노리던 상대는, 멍하니 천장을 올려다보면서 어딘가 영혼이 빠져나간 듯 공허한 표정을 하고 있었다.

“……저게, 우리가 신이라고 믿고 있던 것이란 말인가…….”

어느 의미로는 이 녀석들도 피해자 같은 셈이겠지. 조용한 천장에는 아무것도 없었지만, 그래도 단상에 펼쳐진 붉은색만이 방금 일어난 일이 꿈이 아니라는 걸 말해주고 있었다.

네 사람을 보내준 뒤, 나는 시빌라를 바라봤다.

"다음은, 어떻게 움직이지?"

마이라가 산 제물로 바쳐졌다. 그러나 아무래도 마신이 본격적으로 현현한 건 아닌 모양이다. 우선 그 마신도 최하층—마계에서 나타나는 것 같다.

그런 녀석이 이 세계를 활보한다면, 그야말로 신들이 아니면 어찌할 수 없다. 그러나 마신은 마이라가 아니라 대주교에 의해 부활하고 말았다.

그래도 시빌라라면, 마이라를 구하러 가자고 즉답하겠지.

그렇게 기대했는데…… 시빌라는 좀처럼 대답하지 않았다.

16 나는, 처음으로 거역한다

아무도 소리를 내지 않는 조용한 대성당에는, 우리 네 사람만이 있다. 변화한 거라면, 단상에서 붉은 얼룩이 된 대주교의 몰락한 모습과 바닥에 떨어진 목걸이뿐.

일찍이 『붉은 구제회』의 상징이었던 그것은 쓰레기처럼…… 아니, 오히려 지금까지의 원한을 담아 바닥에 떨어져 있었다.

마신에게는, 인간을 죽이는 것조차 흥미 없는 일이겠지.

시빌라를 돌아봤다. ……이렇게 조용히 있다니, 드문 일이다.

평소였다면 당장 움직일 것 같았는데, 또 뭔가 모르는 거라도 있나? 에미와 애슐리도 시빌라가 무슨 말을 할지 기다리고 있다고.

"……없어."

"응. 뭐냐?"

시빌라에게 되묻자, 그녀는 눈을 돌리면서 작게 중얼거렸다.

"마신과 싸우게 할 수는 없어."

나는 시빌라가 내놓은 대답을 순간 이해할 수 없었다.

……보낼 수 없다, 라고? 지금, 시빌라가 그렇게 대답한 건가?

"잘못 들었나? 나에게는 보낼 수 없다고 말한 것처럼 들렸는데."

“맞아. 러셀, 당신이 그걸 상대하게 놔둘 수는 없어.”

이번에는 단언했다.

시빌라는, 어떤 때라도 인류를 위한 최선의 결과를 생각하며 움직여왔다. 자신이 짊어지지 않아도 되는 책임감을 느끼고, 결과적으로 역사의 그림자가 되더라도 마왕 토벌을 이어갔다.

그와 동시에, 상당히 애들을 좋아하기도 한다. 부정할 여지가 없을 만큼.

……지금까지 시빌라가 보여준 언동을 고려하면, 아무런 의미도 없이 이런 결론에 이르렀다고 생각할 수는 없다.

“이유를 들어도 될까.”

“저게 틀림없는『마신』이기 때문이야.”

마신이라는 단어…… 확실히 시빌라는 구멍이 나온 순간 그렇게 말했다.

“마왕과는 다른가?”

“그래. 알기 쉽게 말하면, 마왕이 평민이고 마신이 왕족. 당연히 가진 힘도 차이가 있어.”

마왕이 평민이라고……? 이름에 왕이라고 붙어있는데, 대우가 너무하군.

시빌라의 너무나도 극단적인 비유를 들은 애슐리는 절망했다.

“그럼, 마이라는…….”

“……구하러 들어가기 전에, 이쪽이 전멸할 거야. 도시 주민이 전원 죽을 가능성도 있어.”

"왜 그렇게 무서워하는 거지? 지금까지의 마왕과 똑같은 셈이잖아."

시빌라는 내 옷으로 시선을 보냈다. 그곳에 있는 건…….

"……이건가."

나는 주머니에서 『여신의 서』를 꺼냈다.

그 마왕이 가지고 있던 거다.

"그래. 말했줬었지? 그 구절을. 여기서 마이라가 모두를 모아서 낭독했던 것을. 그 마신을 봉인한 곳 중 하나가 이 땅이야."

……뭐라고? 이 땅이, 그 구절에서 마신을 봉인한 곳이라는 건가?

"아까 나타난 건, 일찍이 신들이 대치했던 마신. 여신의 서에 기록된 존재야. 사람의 손으로 감당할 수 있는 게 아니야."

이야기를 듣던 애슐리는 힘을 잃고 휘청휘청 근처 의자에 앉아버렸다. 에미는 애슐리를 부축하면서도 불안한 듯 이쪽을 바라봤다.

—시빌라의 눈을 봤다. 평소보다 진지한 눈이다.

여신을 데리고 마왕과 싸우고 있기에 가능성은 생각하고 있었지만, 정말로 신들과 싸웠던 적이 나타날 줄이야.

"내가 진다고 생각하는 거냐?"

"그래. 러셀을 잃을 수는 없어."

반쯤은 놀리듯이 말할 생각이었는데, 굉장히 순순히 대답하는군. 평소라면 농담으로 되받아쳤겠지만, 농담할 여유가 없을 만큼 마신이라는 존재가 강력한 거겠지.

"그 마신은 어떻게 할 거냐."

"구원을 부르겠어. 왕도 쪽에."

왕도라면…… 뭔가 특별한 존재가 많이 있는 건가? 시빌라가 어떤 연줄을 가지고 있는지는 모른다. 뭔가 부탁할 상대가 있기는 하겠지만…….

"그래서, 이길 수 있나?"

"……몰라."

그렇게까지 해도 단정할 수 없는 건가. 단정할 수 없는데, 타인에게 맡기는 건가.

시빌라의 붉은 눈을 봤다. ……그러고 보니, 어스름의 여신이라는 것치고는 붉은 눈이군.

마델라에서는 『여신의 서』—시빌라와 신들이 편찬한 책—에 관한 문제였기에 시빌라에게 지시를 맡기고 있었다. 덕분에 다양한 부분이 잘 해결됐다고 생각한다.

불투명했던 『붉은 구제회』의 비밀, 잠입해서 구조 해명, 그 목적과 도시를 둘러싼 다양한 비밀. 혼자서 했다고는 생각할 수 없는 스피드로 수수께끼를 해명했다.

나 혼자였다면 도저히 이렇게까지 해낼 수 없었다. 시빌라는 우수했다.

그야말로, 내가 나란히 서려는 게 주제넘은 것도 정도가 있다는 걸 알 수 있을 만큼.

"러셀. 이번에는 여기서 끝이야. 『붉은 구제회』의 흑막은 죽고, 부하는 해산. 성과로는 충분하다고 생각해."

시빌라는 두뇌가 명석하다.

그야말로, 내가 이 녀석을 파트너라고 불러도 되는가 언제나 생각할 만큼.

"그러니까, 뒷일은 맡기자."

그렇다. 시빌라에게 맡겨두면, 해결은 될 거다.

그렇기에—.

"거절하겠어."

나는, 단호하게 대답했다.

시빌라의 눈을 봤다. 경악과, 동요와, —아주 미약한 기대가 느껴지는 눈.

"어째서, 야."

"너의 판단을 믿지 않으니까."

나는, 시빌라와 만났을 때의 일을 떠올렸다.

고향인 아드리아 고아원에 스칼렛 배트가 나타났을 때, 시빌라는 불평을 내뱉으면서도 싸웠다.

지금 생각하면 레벨 8 마도사 한 명이 마력이 고갈되었는데도 필사적으로 검을 휘두르고 있는 상황은 이상했다. 후위직이 검 하나로 싸우는 모습. 아무리 생각해도 무모하고, 준비부족이다.

그러나, 이 녀석은 어째서 그런 짓을 했는가?

그야 뻔하다. 우리 고아원의 꼬마들을『구하고 싶었으니까』.

여신인 자신의 목숨을 고아를 위해 내던지는 것을 아깝다고 생각하지 않았다.

"내가 믿고 있는 건, 고아원을 구하러 왔던 『솔로 모험가 시빌라』다. 결단코, 동료의 목숨이라고는 해도 어린애와 저울질하려는 『어스름의 여신』이 아니야."

그러니까…… 알 수 있다. 나의 안전을 위해 고육의 결단을 내렸다는 것을.

사실은 『자신은 어떻게 되어도 좋으니까 그 아이를 구해야 해!』라고 외치고 싶어서 견딜 수 없다는 것도.

시빌라는, 정확하다.

과하게 정확하다.

가능성을 고려하고, 나와 에미가 점점 우수해짐에 따라 지금의 파티가 귀중하다고 느꼈겠지. 그것 자체는 나도 개인적으로 기쁘게 생각한다.

그러나…… 너무나도 잘 풀리고 있어서, 판단이 둔해진 거다.

"우리가 이기지 못한다는 이유로 도전을 그만둔 적이 있었나? 파이어 드래곤 때, 나는 이기지 못할 싸움에 도전해서 이겼어. 그래서 나는 『흑연의 성자』가 되었던 거다."

그때도, 나는 슬퍼하는 모녀를 생각하며 지금의 길을 선택했다.

그런 내가, 한 번 헤쳐나왔다고 해서 지키는 자세로 변한다면, 그건 이미 『흑연의 성자』라는 이름을 붙여준 브렌다에게 자랑할 수 있는 내가 아니다.

지금 옆에는 딸을 빼앗기고, 딸을 위해 그림자에서 노력하다가 그 결과 딸이 산 제물로 바쳐지려는 어머니가 있다. 기이하게도 그때와 똑같다.

그러니까 이번에는, 시빌라의 말을 전혀 듣지 않는 형태가 된다.

그래도 상관없다. ―나는, 처음으로 여신을 거역한다.

"마이라를 구하지 않고, 태평하게 살아갈 생각은 없어."

시빌라는 눈을 감았다.

"……."

얼마나 그러고 있었을까.

시빌라는 크게 숨을 내쉬고는, 천천히 눈을 떴다.

"『인간에게 용사를 하사한 것은, 용기를 찬양하니까. 인간을 찬양하는 건, 인간의 용기가 신들의 상상을 뛰어넘으니까』. ……일찍이 그렇게 말한 여신이 있었어."

"너인가."

"아니, 언니야."

갑작스러운 고백에 놀랐다. 시빌라에게 언니가 있었던 건가…….

이야기로 추측하건대, 태양의 여신과는 다른 여신 같지만. ……그러고 보니, 이 녀석의 이야기를 좀 더 듣기로 약속했었는데 전혀 듣지 않았었다.

"그때는 믿지 않았지만…… 지금이라면 언니가 했던 말도 이해할 수 있겠네. 인간은, 신들의 상상을 뛰어넘어. 이렇게

사람은 신의 손에서 멀어져 가는구나."

"이봐, 멀어질 생각도 뛰어넘을 생각도 없어."

뭔가 착각하는 모양이라, 이야기하는 도중에 다시 끼어들었다.

"어디까지나 나는 『파티 멤버인 시빌라와 나란히 서기』 위해 스스로 판단해서 선택한 거다. 너의 밑에 있을 생각도, 하물며 너의 위에 설 생각도 없어."

시빌라는 순간 눈을 크게 뜨고, 팔짱을 끼더니…… 겨우 긴장이 풀린 듯 살짝 웃었다. ……굉장히 오랜만에 웃는 얼굴을 본 것 같다.

"아아, 나 참. 정말 건방지네. 좋아. 이 파티 『어스름의 서약』은 러셀이 리더니까, 파티 리더의 지시에는 당연히 따라야겠지!"

경악해서 눈을 크게 뜬 애슐리가 휘청휘청 일어났다.

"어…… 그럼, 마이라는……."

"두 사람도! 이 뼛속 깊이 성자인 바보에게 어울려줘야겠어! 애초에 봉인에 그쳤던 게 물러터진 거였지. 『여신의 서』의 마신, 때려죽이러 가자!"

터무니없이 무모한 도전.

그러나 에미도 애슐리도 바로 고개를 끄덕였다. 질 생각은 없다는 표정이다.

"그런데, 흐름을 보아하니 던전은 찾은 거냐?"

"아까 찾았어."

역시나. 벌써 찾은 건가…… 믿음직한데.

"어, 전혀 찾을 수 없었다고 말했었잖아요!"

이봐, 에미하고 하는 말이 다르잖아! 정말로 괜찮은 거겠지?!

시빌라는 그런 걱정 따위는 제쳐놓고—그야말로 여느 때처럼—씨익 웃고는 묵묵히 대성당을 나왔다. 우리는 얼굴을 마주하면서도 시빌라를 따라갔다.

……마지막으로, 대성당을 돌아봤다.

저게 마신을 신봉한 곳의 몰락한 모습. 우리가 지금부터 도전하는 상대의 힘인가.

나 참. 완전히 지루함과는 거리가 먼 생활이 되어버렸군.

그러나 아무것도 하지 못하고 안전만 확보되었던 생활과 비교하면, 지금의 나는 자신의 힘으로 존재를 인정받게 되었다. 그게 무엇보다도 기쁘다.

그러니, 신을 위해 타인을 희생시키는 인간이 될 생각은 없다.

나의 【성자】라는 직업(잡)은 교회의 간부도 될 수 있다. 즉, 타인을 거느릴 권력을 가질 수 있는 존재다.

—그러나, 절대 그렇게 되지는 않겠다.

신이 아니라 자신의 마음에 맹세한 나는 대성당을 나왔다.

이제, 돌아볼 일은 없겠지.

시빌라는 복도를 빠르게 걸었다. 묵묵히 따라가면서 몇 번 모퉁이를 돌고…… 그대로 한 바퀴 돌아서 밖으로 나와버렸다.

"뭐 하는 거야?"

"매핑이야."

머릿속에서 지도를 만들고 있었나. ……이런 아무것도 없는, 복도만 있는 건물에서?

"가능성 중 하나로 생각하고 있었는데, 『적회』의 신자들이나 간부들이 돌아다니고 있어서 조사해볼 수가 없었어. 하지만 지금, 확실히 알게 됐어."

시빌라는 건물 벽을 따라 걸었다. 그리고 뒤쪽 구석에, 뒷문 같은 게 있었다.

……뒷문? 이런 곳으로 나올 수 있는 문이, 이 건물 복도에 있었나?

"마지막 열쇠는, 소리 저장기의 말. 『뒤쪽 들판에 풀어놓은 녹색』. 녹색은 오크. 그럼 뒤쪽은?"

시빌라의 생각을 듣자, 나도 눈치챘다. 하지만 설마 그런 일이…….

"내가 처음에 이곳을 가능성 중 하나로 생각한 건 간단한 이유야. ……러셀. 이 건물, 몇 층까지 있는지 세어봤어?"

"……아!"

선입관은 아무런 도움도 되지 않는다. 이 녀석은 수많은 예상 중에서 그 가능성을 이미 고려하고 있었나……! 이 건물은, 16층!

"나도 처음에는 『거의 있을 수 없다』 정도로밖에 생각하지 않았어. 하지만, 아까 걸어보고 확신했어. 이 건물, 내부와 바깥의 크기에 차이가 있어. 다시 말해서—."

시빌라는, 에미를 재촉해서 뒤쪽의 무거워 보이는 문을 열었다.

"—이 건물 자체가 『위를 향해 뻗은 16계층의 던전』이었던 거야!"

건물 내부의 입구 주변에는 마델라 던전 하층에서 봤던 것과 똑같은 철로 된 우리가 있고, 내부에서 힘으로 파괴된 흔적이 있었다.

그걸 인식한 동시에, 좁은 복도를 우왕좌왕하던 오크가 일제히 이쪽을 바라봤다!

"《다크 스피어》!"

손에서 어둠의 공을 연사하여 약간 넓고 길게 늘어선 통로를 메웠다. 이런 일직선 복도는 도망칠 곳이 없기에, 이 검은 폭력에서 도망칠 방법은 없다.

나는 마법을 쓰면서 덤덤히 복도를 걸을 뿐.

발밑에 굴러다니는 녹색 마물의 시체를 넘으면서 좁은 복도를 나아갔다.

"이, 이게, 제가 맞은……."

"그래, 러셀의 어둠마법. 실제로 보니까 어때?"

"솔직히, 사전에 알았다면 절대 도전할 생각도 안 들었겠네요……. 그때는 정말로, 격통으로 기력이 사라지는 터무니없는 감각이 덮쳐왔으니까요. 저도 목숨은 아깝다고요."

내가 쏴놓고서 이런 말을 하기는 좀 그렇지만, 역시 감상을 들으니까 딱한 마음이 드는군. 그렇지만 쓰지 않는다는 선택지는 없었다. 결과적으로 지금 이렇게 함께 행동하고 있으니, 그게 전부겠지.

그런 대화를 들으면서 걸어가자, 바로 2층으로 가는 계단이 나타났다.

"벌써 끝인가."

"그렇지. 내가 이쪽으로 가려고 생각한 이유도 이거야."

"과연, 이유는 짧기 때문인가."

"그것만이 아니야. 마이라가 마계의 산 제물이 되었다면, 그곳까지 갈 필요가 있어. 아마 대성당 쪽에서 마신이 있는 곳으로 들어갔을 거야."

"……이봐. 그렇게 생각하고 있었다면 그쪽으로 가는 게 낫잖아."

"보통은 말이지. 하지만, 은폐에 은폐를 거듭한 대성당 쪽 비밀 통로. 그 넓은 부분을 16계층만큼, 대주교가 죽은 상태인데 올라갈 셈이야?"

……하긴. 산 제물을 바치러 가는 길을 아는 대주교가 죽었으니, 이제 아무도 모른다.

비밀을 아는 다른 주교가 있을지도 모르지만, 우리는 그게 누구인지, 애초에 있는지조차 모르니까.

"그런 아무도 없는 복도에서 골머리를 썩이다가, 결과적으로 시간이 초과돼서 마이라가 죽고 마신이 바로 도시로 나와버렸습니다~, 라는 『싸우지도 못하고 패한다』라는 결과는 싫잖아?"

우와, 그건 무지막지하게 싫은데.

마왕에게 도전하고, 마신에게 도전했다가 그 결과 힘이 닿지 않았다면 그나마 이해한다. 그러나 도전하기도 전에 시간을 너무 소모해서 모든 게 늦어졌다는 결말은, 뒷맛이 너무 쓰다고…….

"또 하나는, 이거야."

시빌라가 품에서 꺼낸 건, 검고 커다란 귀. 토벌 증명 중 하나인 것 같다.

검은 고블린처럼 보이는데…….

"이건 말이지. 검은 오크 킹의 귀."

"강한가?"

"신장이 기간트급이고 괴력을 가졌어. 하층 플로어 보스라고 생각하는 게 자연스러울 정도로 강해. 아마 1층 우리를 파괴한 건 이 녀석이고, 대주교는 바깥의 문만 닫아둔 거야."

그 금속 우리를 자력으로 파괴한 오크라…….

이 층에 있는, 키가 나보다 작은 호색한 잔챙이들과는 뭔가 다르겠군.

"그 밖에도 검은 오크 제너럴이라든가, 녹색 오크 제너럴이라든가. 전부 에미가 쓰러뜨렸지만, 그런 게 들판에 돌아다니는 상황은 상상하고 싶지 않았어……."

동감이야……. 그야말로 용사 파티라도 아니라면, 평범한 마차는 호위도 포함해서 말까지 먹히고 끝장나겠지. 응? 그렇다면 이 던전에는…….

"눈치챘나 보네. 그래……. 이 던전은 아마 이제 보스가 없어. 이제는 16층까지 복도를 달리기만 하면 돼."

"그건 편해서 좋군."

과연. 시빌라가 대성당 쪽에서 올라가는 것보다 빠르다고 생각한 이유가 이건가.

이쪽을 재빠르게 나아가려면 한 가지 조건이 필요하다. 그건 물론, 비밀 통로를 찾는 시간보다 마물을 쓰러뜨리는 게 빨라야 한다.

그래도 시빌라는 망설임 없이 이쪽을 선택했다. 그 이유는 하나. 『던전 16층 전체의 마물을 상대한다』라는 선택이, 『마물이 없는 16층을 달린다』보다도 확실하게 빠르다고 판단했으니까.

그건 나의 마물 토벌 속도에 대한 말 없는 신뢰다. 그렇다면, 응할 수밖에 없겠지!

"속도를 올리겠어. 따라와라!"

"맡겨둘게. 전부 짭짤한 경험치라고 생각하면 즐길 수 있을 거야!"

그건 실로 의욕이 나는 제안이로군. 경험치도 높아 보이니까, 마음껏 가져가기로 할까.

나는 계단을 올랐다. 계단을 내려오는 잔챙이 오크들을 모조리 쓸어버리면서.

……과연. 뭔가 던전의 족쇄가 벗겨졌는지, 이렇게 밖으로 나오려고 계단을 왕래하고 있었던 건가.

아마 위층까지는 외길이다.

이 녀석들을 쓰러뜨리면 마물이 인공 건조물인 이 건물에서 마델라 평야로 추가로 나올 가능성은 낮다. 시빌라가 아니라도 그 정도는 알 수 있다.

"《윈드 배리어》."

몇 번이고 경험해봤으니 알 수 있다. 고블린이라면 흉악한 독화살을 쓴다. 그러니 오크가 활을 써서 덮쳐올 가능성도 충분히 있을 수 있다.

작은 마물을 걷어차서 옆으로 치우고, 위층을 향해 마법을 날리며 2층으로 올라갔다.

거기서부터는 일방적인 유린의 시작이다. 도중에 그레이트 오크가 끼어있었지만, 똑같이 일격이다. 이제는 신경 쓸 필요조차 없겠지.

5층에 조금 넓은 방이 나왔는데…… 그래. 여기는 상층 플로어 보스의 방인가.

"다음, 6층. 《엑스트라 힐 링크》, 《큐어 링크》."

알기 쉽게 목소리를 내서 회복시키고, 대답을 듣기 전에 앞으로 나아갔다. 붉은 오크가 한 마리 나왔지만 무시. 이 정도의 상대에 속도를 떨어뜨릴 때가 아니다.

"속도는 바꿀 필요 없어 보이는군."

나는 붉은 오크를 걷어차서 날리고는 다시 달리기 시작했다.

"하하……. 아니, 정말로 러셀 님은 엉터리 같을 만큼 강하시네요……."

"그렇죠? 그렇죠? 정말이지 러셀은 너무 멋있다니까요!"

“『태양의 여신교』 때문에 공표할 수 없다는 게 아쉽네요…….
만약 지금의 모습을 보여줄 수만 있다면, 틀림없이 인기 있을 텐데.”

“그~렇다니까요! 시빌라 씨, 그쪽은 어떤가요?”

“태양의 여신교가 하얀 빛을 과하게 찬미하고 있다는 점도 있지만…… 열 받기는 해도, 그것과 동시에 『어둠』이라는 이름이 붙은, 실제로 악행을 저지르는 조직이 너무 많아.”

“아…….”

어스름의 여신 그 자체는 태양의 여신과 적대하는 게 아니다. 오히려 이야기를 들어보면, 그녀가 『태양의 여신』과도 친하다는 것 정도는 나라도 어찌어찌 알 수 있다.

그러나 『어스름의 여신』이라는 말을 듣고 『어둠의 암살 조직』 같은 연상을 해버리는 건, 틀림없이 인간의 업보 때문이겠지.

빛의 힘을 찬미하는 건 결코 나쁘지 않다. 그러나…… 우리 인간은 빛을 너무 찬미하고 있다.

빛이 있으면 어둠이 생겨난다. 그건 필연적인 일이다.

그런데도 우리는 『어둠』을 빛보다 나쁜 것이라 생각하고 있다.

—누가 밤이 낮보다 나쁘다고 생각하는가.

어스름은, 정오와 마찬가지로 매일 찾아오는 것이다. 편견을 가지지 말라고 하는 건 어려울지도 모른다.

‘자신을 받아들이려면, 먼저 자신이 관용을 보이지 않으면 안 된다……라.’

인간이란 어려운 법이라고 생각하면서, 나는 쓰러진 오크 너머에 있는 계단을 바라봤다.

다시 꽤 넓은 곳으로 나온 뒤, 다음 계단 너머를 보자…….
"으겍. 저건 뭐야."
"아하하…… 새빨갛네……."
옆에 온 에미의 감상에 모두가 수긍했다.
조금 전까지 중층 수준이었던 던전 제6층부터 제10층에 해당하는 부분을 돌파했는데, 평범한 흰 복도였다.
그러나…… 이 계층에서 보이는 제11층은 보란 듯이 새빨갛다.
"이거야 원. 벽을 붉게 칠하는 게 참 즐거웠겠군……."
"붉은색을 좋아하는 변태들이니까, 눈이 침침해지는 걸『건강해지는 영양소가 들어왔다』정도의 느낌으로 받아들였을 것 같네……."
"와~ 정말로 바보네요……."
"……아니, 정말로……. 다시 보니까, 정말 바보 같을 만큼 새빨갛네요……."
에미의 솔직한 독설에 애슐리가 의기소침했지만, 칭찬하고 있을 여유는 없다.
"《다크 스피어》. 설마 어둠마법의 검은색이 눈에 더 좋다고 생각하는 날이 올 줄이야."
나는 11층에 마법을 꽂아 넣고는 마찬가지로 하층 공략을 시작했다.
갑옷을 입은 전사나 로브를 입은 술사도 있지만, 그런 물리

방어나 마법 방어를 굳힌 잔챙이는 오히려 나에게는 손쉬운 사냥감에 불과하다.

……위층에 있는데 『하층』이라 부르는 것에 위화감이 들지만, 무시하자.

12층, 13층, 14층…… 모두 검은 오크로 가득 메워져 있었다.

어둠마법이라면, 이 주변의 적은 일격까지는 아니더라도 별 차이가 없나. 방어마법을 병용하고 있는 것과 이 던전 자체가 좁다는 것이 영향을 주고 있군.

직선 길이라면, 이렇게나 유리한 조건도 없다.

옆에서 에미가 언제라도 뛰쳐나갈 수 있도록 대기하고 있지만, 결과적으로 나설 기회는 없었다.

마지막, 명백하게 플로어 보스 같은 커다란 오크가 쓰러졌다.

그 순간, 머릿속에 목소리가 들렸다.

"이건……!"

마물이 많은 게 다행이었는지, 아무래도 운이 나의 편을 들어준 모양이다. 계단 너머에 있는 커다란 문을 확인하고 주머니 안에 손을 넣었다.

이 너머에 『여신의 서』에 기록된 마신이 있다는 거로군.

사람이 적은 마델라의 거리를 떠올리면서, 나는 이 소동의 결판을 짓기 위해 투지를 불태웠다.

이번 싸움은 시빌라의 지시에 거역한 나의 의지에 의한 것이다.

반드시, 이겨 보이겠어.

17 갇혀버린 마이라와, 진정한『신화』의 적

나는 시빌라에게 조금 전에 레벨업한 걸 이야기했다.

“14……! 여기서 올라갔구나! 적도 강했으니까.”

“……그랬었나. 솔직히 어느 마물도 큰 차이는 없다는 느낌이었는데.”

“하하. 어둠마법의 염가 대방출이었으니까. 그럼…… 다음 마법도 연사할 수 있겠어?”

“아마도.”

“좋~아. 그럼 우선은 애슐리를 파티에 등록할게. 일단 태그는 있지?”

“네. 필요할 때도 있었으니까요.”

시빌라는 애슐리의 태그를 잡아서 바로 등록을 마쳤다.

“그럼 러셀은 계단 밑에 마법을 날려줘.”

나는 시빌라의 지시에 따라 계단에 마법을 날렸다.

시빌라는 에미에게 문을 통째로 뜯어내게 하고는, 직후에 애슐리의 팔을 잡았다.

“—마이라!”

방 안에는 확실히 뒷문에서 들어왔을 그 소녀가 있었다. 시빌라는 초조감에 휩싸여 뛰쳐나가려던 애슐리를 막기 위해 붙잡은 거다.

일단 그녀를 옆에 놔두고, 손을 앞으로 내밀었다.

문이 있던 곳에서 조금 방 안쪽 위치에, 무영창으로 만든 조그만 돌벽을 꺼냈다.

다음으로, 손가락에서 돌멩이가 발사되었다. 파이어 볼의 돌마법판이겠지.

발사된 마법은 방 안에 있는 돌벽에 닿아서 튕기더니…….

"어?!"

이상한 움직임을 본 에미가 놀라서 소리를 질렀다. 돌벽에 튕긴 돌탄이 돌아올 줄 알았는데, 원래 문이 있었던 허공에 튕겨서 다시 돌벽으로 향한 것이다.

그걸 지켜본 시빌라는 한숨을 내쉬면서 돌벽을 무너뜨렸다.

"역시, 보이지 않는 벽이 있어. 이 방으로 들어가면 마지막, 다시 나갈 수 없어."

"나갈 수 없다. ……다시 말해."

"응. 이 방으로 들어간 시점에서 우리는 각오해야만 해. 『마신을 쓰러뜨리지 못하면, 살아서 돌아갈 수 없다』라고."

나는 진지한 표정을 지은 시빌라에게 다가가서 어깨를 으쓱했다.

"뭘 겁주는 거냐. 우리의 마왕 토벌 때는 언제나 그랬었잖아?"

"뭐, 그렇게 말하면 그렇긴 하지~. 그럼…… 모두 모여서, 나갈 수 있게 힘내자. 나갈 때는 다섯 명이, 말이지."

"그래, 알았어."

"네!"

"애슐리는 최대한 마이라와 함께 도망쳐. 살아남는 게 최우선."

"네……!"

서로 얼굴을 마주하며 끄덕이고는, 전원의 무기에 암속성을 부여.

방 안으로 들어가기 직전, 계단을 돌아봤다.

다시 이 계단을 걸어서 내려가면 좋겠다고 생각하면서, 방으로 들어갔다.

실내는 보라색이 아니라, 여기에 와서도 아직 새빨갰다. 정말로, 붉은색으로 물들일 수 있다고 생각한 동시에 텐션이 올라가서 던전의 룰을 무시해버린 게 아닐까.

가능해 보여서 골치가 아프군…….

"마이라……!"

애슐리가 안쪽에 앉아있던 소녀에게 달려갔다. 후드를 벗기자, 그곳에는 애슐리를 보면서 어딘가 멍하니 있는 마이라의 모습이 보였다.

그 소녀의 목소리가, 처음으로 애슐리에게 향했다.

"당신은…… 본 적이 있어요."

"어?!"

"때때로 맨 앞줄에 계셨죠. 시선을 강하게 느껴서, 기억하고 있어요. 뭔가 용건이, 있으신가요."

마이라는 단상에서 누구에게 뭔가 말을 듣지 않았는데도 애슐리를 의식하고 있었다. 그걸 알게 되자, 애슐리는 말없이 마이라를 끌어안았다.

갑작스러운 행동에 놀란 마이라는 어딘가에 도움을 요청하듯 시선을 이리로 돌렸다.

“좋아. 잠깐 도와주기로 할까.”

시빌라가 마이라에게 다가가서 목덜미나 어깨를 주무르면서 긴장을 풀어줬다.

“왓……?!”

다음으로 뺨을 양손으로 슬슬 문지르면서, 마지막으로는 그 붉은 머리를 빗겨주며 머리를 쓰다듬었다.

“후앗…… 히양……! 아, 그만…… 후훗……!”

마이라는 뺨을 붉히면서도 눈을 가늘게 뜨고 간지럽다는 듯 웃었다. 그 얼굴은 나이에 맞는 소녀와 같았다. 애슐리는 단상이나 형태 저장기 마도구의 마이라와는 완전히 다른 표정을 봤다.

“이게, 마이라의 본래 얼굴…… 아아, 이쪽이 훨씬 좋아……!”

“저기, 그건 무슨……?”

“자자~, 미안해. 만나고 싶었어! 사랑스러운 마이라~!”

시빌라가 대화에 끼어들었다. 창문에서 만났던 그때 이후 처음이다.

“당신은…… 기억하고 있어요. 첫날에는 감사의 말을 하지 못해서 죄송합니다.”

"괜찮아~ 정말 예의 바르고 착한 아이네. 우선은…… 지금부터 너는 이 사람과 함께 여기서 나타나는 나쁜 녀석에게서 도망쳐야 해."

"『나쁜 녀석』, 말인가요?"

"그래. 그래도 여기 애슐리가 목숨을 걸고 너를 지켜줄 테니까, 그 사람을 믿고 있으면 문제없어."

"아, 알겠습니다……."

아직 상황을 받아들이지 못한 마이라에게 애슐리가 미소를 지어줬다.

마이라는 다음으로 에미에게도 감사를 표했다. 에미는 활짝 웃으며 손을 흔들었다.

마지막으로, 나를 봤다.

"당신도, 그때 있었던 것 같은데요……."

멀었는데도 용케 기억하고 있군. 나는 수긍하면서 살짝 손을 들어 응했다.

"역시 그랬군요. 여러분은 어째서 여기에?"

"그 전에, 마이라는 여기가 어디인지 아니?"

"뭔가, 중요한 방이라고 들었어요. 별로 기억나지는 않지만……."

『—산 제물로 삼을 작정이었건만.』

공간을 흔드는 목소리가 방에 울리자, 애슐리가 마이라를 강하게 끌어안았다. 나는 앞으로 나온 에미 너머에서 방 중앙 부근을 노려봤다.

그곳에는, 붉은 방의 천장보다도 피처럼 검붉은, 원형 공간이 갑자기 생겨나 있었다.

『이 던전에 가득한 마력으로 이미 미약한 현현이 가능해졌지만…….』

애초에 산 제물 자체가 필요 없었던 모양이다. 그럼 정말로 대주교의 목숨은 아무런 의미도 없이 사라졌고, 마이라도 아무 의미 없이 죽을 뻔한 건가…….

우리 인간에 대한 건 정말로 아무렇지 않게 생각하는 모양이군.

천장에서 다리가, 갑옷을 입은 모습으로 나타나서 지면에 내려섰다—.

"큭……!"

착지 순간, 검은빛이 바닥에서 솟아나와 방 중앙을 메웠다!

별것 아니다. 나는 이미 《어비스 트랩》을 설치해뒀다. 이런 공격 기회, 놓칠 리가 없잖아?

지금의 작은 목소리를 듣고 확신했다. 완전 방어 무시 공격, 마신이라도 통하는군. 괜찮을 것 같기는 했지만, 조금이라도 통한다는 건 그것만으로도 중요한 수확이다.

검은빛이 잦아들자 그곳에 있는 건…… 마왕과 닮았지만, 이질적으로 커다란 덩치의 남자. 흉흉한 갑옷을 입은, 명백하게 격이 다르다는 분위기를 풍기는 존재였다.

"어둠…… 어스름이 있는 건가……!"

마신이라는 녀석은 증오스럽다는 듯 이쪽을 바라봤다.

"역시 당신이었네. 붉은 마신 우르드리즈."

"네 이놈, 프리실라. 또다시 나의 방해를 하는가!"

……응? 마신도, 그 마델라의 마왕과 똑같은 이름을 말했잖아?

"……."

시빌라는 마신의 물음에 침묵했다. 그 모습은 부자연스러워서…… 나라도 왠지 모르게 어떤 의미인지 예상이 갔다. 이쪽도 돌아가서 물어볼까.

"뭐, 좋다. 이 던전은 마력이 대폭으로 포화되어 있으며, 마물도 이미 넘치기 시작했다. 그렇다면, 이 나도 방을 나갈 수 있겠지. 이번에야말로 마계와 지상계를 연결하겠다."

마신과 신들의 전쟁이다 보니, 이야기 내용에 흥미는 있었지만…… 마신은 대화는 끝났다는 듯이 양손을 앞으로 내밀었다.

마신과의, 전투 개시다.

"……《이블 불릿》!"

마신이 갑옷에 감싸인 손에서 마법을 날리자, 검붉은 탄이 시빌라를 향해 날아갔다. 충돌 직전, 에미의 방패가 검게 빛나며 탄환을 자신에게 유도했다.

그리고 충돌 순간, 방패가 하얗게 빛나며 마법을 튕겨냈다.

……능숙하다. 공격을 끌어당겨서 지키는 힘과 공격을 튕겨서 지키는 힘을 동시에 써서 뒤를 지킨 것이다.

"아윽……!"

그러나, 내가 봐도 확실하게 막았다고 생각했는데, 충돌 순간 에미가 신음했다.

'《엑스트라 힐 링크》.'

"괜찮은 거냐?"

"아, 응. 괜찮아! 고마워! 으~음…… 뭘까 이거. 뭔가가 깎이는 감각. 어쩌면, 러셀의 마법에 가까운 타입?"

지금 마법이, 나의 어둠마법과 같은 계통이라고……!

그렇다면, 완전 방어 무시— 갑옷이나 방패, 마법 방어도 관통해서 육체에 통증을 입히는 마법이라는 건가.

그때, 대주교가 일격으로 그렇게 된 건 자신의 생명력이 그 공격을 견디지 못하게 되어 파열한 거겠지. 상상하기만 해도 무섭군…….

"기사도, 회복술사(힐러)도 있나. 그렇다면 마력이 고갈될 때까지 뭉개버릴 뿐."

마신이 양손을 앞으로 내밀고 방금의 마법을 연사하려는 모양이었다. 그렇다면 방패의 힘이 있어도 에미가 상당히 괴로울 거다.

그렇다면, 닿기 전에 없앨 수밖에 없지.

"얼마나 버틸 수 있겠느냐, 여신의 노예들아! 《이블 불릿》!"

"《다크 스피어》, 《다크 스피어》."

"음……!"

첫번째 공격을 내 마법이 막고, 다음 어둠마법이 녀석의 몸에 도달했다.
뭐야. 가능하잖아. ……그렇게 생각한 것도 잠시, 그다지 통한 기색이 없는 마신의 모습이 나타났다. 역시 다른 마왕과는 다르다.
"네가 【어스름의 마경】인가. 위력이 명백하게 일반적인 자들보다 강하군. 상당히 무리하는 것으로 보이는데, 어떻지?"
"글쎄다. 시험해보겠나?"
모든 패는, 아직 보여주지 않는다. 나는 마신을 도발하듯 여유로운 미소를 지으며 말했다.
"인간 중에는 너 같은 자가 많지. 그러나 인간의 최후는 언제나 정해져 있는 법—."
마신은 양손을 내밀며 붉은빛을 키웠다.
"—자신의 능력을 과신하는 나약한 인간은, 그 나약함에 멸망할 운명인 거다!"
마신은 조금 전보다 훨씬 커다란 마법을 우리를 향해 쏘려고 했다.
"에미, 산개!"
"네?! 그래도……!"
"안전하게 뭉쳐서 이길 상대가 아니야! 그리고 결과적으로, 옆에서 억누르는 편이 전원 생존할 확률이 높아. 러셀을 믿어!"
시빌라가 이미 마신의 왼쪽으로 달려가는 걸 본 에미는 오른쪽에서 공격하고자 돌아들어 가서 검과 방패를 들었다.
"얕보고 있군. 《이블 스피어》."

마신은 순간 양손을 옆으로 돌려서 검붉은 불덩어리를 옆으로 날리고는 다시 내게 마법을 쏘기 시작했다. 시빌라는 돌벽을 다수 꺼내서 옆으로 물러났지만, 그래도 나의 다크 스피어와 비슷한 폭풍에 휘말려서 벽에 부딪혔다. 괜찮은 거냐?

에미는 마법을 방패로 막아냈지만, 공격을 되받아치기 전에 폭풍이 그 자리에 퍼져서 역시 인상을 찌푸렸다. 시빌라 정도의 중상은 아니지만, 결코 낙관할 수는 없다.

'《엑스트라 힐 링크》.'

나는 공격마법을 계속 사용하면서도 틈틈이 회복마법을 끼워 넣으며 슬금슬금 접근했다.

휘청거리며 일어난 시빌라를 확인하면서 마신을 노려봤다.

마신은 입가를 희열로 일그러뜨렸다.

"그곳의 수녀가 무영창 회복술사(힐러)라고 봤다. 꽤 우수한 파티 아닌가. 아직 힘의 일부밖에 되찾지 못했지만, 지금의 나라도 꽤 즐길 수 있겠군."

……지금이 힘의 일부밖에 돌아오지 않았다고? 마신이라는 건 이 정도의 힘을 가졌나. 지상을 휘몰아쳤을 만하군.

떠들면서도 무영창으로 마법을 연발하고 있다.

게다가 나를 상대하면서 때때로 좌우에도 똑같은 마법을 쏘고 있다.

시빌라는 요격에 필사적이었고, 에미는 공격을 몇 번 받아내다가 역시 싫었는지 피했다. 그러나 피한 순간 뒤에서 마법이 폭발해서 휘청거렸다.

곧바로 회복마법을 썼지만…… 확실히 회피할 수단이 없는 에미는 계속 격통에 시달리는 공격을 받아내고 있어서 괴로워 보인다.

세이리스스의 마왕처럼 3인분의 팔이 있는 것도 아니건만, 쓰러뜨릴 수 있다는 느낌이 전혀 들지 않는다. 우리 세 명을 상대로도 여전히 여유롭다.

역시 지금까지의 마왕과는 완전히 격이 다르다. 마법의 위력도 그렇지만, 지금까지의 마왕이 쓰던 마법과는 완전히 다른데…… 사실은 마왕의 마법이 우리와 똑같은 것도 신경 쓰이긴 하지만.

역시 신들과 싸운 존재. 인간이 상대할 수 있는 존재 같지는 않다.

마력 고갈을 노릴 수 있는 상대로 보이지도 않는다. 나야 얼마든지 사격전을 벌일 수 있지만.

그래도 지금 상황에서는 결정타가 부족하다.

그렇다면— 슬슬 세워두었던 작전을 써보기로 할까.

마신의 여유로운 얼굴을 보던 나는 에미에게 시선을 돌렸다. 에미는 통증을 참으면서도 살짝 끄덕였다. 그걸 확인한 나는 망설임 없이 시빌라에게 향했다.

"아직도 저항할 생각이 있다니, 재미있군. 바로 끝나는 건 시시하니까 말이다."

이 녀석에게는 오랜만에 하는 싸움이겠지. 여유로운 음색으로 내게 마법을 쏘고 있다. 나는 그걸 막으면서 시빌라 옆에 섰다.

"괜찮나?"

"내 상황 같은 건 무시해. 생명력만큼은 자신 있으니까, 저 마법으로 그렇게 간단히 즉사하지는 않아."

"그 말, 믿고 있을 테니까."

나는 시빌라 옆에서 떨어져서 입구 반대쪽을 향해 검을 들었다.

"설마 그런 느린 동작으로 뒤를 잡을 생각이냐?"

당연히 마신은 나를 바라봤다. 지면에 뿌리를 내린 나무 마물인 것도 아니니까, 그야 그렇겠지. ……그러나 당연히 나도 그런 건 예상했다.

시빌라를 잠깐 바라봤다.

나는 마델라에 와서 정말로 시빌라를 의지하기만 했다. 『여신의 서』라는 것이 사실을 기초로 만들어졌다는 걸 알고, 시빌라와 신들이 무슨 마음으로 편찬했는지를 알았다.

마신이라는 게 존재하고, 인간을 위해 이 녀석들을 지상에서 봉인했다는 것도 알았다.

시빌라는 인간을 위해 움직였다. 우리는 그걸 당연하게 생각하고 있었다.

그러나, 아이와 노는 시빌라를 보면서 생각했다. 애초에 신이 인간을 도울 의리 같은 게 있을까. 그렇다면, 어째서 시빌라는 인간을 돕는가.

—올바른 일을, 자신이 믿는 일을 하려는 정의의 눈.

내 눈을 본 시빌라의 감상. 그때는 실감이 없었지만, 지금이라면 알 수 있다.

지켜주고 싶다. 마이라와 애슐리의 미래를. 고작 며칠이지만 신세를 진 아이들을.

그건 시빌라도 똑같을 거다. 지켜주고 싶은 거다. 그건 시빌라가 여신이라는 것하고는 상관없다.

—의식을 집중했다.

검을 쥐었다. 지금까지의 인생을 돌이켜봤다.

혈액의 온도가 올라가려 하는 것을 조용히 억눌렀다. 머리를 식혀라.

눈앞의 적을 봐라. 몸속에 있는 무한한 마력. 이쪽을 바라보는 마신.

……그래. 일부러 이쪽을 바라본 거다.

이 녀석은 확실히 강력하다. 그러나 세이리스의 마왕 같은 능력은 없다.

그렇다면—!

"간다!"

나는 오른손에 검을 들고 왼손으로 마법을 쓰면서 파고들었다.

"술사가 검인가, 재미있군."

마신의 의식을 내게 돌린 동시에, 에미가 파고들었다. 그러나 마신은 당연히 그걸 예상했는지, 한 손을 지면에 뻗어서 마법을 쐈다.

"《이블 버스트》."

순간, 검은 마법이 지면에서 폭발했다.

마치 나의 다크 스피어를 크게 키운 듯한 마법.

에미는 방패를 들었지만 풍압에 날아갔고, 나는 지면에 검을 깊이 꽂아서 버텼다. 내 모습을 본 에미가 바로 따라하며 자세를 고쳤다.

"과연. 잔꾀를 부리는군."

마신이 다시 마법을 날렸다. 그걸 다시 내 마법으로 상쇄하면서 더욱 파고들었다.

검이, 마침내 마신에게 닿았다.

"헛수고다."

그러나 나의 검은 상대의 손에 갑자기 나타난 검붉은 검에 막혔다. 무기를 바로 만들어서 쓰는 건가. 다른 마왕도 가능했으니, 마신도 같은 걸 해도 이상하지는 않지만…….

상대의 검은, 어스름의 마경이 가진 암속성과 똑같은 타입이라고 생각한다.

이거야 원, 성가시군.

앞으로 한 수. 뭔가 이 균형을 무너뜨릴 한 수가 있으면 좋겠는데…….

18 애슐리 : 오늘부터 나는, 이상을 지향한다

러셀 님이 싸우고 있다. 검은 로브를 입은, 신기한【성자】님.

나는 어떻게든 마신을 사이에 끼운 러셀 님의 대각선 위치에 숨어 마신의 시야에서 벗어났다.

품에는 줄곧 원하고 있던 사랑하는 딸 마이라의 따스한 감촉.

"어째서, 저 사람들은 저렇게나 애쓰는 건가요?"

갑자기, 마이라가 내게 말을 걸어왔다.

"저 사람들은…… 특히, 저 남자 분은 너를 구하고 싶기 때문이야."

"알지만, 궁금하네요. 어째서 대단한 인연도 없는 저를 그렇게까지……?"

"……어째서일까. 훌륭한 진짜 성자님이니까. 나는 그렇게밖에 대답할 수가 없네."

"성자님……."

구석에 숨어서 러셀 님을 봤다. 내가 가진 어새신의 스킬로 나와 품속에 있는 마이라의 기척을 주변에 인식되지 않도록 작게 줄이고 있다.

약속했다. 반드시 살아 돌아가겠다고. 이 아이를 위해, 무엇보다 고아원 아이들을 위해. 눈앞의 전투에 끼어들 여지는 없다. 자신의 무력함을 아무리 원망해봤자 어쩔 수 없다.

"당신은, 싸우지 않는 건가요?"

품속에 있는 딸의 작은 목소리가 들리자, 나는 숨을 삼켰다.

"무리, 야."

"무리하고 있는 건, 저 사람들도 똑같아요. 그건 저도 알아요."

너무나도 예리한 말의 칼날이 꽂힌다. 마치 내 마음을 간파한 듯이, 저 붉고 커다란 눈이— 나와 완전히 똑같은 색의 눈이— 내 눈을 들여다본다.

"……저는, 자신이 그저 호객행위를 하고 있다는 걸, 어렴풋이 알고 있었어요."

충격적인 한마디. 마이라는 자신이 이용당하고 있을 뿐인 인형이라는 걸 알고 있었다.

"이 자리에 온 게 산 제물이 되기 위해서라는 것도. 이대로 죽는 것도 괜찮을지도 모른다고 생각했어요. 하고 싶은 일 같은 건, 아무것도 없었으니까."

그럴, 수가……. 마이라가 이렇게나 몰려있었다니……!

심장이 멎을 만큼 아픈 말이었다. 마이라는 모든 걸 알고도…… 그런데도 저항하지 않았던 거다.

"그래도…… 지금은 달라요."

그러나, 확실한 의지를 가진 목소리가 조금 전의 말을 부정했다. 그 말의 의미를 이해하려고 하기 전에, 마이라가 말을 거듭해왔다.

"제 이야기는 됐어요. 당신의 역할은, 저를 지키는 거겠죠.

하지만—."

그 목소리가 화살이 되어 꽂히자, 내 마음을 감싸던 껍질에 금이 갔다.

내가. 내가, 줄곧 가둬두고 있던 본심이.

나 자신도 전혀 이해하지 못했던— 나의 본질이 드러나고 말았다.

"—당신이 **하고 싶은 일**은, 뭔가요?"

그 말을 들은 순간. 지금까지의 나를 이어주던 모든 기억이, 머릿속을 스쳤다.

처음으로 나타난 감정은—!

'—아아아아아아아아아아아아아아아아아아아아아!'

분노! 이건, 불합리한 인생……이 아니라, 지금의 나 자신을 향한 분노였다.

나는…… 나는! 대체 뭘 하고 있는 거야!

성자님이니 뭐니 자기가 떠받들어놓고, 그걸 문자 그대로 교회의 면죄부로 삼을 셈이야?! 그렇다면 대단히 비싸게 팔아치우는 면죄부겠네!

저 사람은, 러셀 님은 원래 그냥 외부인! 게다가 성자라는 건 술사! 맞으면 아프고, 노력해도 검사의 힘에 대적하지 못하는, 그런 사람이다!

그래, 평범한 사람! 신도 뭐도 아닌, 보이는 그대로의 청년!

나와 뭐가 다르다는 거야!

그런데도, 목숨을 걸고 마신과 검을 마주하고 있어! 대단한 인연도 없는 내 딸을 위해서!

그에 비하면, 지금의 나는 뭐야! 한참 연하인 아이들이 애쓰고 있는데, 마이라를 안고 떨고만 있는 나는 대체 뭐냐고?!

어제의 대화도…… 러셀 님과 프레데리카 씨의 대화도, 나는 들어버렸다!

그 사람은, 레벨 1이고, 평범한 【신관】이었어! 싸울 힘 같은 건 전혀 없는, 그야말로 벌레도 마물도 죽이지 못할 정도로 다정한 사람이었다! 싸움 같은 건 전혀 어울리지 않아!

그런데도, 러셀 님의 고기방패가 되어 공격을 한 번 받아내기 위해 목숨을 걸려고 했다!

그에 비해, 지금의 나는 뭐야! 그렇게 약한 프레데리카 씨도 싸우고 싶어 했는데, 【어새신】이라는 강력한 직업(잡)으로 시빌라 씨의 목숨을 노리기도 했으면서, 이런 상황에서까지 싸움에 참가하지 않는 나는 뭐냐고?!

나도, 어린 시절에는 여러 가지를 동경했다. 영웅도, 공주님도, 전부 동경했다. 수많은 좌절을 경험하고, 가족과의 이별을 경험하고, 그럼에도 지지 않고 나아가던 영웅의 이야기에 마음이 들뜨던 아이였다.

그에 비해, 지금의 나는 뭐야! 많이 배우지도 않은 채 남자에게 속아 넘어간 걸 질질 끌다가, 결혼을 여신에게 바친 프레데리카 씨에게 신세를 지면서 언제까지나 빈둥거리며 비극의 히로인을 자처하는, 이런 한심한 나는 뭐냐고?!

꼴사나워. 꼴사나워! 꼴나사워! 비이이일어먹게 꼴사납다고! 지금의 나는 대체 뭐냔 말이야?! 나 자신을 제일 용서할 수 없어!

지금 상황에 어울리지 않을 만큼 자신에게 실망해서 멋대로 미쳐 날뛰는 가운데…… 그런 나를 다정하게 긍정해주는 사람이 있었다.

"……다행이네요. 당신의 눈은, 이 상황에서도 아직 죽지 않았어요."

자신에게 실망하고 폭주하던, 마치 붉게 달궈진 철 같던 나의 마음. 그 마음을 다정한 바람이 식혀주듯 감쌌다.

지금의 상태에서 조금씩 냉정해지고, 청량한 목소리를 연주하는 마이라에게 눈을 돌렸다.

"지금, 뭐라고 말했어……?"

"당신에게는, 힘이 있어요. 그리고 포기하지 않았어요. 그러니까 다시 타오른 거예요."

긍정의 말. 지금의 자기혐오로 범벅된 악감정을 모두 감싸주는 말이, 기분 좋았다.

"저는, 무력해요. 무력하지만…… 그래도, 배우는 것만큼은 게을리하지 않았어요."

마이라도, 자신의 마음을 고백했다.

……내가 어린 시절에, 동경하던 이상. 무모하고 무리여서, 현실과는 한없이 멀었다.

"작전이 있어요. 굉장히 위험해서 마음이 괴롭지만…… 협력해주실 수 있을까요?"

하지만, 이런 나이인데도 그 이상에 손을 뻗으며, 마음에 불을 켜준 아이가 있다.

여기서 내가…… 내가 일어서지 않으면, 어쩌겠다는 거야.

"뭐든 말해줘. 나는 말이지, 너의 작전이라면 여기 있는 누구보다도 진지하게 목숨을 걸 수 있으니까."

달궈진 철이 식어서 굳어지며, 원래 모습 이상으로 단단해졌다.

나는 【어새신】. 어제까지 편한 길로 도망치고 또 도망치며, 현실에서 눈을 돌려오던 자신에게, 오늘 작별을 고했다.

성자님이나 여신님에게만 맡겨두지 않는, 스스로 자신을 인정할 수 있는 사람이 되기 위해서.

지금 이 순간, 다시 태어나는 거다.

멋대로 비극의 히로인을 자처하던, 힘이 있어도 아무것도 하지 않았던 꼴사나운 나는 이걸로 끝.

자, 어린 시절에 그렸던 정말로 멋있는 이상의 어른(나)을.

그리고— 지금 그리는 이상의 어머니(나)를, 새로운 목표로 삼자.

19 오만한 마신의 힘을, 경험으로 압도하는 것이 인간

마신의 마법은 모두 마신 전용 속성. 접근해오면 검도 쓸 수 있다. 능력의 일부밖에 되찾지 못해서 원래보다 대폭 약체화되었다고는 믿을 수 없을 만큼의 강함.

인간은 이길 수 없게 설계된 듯한 반칙적인 상대.

……그러나.

"헛수고인지 아닌지는 내가 정한다."

인간의 규격에서 벗어난 마력량이 상대라면, 어떨까?

원래 문이 있었던 방의 출입구는, 갇히지 않도록 에미가 문을 떼어놨다.

방 바깥에서 안으로 들어온 건, 검은 구체에 침이 돋아난 듯한 것.

그 끄트머리에서, 마법이 발사됐다.

"……음!"

구체에서 나타난 건 작은 다크 애로우. 초급 중의 초급 마법. 결코 강하지는 않다……. 그러나 『확실하게 대미지가 들어가는』 방어 무시 마법.

그걸 날리는 구체가 방 천장으로 이동했다.

"그 정도의 장치 따위!"

마신이 마법을 날려 일격에 구체를 날려버리는 사이, 나는 잠깐의 빈틈을 찔러서 마신의 팔을 베었다! 내가 검을 휘두르는 속도에 마신의 방어가 따라가지 못했던 모양이다.

"칫, 무척이나 검에 숙련된 술사로군!"

작게, 그러나 확실하게 보라색 혈액이 뿜어져 나왔다. 이건 틀림없이 대미지가 들어갔다는 증명. 여신의 서에 기록된 신들의 적에게, 내가 쌓아 올린 검술이 닿은 순간이었다.

"우쭐대지 마라! 《이블 버스트》!"

옆에서 뛰어들던 에미가 나와 마찬가지로 지면에 검을 꽂아서 폭풍을 견뎠다. 격통은 있지만, 윈드 배리어는 마법의 위력을 대폭 줄여주고 있다.

"너는 맨 처음 죽—!"

다시 마신의 움직임을 막은 건, 조금 전과 똑같은 검은 구체 마법.

"짜증 나는구나! 그런 작은 구슬 하나로 이 나를 막을 수 있으리라, 고……."

마신이, 순간 멈췄다.

나는 그 순간을 놓치지 않고 마신을 베었고, 에미도 파고들어서 검을 휘둘렀다. 마신은 검은 방패를 만들어서 에미의 공격을 막고, 조금 전의 마법을 계속 발동해서 날려버렸다.

……처음부터 그 방패를 꺼냈으면 됐을 것을. 완전히 얕보고 있었군.

마신의 얼굴은 경악으로 물들어 있었다.

“이봐, 술사……. 【어스름의 마경】은 네놈만 있는 게 아니었나.”

“당연히 나밖에 없지. 그런 직업(잡)이 그렇게 펑펑 나오겠냐. 아니면 내가 혼자 꺼낸 것처럼 안 보이나? 그럼 다시 꺼내주마. 《어비스 새틀라이트》.”

“말도 안 돼…… 네놈은 정말로, 인간이냐……?”

마신은 내 손에서 나온 검은 구체를 경악한 눈으로 바라봤다.

그 뒤에는…… 똑같은 검은 구체가 세는 것조차 힘겨울 만큼, 천장 일대를 가득 메우고 있었다.

말할 것도 없다. 비겁하든 뭐든 승리를 위해서는 뭐든지 하는 짓궂은(시빌라) 여신의 공작이다.

“인간을 얕보지 마라, 신화의 마신. 비장의 수단이 있다면 빨리 꺼내는 게 낫다고?”

어비스 새틀라이트. 이게 어스름의 마경 레벨 14의 마법이다.

간단한 공격마법을 날리는 자율형 구체를 만들어낼 수 있다. 어느 정도는 스스로 조작할 수 있고, 일정 마력을 소비하면 소멸한다.

일반적으로는 한두 개 만들어내서 자기 후방을 지키는 데 사용한다. 단독 행동이 많은 【어스름의 마경】다운 보조마법이다.

그러나 소비 마력이 굉장히 크기에, 예비 매직 포션을 준비하더라도 역대를 통틀어 네 개 이상 꺼낸 어스름의 마경은 없었다고 한다.

그게 시빌라에게 들은, **일반적인** 사용법.

그러나, 만약 이 마법을 무진장한 마력이 솟아나는 내가 사용한다면.

그 모든 걸, 이중 영창으로 소환한다면—!

천장 일대에 펼쳐진 어비스 새틀라이트가 일제 공격을 시작했다. 무수한 구체에서 발사되는 검은 화살이 비가 되어 마신에게 가차 없이 쏟아졌다.

일격 일격은 모기에게 물린 정도겠지만, 이제는 무시할 수 있는 대미지가 아니겠지. 마신은 다시 나의 어비스 새틀라이트를 향해 공격마법을 날렸다.

그러나, 나는 마신이 팔을 겨눈 곳을 확인하고 구체에 의식을 집중했다. 내 의지에 따라, 천장에 있던 어비스 새틀라이트는 이블 스피어를 일제히 회피했다.

"이 숫자를, 동시 조작…… 마력량이 충분할 리가……!"

그리고 이 순간을 노려서, 나는 지금까지 모아두고 모아둔 마법을 날렸다.

"《하데스 핸드》!"

"큭! 이건…… 네 이놈! 『신성』의 방해마법을!"

상대의 속도를 느리게 하는 마법은 마신에게도 통했다.

해제할 수 없는 건 상대가 본래의 실력을 발휘하지 못해서인지, 아니면 이 마법이 특수해서인지는 모르겠지만, 약간이나마 마신의 움직임이 둔해졌다.

천재일우의 기회. 에미와 시빌라가 동시에 검을 들고 파고들었다.

"인간 따위가, 얕보지 마라아아아!"

양다리를 펼치며 외치자, 마신의 방패가 충격파 같은 공격을 날렸다. 에미는 다시 지면에 검을 꽂았고, 시빌라는 돌벽을 만들어서 흘려냈다.

마신…… 아직도 이런 수를 숨기고 있었다니. 제법이군.

그러나, 이러지 않으면 쓰러뜨릴 보람이 없지!

나는 검을 양손으로 다시 잡고 일부러 맞부딪치려는 듯 후려쳤다.

"아직도 꺼낼 수 있다. 《어비스 새틀라이트》! 내 마력이 고갈되는 게 먼저일까, 네가 당하는 게 먼저일까?!"

"우습게 보다니……!"

마신의 양팔에 붙은 방패는 두 개.

시빌라와 에미가 계속 날아가고 있지만, 검으로는 나를 상대할 수밖에 없다.

역대 【용사】가 싸워왔던 마왕을, 몇 명이나 상대했다.

역대 【성녀】가 사용하던 마법을, 몇 번이나 사용했다.

그러나— 부족하다. 아직, 내가 『신화』에 비견되기에는 부족하다.

"마신! 너를 넘어서는 건, 나에게는 필연이어야만 한다!"

"여신의 힘을 빌렸을 뿐인 인간 따위가 이 나를 그렇게나 얕보는가!"

겨우 승산이 보였다. 나는 지금, 신들이 봉인했을 정도의 적과 싸우고 있다.

하데스 핸드에 의한 약체화, 어비스 새틀라이트의 연속 공격. 시빌라와 에미의 방패 봉쇄. 모든 상황이 모여서, 지금의 나는 마신과 검을 맞부딪치고 있다.

"여신의 힘만이 아니야. 검을 쓰는 건, 나의 힘이다!"

마신이 한 손으로 든 검은 내가 양손으로 잡은 검을 웃도는 괴력이다. 압도적인 역량차, 원래는 이길 수 있을 리가 없는 상대다. 그러나 인간은 방법을 찾아내고, 성장하는 법이다.

인간은 약하다. 최상위직을 얻었더라도 동료와 함께하지 않으면 마왕과 싸울 수 없다.

그런 데다, 방심하면 단숨에 죽을 가능성이 높을 만큼, 인간은 연약하다.

그래도, 승산이 보인다— 그렇다. 상대를 웃돌 정도의 기술이 있다면.

"큭. 어째서 쓰러지지 않지……! 아무리 힘이 일부밖에 없다고는 해도, 이 내가…… 마신이, 술사에게 검으로 밀리다니……!"

"그건, 네가 성장하지 않았기 때문이지. ……나는 같은 인간에게 언제나 밀려서 질 만큼 힘이 약했다. 하지만, 최종적으로는 지는 일이 거의 없어졌어. 그게 성장이다."

"성장이라고……."

"그래. 성장이다. ……흥. 너의 검은 빈스와는 비교도 안 될 만큼 단조롭군. 어지간히도 힘으로만 밀어붙이면서 대충 휘둘러온 거겠지. 아무 생각 없이 힘으로 이겼을 테니까."

만약 성장하지 않더라도, 모든 것이 생각대로 될 만큼 강하다면 전혀 고생하지 않았겠지. 그러나 그건 정말로 자신의 힘이라 할 수 있을까? 그 끝에, 무언가 쌓아 올린 게 있을까?

"읽었다."

"뭣……!"

나는 다시 상대의 손등을 살짝 베었다.

"크게 휘두르는 버릇이 강해. 지금까지는 그 움직임으로도 문제없었겠지?"

마신의 검이 천장 가까이 올라가더니, 그대로 힘만으로 휘둘러왔다.

원래는 초고속의 공격이고, 받아내는 건 불가능한 괴력. 그러나 이중 영창으로 속도가 느려진 지금이라면, 닿기 전의 움직임을 잘 보면 공격 지점도 예측할 수 있다.

"그런 게, 생각이 없다고 말하는 거다."

나는 상대의 검을 피하고, 왼손에서 날아온 공격마법을 튕겨내면서 파고들어서 베었다.

"방심했구나!"

마신이 외치자, 조금 전 튕겨낸 마법이 내 뒤에서 폭발했다.

체력과 정신력을 깎아내는 격통이 등에 몰려왔지만, 나는 너를 과소평가하지 않아. 당연히 예상했다. 피탄과 동시에 회복마법을 쓸 수 있게 준비해놨다.

'『엑스트라 힐 링크』, 《큐어 링크》.'

옷이 수복되는 걸 확인하기도 전에, 아픔이 사라진 몸에 기합을 넣고 파고들었다. 마신은 내가 마법의 직격에 맞았는데도 움직이는 것에 놀란 모양이었다.

"그 수복 속도, 【성녀】가 아니라면 【현자】! 술사, 너로구나!"

왼팔의 방패로 날려버리고는, 시빌라 쪽에 마법의 집중포화를 퍼부었다. 돌벽을 몇 장씩 만들면서 그 마법을 막아낸 시빌라는 묵묵히 히죽 웃었다.

"우선은 네놈부터다!"

다시 그 이블 버스트로 자신을 중심으로 한 주변을 폭발시켰다. 팔에 붙인 방패의 공격이 아마 이 녀석의 진면목이겠지. 나에게 쓰는 공격을 검에서 방패의 충격파로 전환했다.

다시 지면에 검을 꽂아서 견딘 나를 내려다보면서 시빌라 쪽으로 손을 뻗었지만…… 그쪽으로 의식을 돌린 건 악수다.

"앗, 크……!"

마신의 몸이 다음 순간 휘청거렸다. 시빌라의 반대쪽에 있던 건, 에미. 몇 번이고 마법을 받아내는 사이 익숙해졌는지, 검을 세우고 방패를 검게 빛내고 있었다.

【어스름의 기사】의 특수 스킬인 검은 방패. 그 효과는, 상대를 빨아들이는 것.

그것도 최하층 플로어 보스가 도망칠 수 없을 정도의 힘. 아무리 마신이라도 아무런 영향이 없을 리 없다. 그러나 마신이 무엇보다도 경계한 것은.

"거기!"

"큭! 네 이놈……!"

에미는 근접전 최상위직을 두 개 가지고 있다. 단순한 힘만이라면 틀림없이 이 중에서 제일 강하지만, 그 검의 일격에 세밀한 움직임은 없다. 그러나 크게 휘두른 강력한 일격이었다.

신음하면서 방패를 돌려 에미를 충격파로 날려버렸지만, 그때 시빌라가 마법으로 쿡쿡 찌르면서 「어머, 이제 나를 노리지 않아도 되는 걸까~?」라며 도발했다.

아니 너, 마신과의 싸움을 실컷 경계해놓고 이런 상황에서 도발이냐?! 아니, 정말…… 정말 너는 이런 때에서도 최고로 시빌라답구나!

―나는, 혼자서 싸우는 게 아니다.

든든한 동료들 덕분에, 겨우 지금의 대등한 상태를 유지하고 있는 거다.

그럼 나도, 좀 더 공격해야겠지!

"《어비스 새틀라이트》, 《어비스 새틀라이트》, 《어비스 새틀라이트》……."

"네, 네놈은……."

"잡담은 그만두라고. 마법을 쓰느라 바쁘니까. 《어비스 새틀라이트》."

나는 마신과 검을 맞부딪치면서 계속 어비스 새틀라이트를 늘렸다. 손을 쓰지 않더라도, 마법은 얼마든지 쓸 수 있다.

이미 지금 단계에서도 무지막지한 숫자지만, 아무리 늘어나도 곤란하지 않다.

"이 내가, 이 내가, 마신인 내가 인간 따위에게……!"

마신은 점차 초조감을 드러내기 시작했다. 아아, 그렇지. 눈치챘겠지.

『지속 대미지가 끝나지 않는다고 깨닫는 순간, 반드시 초조함이 생겨나. 상대의 머리가 좋을수록 정신에 대미지를 가하는 전법이지.』

아드리아에서 시빌라가 했던 말, 지금 이 상황과 딱 들어맞잖아. 작은 대미지를 주기만 하는, 그저 보조 전법. 플로어 보스와 싸울 때처럼은 아니지만.

그러나, 제한 없이 『모아둘 수 있는』 마법만큼 나에게 잘 맞는 건 없다.

"《어비스 새틀라이트》, 《어비스—."

"—우쭐대지 마라! 권속 따위가아아아아아!"

마신이 그 자리에서 다시 이블 버스트를 사용했다. 다시 빈틈을 봐서 후려치려 했지만…… 마신의 낌새가 변했다. 지금까지에 비해 힘이 대폭 늘어났다.

상황이, 크게 변했다.

천장이 날아가고, 『붉은 구제회』가 만든 건물의 벽이 파괴됐다. 어차피 인공물에 지나지 않는, 던전의 모조물. 아무리 튼튼하게 만들어봤자 마신을 상대로 버틸 수 있을 리 없다.

마신의 마력이 잿빛의 어두운 하늘로 날아가 마구잡이로 마법을 뿌려댔다. 에미가 광범위 마법을 막고, 나는 회피했다. 그러나 몇 초 늦게, 뒤쪽 먼 곳에서 엄청난 파괴음이 들려왔다.

도시에까지 마법이 날아간 건가?! 칫, 섣불리 피할 수는 없겠어……!

"현현 실패다. 나는 이번에, 힘을 모두 쓴다. 네놈들을 쓰러뜨린 뒤, 이대로 일단 마계로 돌아가겠다. 그 대신…… 이 마력을 모두 쓰더라도 확실하게 죽인다."

……아직 비장의 수가 있었나. 그러나 어느 의미로는 제1단계 공략은 완료됐다.

마신은 이 자리에서 자기 힘을 모두 쓸 작정인 모양이다. 아마 마왕들이 있는 마계라는 곳으로 이어진 무언가를 끊어냈다. 지상으로 현현하는 걸 포기하면서까지 이 전투에, 우리에게 힘을 쏟겠다는 것. 그러나, 이렇게 답하자.

"그렇군. 즉, 내가 마력을 고갈시켜도 된다는 거겠지?"

마신은 내 말을 듣고 조용해지더니…… 웃기 시작했다.

"후후…… 하하하……."

"웃을 일은 아닐 텐데."

"웃을 수밖에 없지! 이렇게나 오만할 줄이야! 그 몸으로 자신의 어리석음을 저주해라!"

외치면서 기습해온 마신의 검은, 조금 전보다 속도가 훨씬 올라갔다.

그러나…… 동시에, 전혀 변하지 않은 검격이다.

—그건 말이지, 아까 봤다고!

"나는 할 수 있는 것밖에 말하지 않는 주의라서 말이야."

"잘 짖는구나. 역시 네놈부터 죽여주마!"

일단 마신이 한동안 이 땅에 오지 못한다는 건 확정됐다. 그럼 완전 승리를 목표로 삼고, 오랜만에 전력을 다한 검술로 상대하기로 하자.

……오만, 이라.

이미 마신은 나의 마법조차 신경 쓰지 않은 채 내 목숨을 노리고 검을 들었다.

시야에 비치는, 드래곤의 이빨조차 비교도 되지 않을 만큼 흉악한 신화의 검.

마신이 예비 동작에 들어갔다. 그 움직임을 확인한 나는 허리를 낮추고, 옆으로 몸을 기울이면서 아직 아무것도 없는 공간을 향해 검을 휘둘렀다. 다음 순간, 마신의 검이 내 뺨을 스쳤고, 대신 내 검은 상대의 수갑을 잘라냈다.

예비 동작을 봤으니까, 아무리 빠르더라도 그 동작이 어떻게 끝나는지 대략 예상은 간다.

"어째서냐……!"

다음 공격도, 그다음도. 나의 공격은 모두 맞는다. 마신의 공격은 모두 스칠 뿐.

여전히 이해하지 못하는 마신에게, 나는 어이없어하며 말을 퍼부었다.

"네가, 진정한 의미로 『약하니까』 말이지."

마신이 작게 신음하는 목소리를 들으면서도 다음 공격을 대비했다. 뒤로 회피……는, 안 되겠군. 물러나는 건 허락되지 않는다. 마음이 물러나면, 상대가 파고들게 된다.

밀어붙여.

밀어붙여.

밀어붙여 뭉개버려.

그 오만함에도 여전히 힘에만 의지하는, 타락하고 나태한 검격을, 나의 인생으로 밀어붙여 뭉개버려라.

힘이 강한 녀석을 기술로 이기는 것이 나의 특기 분야다.

몇 번이고 패했다.

몇 번이고 몇 번이고, 힘에서 패배했다.

이윽고 나는 승리하게 되었다. 점차 승리가 더 많아지게 되었다.

그럼에도 직업(잡)은, 나의 노력을 깨부쉈다.

친구와의 균형은 무너졌고, 소꿉친구들은 내게서 멀어졌다. 모든 것에 버림받았다고 생각했다.

그러나, 시빌라는 술사이면서도 검을 든 나를 긍정했다. 나에게 싸울 힘을 주었다.

소꿉친구도 나와 다시 함께하게 되었다. 하려고만 했다면, 직접 움직일 걸 그랬다. —사실은, 하려고만 했다면 모든 걸 붙잡을 수 있었다.

하지 않았던 내가…… 포기하고, 사양하고, 맡기기만 하고 흐름에 떠밀리기만 했던 내가 지금에서야 겨우 붙잡은, 주역(나)에게 시작을 준 여신(시빌라)의 곁에 설 기회다.

오늘 내가 붙잡은 결과는, 마신 토벌……만이 아니다.

처음부터 모든 것을 빼앗겼던 마이라. 처음으로 내가, 누군가에게 『시작』을 줄 수 있는 거다.

그러니 시빌라가 난색을 보이더라도 물러날 수는 없었다. 설령 마신이 상대라 해도, 절대로 물러날 수는 없었던 거다.

오늘은 내가, 그때의 시빌라가 되는 날. 그러니— 이제, 물러나지 않는다!

"끝이다."

나는 상대가 나에게 유일하게 부상을 입혔던—일부러 스치게 한 것도 모르고—바보 같은 찌르기 공격을 확인하고 이번에는 상대의 품으로 파고들었다.

"어째서…… 맞지 않는 거냐……!"

"너의 사정 같은 건 모르지만, 나에게는 반드시 돌아가야만 하는 이유가 있으니까."

목숨이 오가는 싸움을 하면서도, 내 마음에는 언제나, 나의 귀환을 기다려주는 사람이 있다. 그 사람을 슬프게 하는 일만큼은 있어서는 안 된다.

그녀의 마음속 목소리가 나를 받쳐주고, 나를 지켜주고, 마신을 압도하는 힘이 되는 거다.

"마신(너) 같은 녀석에게는, 이 보이지 않는 힘의 크기를 영원히 알 수 없겠지."

몸의 중심에 검이 꽂혔다. 한 박자 늦게 마신의 입에서 보라색 피가 뿜어져 나왔다.

"말도, 안, 돼……."

내 검술— 아니, 우리 『어스름의 서약』과 프레데리카의 기도가 마신의 목숨에 닿았다.

에미와 시빌라도 승리를 확신한 모양이지만, 그래도 무기를 들고 마신을 경계했다.

"패배를 인정할 수 없다! 이대로 마계로 돌아갈 수는, 없어……!"

갑자기 마신이 그렇게 외친 순간, 그의 갑옷이 주르륵 녹아버렸다. 폭발적인 마력의 움직임과 함께, 천장 중앙 부근의 어비스 새틀라이트가 한꺼번에 터졌다.

갑자기 분위기가 변한 마신을 본 나는 경계했다. 시빌라가 눈을 크게 뜨며 외쳤다.

"러셀! 허리에 마이스터 코어! 응, 그게 마석이야! 이건…… 마신 우르드리즈, 코어의 마력으로 자폭할 생각이네?!"

자폭이라고……?! 큭, 포기를 모르는 녀석이군!

아드리아의 마왕이 싫어도 떠오른다. 마왕조차도 던전 최심부에서 자폭한 위력은 마을을 그대로 멸망시킬 수 있는 정도였는데.

시빌라는 마신과의 싸움으로 지형이 변했다고 말했다. 그렇다면, 자폭으로 날아가는 건 이 주변 일대다. 마델라를 포함한 모든 것이 지도에서 사라져버린다!

그런가. 이게 『여신의 서』에 기록되어 있던, 섬이 날아간 싸움인가……!

"그렇게 체면이 중요해?! 인간에게 패해서 마계로 돌아가면

수치라든가, 그런 건—."

"그런 걸로 끝날 것 같으냐! 신들의 봉인이라면 몰라도, 인간에게 패한 내가 마계로 돌아갈 수 있을 리가 없다!"

"아아, 정말. 이러니까 마계의 자존심 괴물 녀석들은 싫은 거야! 러셀, 깨버리자!"

시빌라가 뒤로 돌아가려던 와중, 다시 그 양팔의 방패가 충격파를 날려와서 에미와 시빌라는 바닥에 엎드려 회피했다.

"……기사를 억누르는데, 상당히 힘을 쓰고 있지만……. 남은 힘만이라도, 충분하다."

에미의 힘이 마신을 계속 억누르고 있었나. 그럼 나도 그에 부응해야겠지!

"이봐! 이 죽다 만 것이, 그렇게 자폭하고 싶으면 혼자서 죽어라!"

검을 들고 다시 어둠을 둘렀다.

"가슴에 한 번 찌른 게 부족했다면, 목을 날려주마!"

"……네놈은 위험하다. 나와 함께 이 세계에서 사라져줘야겠다."

"거절한다. 남은 마왕도 마신도 전부 멸해버릴 때까지 죽을 것 같으냐."

"그 오만을 가능하게 만드는 마력…… 역시 위험해. 아마 순수한 인간은 아니겠지."

어디를 어떻게 봐도 평범한 인간이잖아. 그렇게 떠들면서 검을 들고 파고들었다.

마신은 아직 움직일 수 있는 모양이지만, 조금 전보다 동작이 커져서 회피하기 쉬웠다.

"어스름의 마경에, 이 정도의 검술…… 위험, 위험하다……."

다시 내 로브가 스치면서, 갑옷과 함께 내 팔이 살짝 베였다. 다음 순간에는 회복됐지만, 역시 그리 간단히 당하게 두지는 않나.

상대가 『방어』에 의식을 두기 시작한 것이 성가시다. 이 마신은, 자폭을 노리고 있다. 즉, 나에게는 시간 초과도 패배를 의미한다.

"그 회복, 역시 현자를 먼저 없애버렸어야 했군……. 회복만, 없었다면……!"

에미에게는 신체 능력이 있지만, 시빌라의 육체는 평범한 인간 술사에 불과하다. 일어나지 못하는 걸 보면, 지금의 충격으로 기절한 건가……!

치료마법을 걸었다. 그러나 시빌라는 일어나지 않았다.

마신이 만족스럽게 입꼬리를 일그러뜨린 순간— 갑자기 왼팔을 뒤로 돌렸다.

"네 이놈— 회복술사(힐러) 따위가!"

마신이 팔꿈치에서 대량의 선혈을 뿜어댔다. 시빌라 쪽으로 검은 그림자가 이동한다.

그 손에는, 내가 속성 부여(인첸트)한 어새신용 무기. 공격한 건, 애슐리인가!

"이쪽이다, 마신 어쩌고! 아아, 이름 까먹었어! 러셀 님, 가

세할게요!"

여기서 애슐리가 전투에 참가했다! 움직임은 매우 세련되어서, 전력으로도 충분히 믿을 수 있었다. 솔직히 꽤 고맙지만…… 마이라는 괜찮은 건가?

나는 주의 깊게 살피면서 마신을 공격했다. 마신은 애슐리 쪽을 향해 방패의 마력을 돌리려 했지만, 그 순간 에미가 한 발짝 나오면서 지면을 굳게 디디자, 마신은 바로 에미를 억누르기 위해 마력을 쓰고 말았다. 역시 지금의 마신이라도 에미의 일격은 무서운 모양이군.

"슬슬 베여라!"

나는 검을 상대에게…… 꽂지 못했다! 마신의 왼손에 오른손과 똑같은 검이 나타나 내 공격을 막았다.

내가 양손으로 든 검을 한 손으로 막아냈다. 젠장, 한 손만 베어봤자 의미가 없나……!

"하하하……! 나의 술식이 곳 완성된다. 이걸로 이 주변 일대는 멸망하겠지!"

재해 그 자체로군, 이 녀석! 앞으로 한 수…… 앞으로 단 한 수면 돼!

내가 뭔가 없나 고민하며 검을 있는 힘껏 밀어붙이자…… 갑자기 누구도 상상하지 못했던 현상이 일어났다.

『—태양의 여신은 말했다.』

어딘가에서, 목소리가 들려온 것이다.

"뭐라고……!"

마신은 기습을 경계하며 뒤를 돌아봤다.

그러나 시선 너머에는 벽 쪽에서 입을 다물고 있는 마이라 한 명. 무기도 뭣도 들고 있지 않다. 위협적이지 않은 존재. 그러나 마이라가 입을 다물고 있는 사이에도, 앳된 목소리가 덤덤히 말을 자아냈다.

들려오는 건, 마이라의 목소리. 그녀와 똑같은 음색이 들려오는 건, 마신의 발밑에서.

『지상에 있는 자들에게, 싸울 힘을. 그 사람의 인생을—.』

거기서 나는, 말하는 내용을 듣고 대체 무슨 일이 일어난 건지 깨달았다.

저건, 『소리 저장기』 마도구다!

원래는 전투 도중에 써봤자 아무런 의미도 없는, 음성을 기록하기 위한 마도구.

그러나 아무런 의미도 없어야 하는 마도구를 유일하게 착각한 녀석이 있었다.

"—네 이놈. 다섯 명째가 암살을 노리는가!"

마신은 분노에 몸을 맡겨 외치면서 다리를 들고 지면을 짓밟아 방패의 마력을 해방했다. 자신의 목숨을 노리는 암살자를 죽이기 위해, 지나칠 정도로 전력을 담아 목소리의 주인을 노렸다. 물론, 거기에 존재하는 목소리의 주인은 그냥 구체 마도구에 지나지 않는다.

그 잠깐의 틈을 놓칠 우리가 아니다. 애슐리는 목숨조차 아끼지 않겠다는 듯 파고들어 마신의 왼팔을 크게 손상시키고는 지면에 고꾸라졌다. 몸을 내던진 일격이다!

에미도 물론, 마신의 방패에서 계속 받아오던 마력이 사라진 틈을 놓치지 않았다. 잠깐의 빈틈을 파고들어서 방패를 검게 물들이며 마신의 방패를 향해 전력으로 몸통박치기를 날렸다!

확실하게 이겼어야 했던 마신이, 단숨에 무너졌다. 어째서 이런 결과가 되었는가. 그건 물론, 마신은 『마도구』 그 자체를 이해할 수 없었으니까.

인류의 지혜. 능력이 없는 사람도 매일 편리하게 지낼 수 있게 창작하고 궁리해서 만든 도구. 말할 것도 없이, 마신은 자기가 봉인된 뒤에 발명된 도구에 대한 건 모른다.

"제가, 처음으로 하고 싶다고 생각한 것. 그건—."

이 절호의 기회를 만들어준 인물의, 투명한 목소리가 들렸다.

"—저를 위해 목숨을 걸어준, 그런 좋은 사람들의 도움이 되는 것. 그건, 그래요……. 그저 지시에만 따라오던, 그런 저의, 처음으로 생겨난 자신의 의지……!"

그런가…… 그 마도구를 마신의 발밑에 투척한 건, 주목받지 않았던 마이라였나!

마신은 물론, 우리조차도 전력으로 계산하지 않았던 그녀가 이 전투에서 비장의 한 수를 낸 것이다.

대단한 아이다……! 저 아이는 이 상황에서 자아에 눈을 뜨고, 스스로 움직여서 도시 사람들 모두를 구하기 위한 한 수를 던진 것이다.

마이라는 허수아비 사제님이었지만…… 그 마음은 타락한 대주교와는 비교도 되지 않을 만큼 성녀 같았다.

천재일우의 기회. 이걸 놓칠 수는 없지!

"이걸로, 끝이다!"

"아직이다!"

마신이 나를 양단하고자 양손으로 검을 들었다.

여기서 머리에 피가 몰린 마신에게 다음 한 수가 작렬했다.

"뭐라고……?!"

마신이 들어 올린 손이, 커다란 돌창과 충돌해서 옆으로 틀어진 거다.

나를 노리던 검은 허공을 갈랐고, 내 검은 상대의 허리에 깊숙하게 꽂혔다.

빠직, 소리가 났다. 코어가 깨지는 소리다……!

"어째서, 냐……. 회복술사(힐러)는, 모두 기절시켰다……."

기절한 척하던 시빌라가 일어나 어깨를 으쓱하며 웃었다.

"선입관이 너무 심하네. 수녀는【어새신】이고, 나는【마도사】입니다~."

"【현자】였, 던, 게……."

"말하지 않았잖아. 그렇지~?"

그래. 씨익 웃기만 했을 뿐, 확실히 너는 아무 대답도 하지 않았지. 시빌라의 표정을 본 마신이 멋대로 착각했을 뿐이다.

하하, 정말이지…… 저 녀석은 마신이 상대라도 이렇다니까.

"그렇다면, 회복마법은……."

나는 마지막으로, 회복마법을 **영창으로 사용했다.**

"《엑스트라 힐 링크》. 자기소개가 아직이었군. 나는 『흑연의 성자』 러셀. 【어스름의 마경】과 【성자】라는 두 직업(잡)을 가진 검사다."

아드리아 때 시빌라가 무영창을 나눠서 쓰며 마왕을 속였던 전법을 채용한 거다.

내 마법을 본 마신은 눈을 크게 뜨더니, 목소리를 쥐어 짜냈다.

"위험하다…… 전해야만…… 아니…… 나는 패배하는가……."

"그~렇거든~? 우르드리즈. 너는 자기 자존심에 패해서 자포자기해버렸으니까, 여기서 아~무것도 가지고 돌아가지 못한 채 지는 거야. 유감이네요!"

"크…… 선택을, 그르쳤, 나……."

그 중얼거림을 마지막으로, 마신은 다른 마왕과 똑같이 사르르 공기에 녹아버렸다.

그건 틀림없이, 지금까지와 마찬가지로 토벌했다는 증거였다.

신화의 마신을 상대로 한, 아슬아슬한 전투.

대륙의 일부가 멸망할 수 있었을 만큼 위험했던 최종 국면.

그 결말은, 전원 생존과 마신 소멸— 우리의, 완전한 승리다!

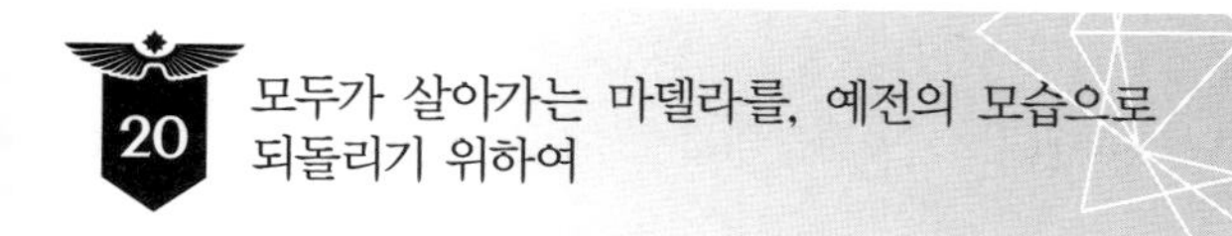

20 모두가 살아가는 마델라를, 예전의 모습으로 되돌리기 위하여

이 도시에서 해야 할 일은 아직 몇 가지 남았지만…… 우선 처음으로.

나는 붉은 머리의 예쁜 소녀 앞에 섰다. 그리고 그 용기 앞에서, 고개를 숙였다.

"마이라, 고맙다. 덕분에 살았어."

"아, 아뇨……. 당신이 저를 구했잖아요? 그러니 고개를 들어주세요. 제가 먼저 말해야겠죠. 감사합니다."

내가 고개를 든 동시에, 마이라가 정중하게 감사를 표했다. 이미 일어난 애슐리가 그 모습을 보고 있었다.

"그러고 보니 애슐리는, 마이라에게 이야기한 건가? 네가 있었던 이유."

"아뇨, 러셀 님. 아직 저는……."

"—어머니니까."

갑자기 말이 끼어들자, 그 말을 한 본인 이외가 모두 놀랐다. 그 말을 꺼낸 게, 눈앞에 있는 마이라였으니까. 애슐리는 눈을 크게 뜨며 마이라를 바라봤다.

"어……? 어째, 서……."

"역시 그랬나요. ……애슐리 씨, 라고 하셨죠. 당신은 이 전투에서 명백하게 역량 부족을 느끼고 있었어요. 그런데도 전투에 참가한 이유는…… 저, 겠죠.”

“…….”

마이라의 말을 듣자, 애슐리는 시선을 흔들면서도 조심스레 수긍했다.

“교회에서는, 소중히 대해주고 있었지만…… 어느 날, 자신이 『마도구 같네』라고 생각했어요. 저에게 어른의 몸은 차가운 것이었죠. ……그러니까, 저를 안아주던 당신의 온도에는…… 그 열기에, 완전히 다른 걸 느꼈어요.”

이 아이는, 그렇게까지 어른을 간파하고 있었나…….

마이라는 그 『붉은 구제회』의, 사람을 사람으로 여기지 않던 간부 녀석들과 몇 년을 보내왔다. 분명 지금까지 다양한 악의를 눈앞에서 봐왔을 거다.

줄곧 자신에게 가면을 씌우고, 꾸미면서 살아왔겠지. 그런 마이라에게 있어서, 애슐리는 처음으로 만난 『온도가 있는 어른』이었던 거다.

“아뇨, 아니겠죠. 지금 이야기는 어렵게 생각한 이유에 지나지 않아요. 진짜 이유는…….”

그러나 마이라는 지금의 깊은 분석을 부정하고, 그녀에게 제일 중요했던 이유를 이야기했다.

“닮았으니까, 려나요? 바로 알 수 있었어요. 『아, 이 사람이 어머니구나』라고.”

—그것은, 이 아이가 솔직하게 끌어낸 해답이었다.

말을 꺼낸 그녀는 뺨을 붉게 물들이고는 눈을 가늘게 뜨며 수줍어했다.

그건 틀림없이, 지금까지 누구에게도 보이지 않았던, 나이에 맞는 소녀의 얼굴. 모두를 매료하는 천사의 미소. 어머니(애슐리)가 계속 되찾기를 바라던, 가면을 벗은 사랑하는(마이라) 딸의 본래 모습.

"아아…… 마이라, 마이라……!"

"……계속 보고 계셨죠. 미안해요. 어머니."

"아냐. 나, 나…… 줄곧, 마이라와 이야기하고 싶어서…… 살아있어서, 다행이야……!"

눈물샘이 무너진 애슐리는 마이라를 끌어안고 눈물을 흘리면서도 자신의 말을 전했다. 그 어머니의 고생을 이해한 듯이, 마이라는 같은 색을 가진 애슐리의 머리를 쓰다듬었다.

……하하, 이래서는 누가 어머니인지 모르겠군.

"다행이야……!"

옆에서 에미가 콧물을 흘리면서 울고 있었다.

오른쪽에서는 시빌라가 부드러운 표정으로 두 모녀를 지켜보다가 그 직후 내 시선을 눈치챘다. 그러자 씨익 웃더니 엄지를 세웠다. 이런 때에도 역시 이 녀석은 시빌라였다.

그때의 스톤 랜스는 정말로 절묘한 타이밍이었다.

마이라가 만들어주고, 모두가 만든 미약한 빈틈을 그 자리에서 커다란 빈틈으로 바꿔준 영향은 크다.

"마지막, 고마웠다."

“내버려 둬도 이길 수 있었던 마지막을, 확실하게 이길 수 있는 마지막으로 만든 거지. 그것뿐이야.”

“네가 말하는 『그것뿐』은, 네가 아닌 사람이 할 수 있는 거냐?”

농담을 늘어놓으면서 평소처럼 서로의 손등을 부딪쳤다.

“오늘은 칭찬해주네.”

“언제나 칭찬해주고 있잖아.”

“……그럴지도.”

그렇게 생각했는데, 입은 평소와 달리 농담을 해오지 않았다. 대부분은 가는 말에 오는 말 식으로 나오는 게 이 녀석과의 대화인데.

“왜 그래? 뭔가 안 좋은 거라도 먹었나? 주워 먹는 건 좋지 않아.”

“네가 나를 어떻게 생각하고 있는지 자~알 알았어…….”

커다란 한숨을 내쉰 시빌라는 아직 울고 있는 에미에게 가서 머리를 쓰다듬어줬다. 한동안 그러고 있다가, 모두가 진정되자 건물에서 나왔다.

“여기, 악마 소환 같은 형식으로 만든 거니까, 아마 이 이상 마물은 늘지 않을 거야.”

“그런가. 어차피 이 건물은 해체하는 게 좋을지도 모르겠어.”

“나도 그렇게 생각해. 저런 새빨간 대성당, 역시 눈에 안 좋아서 쓸 생각이 안 드니까.”

그건 동감이다. 아아, 정말…… 이제 붉은색은 지긋지긋해.

지금 이 도시에 붉은색은—.

"응? 왜 그러시나요?"

"아무것도 아니야. 돌아가자."

—저 모녀의 머리색뿐이면 충분하니까.

잠시 시간이 흐르고, 집회의 날이 다가왔다. 그 대주교의 마지막을 본 이들이 주도해서 모두를 『붉은 구제회』의 대성당에 불렀다.

단상에 선 건, 우리 다섯 명. 마이라가 모두를 단상에서 내려다보며 『자신의 말』을 자아냈다.

"모여주셔서 감사합니다. 이렇게 자신의 말을 하는 건 처음이네요. 사제, 라는 역할을 맡았던 마이라입니다."

자리에 앉은 이들은 서로 무슨 일인가 얼굴을 마주했다.

……이렇게 평범하게 이야기하는 것이 평범한 게 아닌 사태일 만큼, 이 아이의 일상은 언제나 이상한 매일이었겠지.

"여러분에게 말씀드려야만 하는 게 있습니다. 먼저, 대주교는 죽었습니다. 죽인 것은, 『여신의 서』에 나오는 마신입니다."

곧바로 웅성거림이 커졌지만, 단상에서 커다란 소리가 들리자 일제히 조용해졌다.

뭘 했냐면, 에미가 그 괴력으로 바닥을 밟은 것이다. 거대한 마물의 일격과도 필적한 힘을 보자, 가까이 있는 신자들도 숨을 삼켰다.

"조용히 들어주세요. 중요한 이야기니까."

거부를 용납하지 않는 한마디에 모두가 침묵했다.

"에미 씨, 감사합니다. 대주교를 죽인 마신은, 우리…… 아뇨, 대주교가 신앙하던 붉은 신 그 자체였습니다. 마신은, 그를 찬미하는 대주교의 말에도 아무런 흥미를 보이지 않고 일격에 대주교를 죽였다고 들었습니다. 그 몰락한 모습이…… 이것입니다.”

마이라가, 발밑을 바라봤다.

그곳에는 방사형으로 퍼진, 메마른 검붉은 색.

맨 앞줄의 사람이 그게 무엇인지를 짐작했다.

“이 도시는…… 마델라와 인근에 있는 모든 것은, 마신에 의해 소멸할 뻔했습니다.”

순간 웅성거렸지만, 조금 전의 에미가 떠올랐는지 바로 조용해졌다.

“……하지만, 우리는 죽지 않았습니다. 이유는, 이분들 때문입니다.”

그 목소리에 맞춰서 나와 에미가 앞으로 나왔고, 시빌라가 태그를 만졌다. 눈앞에 나온【성자】와【성기사】의 직업(잡)을 보자 사람들이 다시 웅성거렸다.

“정숙하게, 정숙하게……. 네, 감사합니다. 『태양의 여신교』를 대표하는 두 분은 우연히 이 도시에 오셨습니다. 그렇기에 저는 살아있습니다. ……대주교가 산 제물로 바치려 했던 제가 살아있습니다!”

마이라가 지금까지와는 전혀 다른 강한 음색으로 외치자, 모두가 그 압력을 느끼며 다시 숨을 삼켰다.

“우리는, 마물을 기르고 있었습니다. 붉은 열매에서 만든

가루도 퍼뜨렸습니다. 그것도 독물, 이 도시를 침식하던 것이었습니다. 도시 사람들의 판단력이 둔해졌을 때, 우리는 마물을 들판에 퍼뜨렸고, 약한 마물이 노리던 사람들을 구하는 자작 연출로 신자를 늘렸습니다. ……모두 다, 만들어진 가짜 구제극이었던 겁니다."

마이라는 한 호흡 뜸을 들인 뒤, 다시 말을 이어갔다.

"그렇지만, 저를 포함한 모두 그 마신을 믿고 있었습니다. 이 종교에 들어온 사람은 『태양의 여신교』를 신앙해도 불행한 일이 있었으니까, 다른 무언가를 믿고 싶어서 들어온 사람도 많을 겁니다. 갑자기 사제인 제가 틀렸다고 말해도, 믿지 않는 분들도 많겠죠. 그러니…… 우선은 진짜 【성자】의 힘을…… 전설의 『성녀 전설』에 나오는 힘을 증명할 것을 부탁드리려 합니다."

마지막으로 힘차게 말하자, 모든 사람의 주목이 모였다. 마이라는 나를 바라보며 고개를 숙였다.

"부디, 어리석은 저를…… 저희를…… 저희의 도시를, 구해주세요."

그 붉은 머리를 보고, 나는 끄덕였다.

……사실, 지금까지의 흐름은 예정대로다.

마이라가 모두를 대표해서 나에게 고개를 숙인다. 이 행동의 의미는 크다. 『붉은 구제회』가 『태양의 여신교』에 고개를 숙이는 모습을 모두에게 보여준 거다.

물론, 갑자기 그런 짓을 해도 납득하지 않는 사람도 있겠지.

지금까지 단상에 서 있던 마이라가 고개를 숙인 가치는, 결코 싸지 않다.

그러니, 지금부터 내가 『무엇을 하느냐』가 중요하다.

……나는 딱히 좋은 일을 하려는 의식이 있어서 행동하고 있는 게 아니다. 내 마음대로, 지금의 행동을 선택한 것에 불과하다.

시빌라의 말로는, 그게 【성자】다운 본질……이라고 하는데, 나 자신은 이러는 게 당연한 일이라서 잘 모르겠다.

단지, 지금의 나는 그 평가도 순순히 받아들일 만큼 마음에 여유가 있다.

지금의 【어스름의 마경】다운, 용사 뒤에서 마왕을 토벌하는 동료와의 생활도 싫지는 않다.

그러나 이건 모두의 뒤에서 활약하는 게 특별히 좋아서 하는 건 아니다. 그저 눈에 띄고 싶지 않아서 이 길을 골랐다거나…… 그런 건 아니니까.

마이라는 이 단상에 섰다.

본래 모두의 앞에 설 필요조차 없는 아이인데, 그래도 모두의 시선이 모이는 곳에 서 있는 거다. 이것도 자신을 가둬온 『붉은 구제회』 사람들 앞에.

그만큼 이 아이의 『모두를 구한다』라는 소망이 강했던 거겠지. 나는 그런 심지가 강한 이 아이에게 부응해주고 싶었다.

나도 줄곧, 이 도시를 봐왔다.

시빌라에게, 예전 이 도시의 활기찬 모습의 이야기를 들었다.

……눈에 띄고 싶다, 눈에 띄고 싶지 않다. 감사받고 싶다, 뒤에서 칭송받고 싶다.

모두, 상관없다.

결과적으로 내가 어떻게 되느냐와는 상관없이, 그저 이 도시를 구하고 싶다. 그게 지금 내가 하고 싶은 일이다. 그렇게 생각할 수 있는 마음을, 이미 이 도시에게 받았다.

그렇다면…… 내가 할 일은 하나.

눈을 감았다.

어둠이 내 시야를 물들인다. 그 눈꺼풀 뒤에 다양한 것들이 환상으로 보였다.

마델라의 거리. 낮인데도 아무도 없는 거리. 그 길이 활기로 넘치는 것을 환상으로 봤다.

종이 연극을 하는 사람이 준비를 시작하는 모습이 환상으로 보인다. 고아들이 튀김과자를 먹는 모습이 환상으로 보인다.

—그 안에, 미아라가 끼어서 웃는 모습이 환상으로 보였다.

지금부터 이것이, 환상이 아니게 되기를 바라면서.

그리고…… 자넷에게 배운 호흡법으로, 지금부터 사용하는 기적의 성공을 믿고.

'《큐어 링크》…… 《엑스트라 힐 링크》도, 써야겠지.'

일찍이, 성녀 전설 중 하나에 사용된 마법. 마을의 모든 병자를 단번에 치료한 마법. 『여신을 향한 기도의 장』에 나온 기적을, 이 도시에 사용한다.

여신에게 기도하는 건 성녀 이상으로 익숙하다. 왜냐하면 실물을 아니까.

이 자리에서 이렇게 당당하게 모두를 치료할 수 있는 건, 그야말로 옆에 있는 여신의 활약 때문이다.

치료의 공적이 악용당하지 않도록, 시빌라가 여기까지 예측해서 모든 수수께끼를 해명했으니까, 나도 이렇게 당당히 『붉은 구제회』를 포함한 모두를 치료할 수 있는 거다.

곧바로 마법의 효과를 눈치채기 시작했는지 웅성대는 소리를 들으면서 눈을 뜨고, 아래에 있는 사람들이 자신들의 몸을 만지거나 움직이는 모습을 바라봤다.

그러나 여기는 『붉은 구제회』의 본거지. 아까 들은 것이 사실이라고 증명되자, 시선을 내리며 멍해진 사람, 후회하는 사람, 훌쩍이는 사람…… 다양한 반응을 보였다.

이윽고 모두가 나를 주목하기 시작하면서 조용해졌다. 이런 일은 익숙하지 않지만…… 좋은 기회다. 나는 모두를 보면서 하고 싶은 말을 했다.

"지금 이건, 성녀의 기도……라기보다는, 치료마법에 불과해. 감사하지 않아도, 태양의 여신을 신앙하지 않아도 좋아. 그러나, 내가 너희에게 뭔가 말할 게 있다면 하나."

이 건물 16층에서 봤던, 모녀의 눈물이 머리를 스쳤다.

"가족을 소중히 해라."

—나에게는, 없으니까.

마지막 말에 다들 숨을 삼켰다.

하고 싶은 말은 했고, 할 일도 끝났다. 이제 이 도시는 괜찮을 거다.

지금부터 서로를 소중히 하게 될, 구해낸 가족 중 한 명에게 시선을 보냈다.

"이상이다. 이제 해산해도 되겠지? 마이라."

"네, 네! 감사합니다, 성자님……!"

마이라가 커다란 목소리로 감사를 표하면서 깊게 인사하자, 대성당 안에서 터질 듯한 박수가 쏟아졌다.

이거야 원. 빨리 끝내려고 했는데…… 뭐, 나쁘지 않은 기분이다.

찬사는 나쁘지 않지만, 그걸 위해서만 살아가는 건 바라지 않는다. 어디까지나 나는, 내가 하고 싶은 일을 우선하자.

괜찮다. 동료가 있는 이상, 잘못을 저지를 일은 없겠지.

마델라의 『붉은 구제회』는 이날, 해산했다.

여기가 본부인지는, 당사자인 대주교가 없어진 관계로 아무도 모르는 모양이다.

다양한 뒤처리는 필요하겠지만, 그래도 모두 밝은 표정이었다.

물론 그건 세뇌가 풀리고 건강이 좋아진 『붉은 구제회』 사람들만이 아니라—.

"아, 성기사님! 성자님! 어서 오세요!"

문을 열자…… 그 너머에는, 완전히 다른 거리의 분위기가 있었다.

창문을 연 집이 많고, 여전히 바깥을 경계하면서 발을 내디디는 사람도 많다. 하지만, 그래도 길을 걷는 사람은 아드리아나 세이리스와 비교해서 적다.

그럼에도 지금까지와는 명확하게 다르다고 알 수 있는 게 있다. —소리다.

창문을 연 집에서 소리가 들린다. 기운이 넘치는 아이들의 목소리와 곤란한 듯 꾸짖는 아버지의 목소리. 명랑하게 웃는 어머니의 목소리.

온 거리에서 목소리가 넘쳐나서, 눈에 보이는 이상의 활기를 우리에게 전해줬다.

시빌라가 어이없다는 듯 어깨를 두드렸다.

"허세라고 생각했던 부분도 있었어. 하지만, 정말로 전부 치료해버렸네."

"당연하잖아? 똑같은 일을 했으니까."

뭐, 실제로 나았는지 어떤지는 보지 않으면 모른다고 생각하는 마음은 이해한다. ……새삼스럽지만, 내 마력량은 대체 어떻게 된 걸까. 나는 고아원으로 돌아가는 길에 거리 사람들에게 말을 걸었다.

"『여신을 향한 기도의 장』을 재현했다! 건강 문제의 원인은 제거했다고 모두에게 전해줘!"

마침 창문이 열려있었기에, 창문 밖으로 몸을 내민 사람이 나타나기 시작했다.

"확실히 몸이 좋아져서 놀랐어! 지금 이야기는 사실이야?!"
"그래. 덤으로 『붉은 구제회』도 사정이 있어서 해산했다."
"자, 잠깐만. 느닷없이 무슨……. 그건, 정말이지……? 정말인 거지?!"
창문에서 대화를 나누던 남자가 창틀을 넘어서 밖으로 뛰쳐나왔다.
"장을 볼 때도 아닌데 나온 건 오랜만이야!"
중년 남자가 상쾌하게 외치는 모습을 보고 옆집 사람도 고개를 내밀었다.
"너만 나가다니, 치사하잖아!"
이웃집끼리 활기차게 바깥에서 대화를 나누는 모습을 보고 서서히 다른 집에서도 사람이 나왔다. 그리고 사람에서 사람을 통해 『여신을 향한 기도의 장』 이야기와 『붉은 구제회』의 해산이 전해졌다.
그중 한 명이 외쳤다.
"마델라는, 자유다!"
그래, 맞아. 이제 마델라는 모두의 손으로 돌아온 거다.
이윽고 마차도 지나갈 수 없을 만큼 길에 사람이 넘쳐나는 모습을 보고, 고아원으로 걸어가기 시작했다.
—문득, 거리 중앙을 돌아봤다.
시선 너머에는 마도구의 도시 마델라를 대표하는 시계탑이 있었다.
그러나 지금은, 그 커다란 시계탑이 너덜너덜해졌다.

마신의 공격. 그 마법에 맞은 시계탑이 움직일 수 없을 만큼 파괴된 거다. 『붉은 구제회』의 옛 신자 중에도 저걸 보고 꿈에서 깨어난 사람이 있을지도 모른다.

"……지켜주지 못해서 미안하다. 결과론이지만, 도시를 하나로 만들어줘서 고맙다."

나는 시계탑을 향해 작게 감사를 표하고는 그 자리를 떠났다.

고아원으로 돌아오자, 오늘도 프레데리카가 밖에서 우리의 귀환을 기다리고 있었다.

"어서 와, 러셀. 에미랑 시빌라도."

프레데리카는 마신을 토벌한 날에도 계속 밖에서 우리가 돌아오기를 기다리고 있었다.

먼저 애슐리가 앞으로 나오고, 마이라를 앞세웠다. 프레데리카는 마이라의 모습을 가만히 바라보고는, 모든 걸 이해하고 살짝 한마디를 건넸다.

"……이제 절대로, 떨어지면 안 돼."

그 말에 애슐리는 숨을 삼켰고, 바로 강한 눈으로 수긍했다.

그것이 어제 있었던 일이다.

"……계속 밖에 있었던 건가?"

"응. 분명 러셀이 『기적』을 일으켰다고 생각해서."

"너무 띄워주는데…… 아니, 일단 한 건 같나."

"정말로, 그 성녀의 기적으로 도시를 구해줬구나. 아이들도, 바깥에 나가고 싶어서 근질근질하고 있어. 모두 러셀 덕분이야. ……역시, 러셀은 멋있네."

프레데리카는 기습적으로 나를 끌어안았다. 조금 뒤에서 「앗」 하는 목소리가 나왔다.

……역시 이건 좀 부끄러웠기에, 나는 가볍게 머리를 토닥토닥 두드리고는 약간 억지로 떼어놓았다.

다행히 프레데리카는 바로 떨어졌지만…… 에미가 보내는 시선으로 구멍이 뚫릴 것 같은데…….

"애슐리와 마이라는, 조금 늦을 거다."

"그렇구나. 베니는 조금만 더 기다리라고 해야겠네."

마이라를 고아원에 데려왔을 때 모두가 보여준 반응은 재미있었지. 마이라는 원래 『붉은 구제회』의 사제로서 모두의 신앙을 모으던 몸. 외모에는 세심한 주의를 기울이고 있었다.

그래서 모두와 같은 곳으로 갈아입으니까, 옆에서 봐도 예쁜 아이라는 걸 확실히 알 수 있었다.

여자아이들은 태도가 정중하고 예쁜 마이라와 바로 친해졌다. 남자는…… 특히 베니는 원래 그 마도구에서 나온 목소리를 들어서 그런지, 마이라에게 조금 기대감을 품고 있었다.

실제로 보니 기대 이상이었던 모양이다. 덕분에 지금도 마이라를 조마조마하며 기다리고 있다. 마이라를 데리고 돌아올 수 있었던 건 네 덕분이야.

"그럼, 먼저 요리를 만들고 기다릴까."

"어머, 러셀이 도와주려고?"

"방해가 아니라면야."

"대환영이야!"

프레데리카와 가벼운 대화를 나눈 직후, 무의식적으로 에미와 눈이 마주쳤다. 에미는 살짝 웃으며 끄덕였다. 거기에는 예전 내가 부엌에 서는 것조차 무서워하던 소꿉친구의 모습은 없었다.

상대를 믿고 맡긴다는 것. 과도하게 지키는 게 아니라, 상대를 존중하는 것. 필요해졌을 때는 반드시 도와주는 것.

그것이 최종적으로 타인과의 딱 알맞은 거리감이라고 생각한다.

"으헤헤, 오늘도 러셀이 만든 요리다~."

……그렇다고 생각한다. 아마도.

요리가 완성된 무렵에는 애슐리와 마이라도 돌아왔다.

"러셀 님. 정식으로 『붉은 구제회』 대성당을 철거하기로 결정됐어요."

그 건물은 원래 마델라에는 어울리지 않았다. 애슐리는 남아있는 간부들과 상의해서 『마델라의 『붉은 구제회』는 없어졌다』라고 전하기로 결정한 모양이다.

"이런 일밖에는 속죄할 수 없으니까요. 결국, 태양의 여신교처럼 『교황』 같은 간부가 있는지는 알 수 없었지만요. 하지만 여전히 『붉은 구제회』가 세계 각지에 퍼져있다는 건 알고 있어요."

그래, 그렇겠지. 나도 그 사실은 하몬드에서 자넷에게 들었었다.

"건물이 파괴되는 것까지는 지켜보고 싶어."

그것이, 이 도시에서의 마지막 일이 되겠지.

식사도 끝나고, 셋이서 방으로 돌아왔다. 그 대성당에서 했던 이야기가 끝나자, 어깨의 짐을 내려놓게 되었다.

"러셀, 멋있었어…… 무지 좋았어……."

"익숙하지 않은 느낌이었지만, 거리를 보아하니 잘 해결된 것 같아서 다행이야."

"진짜로? 너 굉장~히 익숙한 느낌이었고, 긴장 같은 건 없다는 얼굴이었잖아. 마지막에는 『가족을 소중히 해라』라니, 어제 생각해놨었어?"

"그럴 리가 없잖아. 단지…… 프레데리카에게는 비밀로 해둬."

"어째서."

나는 시빌라의 말에 곧바로 대답하지 않고, 창문 쪽을 멍하니 바라봤다. 건물의 창문은 도시의 서쪽을 향하고 있다. 이 벽 너머가 아드리아일까?

"애슐리와 마이라의 모습을 보니까, 말이지. 마지막에 『나에게는 가족이 없다』라고 말할 뻔했지만, 나에게는 프레데리카도 젬마 할머니도, 가족이야. 그러니까 뭐라 말해야 하려나……."

"아냐, 미안해. 그건 나도 이해해. 너는 프렛치의 요리도 확실히 도와줬고, 몸도 회복시켜줬으니까…… 가족 이상으로 소중히 여기고 있는 거야."

"그런가."

시빌라에게 그런 말을 듣자, 다른 한쪽 어깨에 있던 짐도 내려간 느낌이 든다.

"그런데."

시빌라는 나와 에미를 보며 문득 물었다.

"다음에는 어디로 가고 싶어? 이번엔 꽤 휘두르고 말았으니까, 결정권은 양보할게."

나는 에미와 눈을 마주했다. 왠지…… 같은 장소를 떠올린 것 같다.

에미가 끄덕였다. 분명 같은 마음이겠지.

나는 시빌라에게 말했다.

"일단 아드리아로 돌아가고 싶어."

에미는 옆에서 같은 의견이라는 듯 끄덕였고, 시빌라도 그걸 긍정하듯 웃었다.

형태 있는 것은 언젠가 모두 무너질 운명에 있다……라는 건 참 절묘한 말이다.

그것은 사람들의 의지로 인해 압도적으로 빨라지기도 한다. 그 결과가 눈앞의 광경이다.

『붉은 구제회』의 대성당은 우리가 다음 날에 갔을 때는 위쪽 층부터 순서대로 내부에서 파괴되어, 이미 폐허 직전이라고 할 만큼 무너져 있었다.

"지켜본다고 말했는데, 설마 이렇게 빠를 줄이야."

우리는 『붉은 구제회』의 대성당이 파괴되는 순간을 지켜보고 싶었지만, 아무래도 조금 늦게 온 모양이다.

"우와~."

에미도 참으로 힘 빠진 반응을 보였다.

시빌라는 발밑에 떨어진 누군가의 목걸이를 주웠다.

그것은 『붉은 구제회』에서 쓰던, 상위자라는 것의 증명. 사람의 내면에 아무것도 깃들지 않는, 표면적이기만 한 권력의 상징.

자신들의 경험이나 능력이라는 피와 살이 되지 않는 도구는, 실태가 없어지면 아무리 비싸더라도 이 정도 가치가 될 뿐이다.

"『붉은 구제회』……. 아니, 아니지. **옛** 『붉은 구제회』 사람들은 지우고 싶은 거야. 믿고 있던 사람일수록, 과거의 상징이라는 걸 시야에 넣고 싶지 않은 거겠지."

시빌라의 설명을 듣고, 지금 마델라에서 움직이고 있는 또 하나의 사정에도 납득이 갔다. 그건, 오크 토벌이 꽤 빠른 페이스로 이루어지고 있다는 거다.

이 『붉은 구제회』 뒷문 던전에는 평야에서 본 것과 똑같은 오크의 시체가 넘쳐나 있었다. 그건 무엇보다 마델라 주변에서 사람들을 덮치던 오크가 『붉은 구제회』 뒷문에서 나오고 있었다는 사실을 여실히 말해주고 있다.

무엇보다 그걸 부끄러워한 것이, 대주교의 지시로 마물을 토벌하던 『붉은 구제회』의 모험가들이었다.

나중에 들은 이야기인데, 대주교는 『사람 구출』이라는 명목으로 권유했다고 한다. 그게 모두 계획된 일이었다는 걸 알았으니 당연히 분노가 끓어오르겠지.

그러나, 그 이상으로 그들을 덮친 건, 수치심과 도시 사람들을 향한 미안함이다.

"올바르다고 믿고 있던 것에 배신당하면, 대부분 분노가 솟구치는 법이야."

"……뭐, 그렇지."

"그 『분노』와 『죄책감』을 천칭에 올린 결과가 지금 상황이야. 이 도시의 모험가는 올바르고, 겸허한 선택을 했어. ……마델라는, 이제 괜찮을 거야."

모험가는 지금까지 정의감으로 마물을 토벌하며 습격당하는 사람들을 도왔다.

그게 조직 내부의 작위적인 일이라는 걸 알자, 화내기보다 먼저 지금까지의 행동을 부끄러워하며 솔선해서 도시를 지키기 위해 토벌에 나선 거다.

과연. 이런 흐름에서 그런 행동을 할 수 있다면, 확실히 이 도시는 이제 괜찮겠지.

"이제 우리가 여기서 할 일은 없어 보이는군."

이 도시는 이제 괜찮다. 우리는 자립을 조금 도와준 것에 불과하다. 마지막에는 자립하게 되었지만, 일부 사람들이 기억해주는 정도의 활약이었다면 괜찮지 않을까.

나는 모두와 함께 고개를 끄덕이고는 고아원으로 돌아왔다. 다음에 올 때는 이미 건물의 흔적도 남지 않겠지.

만남이 있다면 이별도 있다. 그게 성공으로 인해 찾아온 것이더라도, 그래도 역시 이별이라는 건 씁쓸한 법이다.

"그럼, 나도 슬슬 돌아가야겠네."

"프레데리카 씨……. 그렇, 겠네요. 언제까지나 머무실 수는 없겠죠. 정말로, 정말로 감사했습니다. 저는…… 프레데리카 씨 덕분에, 잘못을 저지르지 않을 수 있었어요."

"응. 그래도 그건 내 노력 때문이 아니야. 모두가 정말로 노력해줬으니까."

"네."

애슐리는 프레데리카의 말에 깊이 고개를 숙이고는 우리를 돌아봤다.

"러셀 님, 에미 님, 시빌라 님. ……이제 몇 번이나 말해서 끈질기겠지만, 그래도 말하게 해주세요. 저의 인생을 되찾아 주셔서 감사합니다."

"상관없어. 우리는 고아야. 우리가 부러워할 만큼 모녀끼리 화목하게 지내줘."

"반드시!"

나 다음으로 에미가 나섰다.

"모두 사이좋게 지내요! 마이라는 분명 미인이 될 거예요! 남자아이는 좋아하는 아이한테 집적대거나 빤히 바라보거나 그러니까, 확실히 지켜주세요!"

"아하하, 물론이지! 우리 귀여운 마이라는 아직 개구쟁이 꼬마들에게 넘겨줄 수 없어!"

두 사람의 대화에 짐작 가는 바는 없지만, 저도 모르게 고개를 돌렸다. 남자인 내가 듣는 건 거북하군……. 아, 틈새에서 베니가 엿듣고 있는 걸 보고 말았다. ……뭐, 힘내라.

마지막으로, 시빌라다.

"그래도 마이라는 굉장히 머리가 좋아 보이니까, 애슐리도 밀리지 않게 머리를 굴려서 모두를 지킬 수 있게 노력해. 뭐~, 내 견해라면 무리겠지만!"

"아…… 아하하. 하필이면 시빌라 님의 말씀이니까 뒤집을 수 없을 것 같네요……."

이런 상황에도 가차 없구나! 확실히 마이라는 이미 상당히 머리가 뛰어나 보이긴 하지만.

그렇게 생각하자, 시빌라가 몸을 내밀어서 애슐리의 이마에 손을 올렸다.

"그~래도 말이지?"

애슐리가 놀라서 눈을 크게 뜨자, 시빌라는 다시 앉아서 부드러운 시선을 보냈다.

"아무리 어른스러워도, 우수하더라도…… 딸이야. 열등감으로 비굴해지지 말고, 연상이자 어머니라고 해서 자만하지 마. 그 아이를 『고아』가 아닌 여자아이로 해줄 수 있는 건, 세상에서 너 한 명뿐이니까. 그게 나의 마지막 어드바이스."

"시빌라 님……. 여신님, 감사합니다……! 반드시, 지킬게요……!"

애슐리는 마지막에는 조금 눈물지으면서도 목소리를 쥐어

짜서 고개를 숙였다.

그렇다. 그 소녀의 어머니가 될 수 있는 건 세상에서 애슐리뿐이니까. 부모의 사랑이라는 건 모르지만…… 그래도 『여신의 서』에 나오는 마신을 상대로 목숨을 걸고 지키려 했던 부모를 상상해보면, 그건 분명 기쁜 일이겠지.

작별 인사를 나눴지만, 일단 마차까지는 배웅한다고 해서 애슐리도 따라오게 되었다. 그보다, 고아원 아이들도 따라왔다.

원래 짐도 적었기에, 우리는 왔을 때와 똑같은 양의 짐만 들게 되었다.

고아들이 생각보다 잘 따랐기에, 시빌라는 걸으면서 재주좋게 한 명 한 명과 스킨십을 나누며 아이들과 함께 마차 정류장까지 가게 되었다.

문득, 거기서 익숙하지 않은 게 보였다. 저건 대체……?

"……똑같아."

시빌라가 멍하니 중얼거리며 달려가서 인파가 많은 길을 헤치고 공터로 들어왔다.

나와 모두도 서둘러 뒤를 쫓아가자, 그곳에 있던 건 시빌라가 기다리던 사람이었다.

"종이 연극, 이군."

"응. 노후화됐지만, 틀림없이 선대가 사용하던 카트야. 신품일 때 봤으니까. 안의 이야기는…… 달라졌네."

시빌라가 흥미로운 듯 다가갔다. 고아원 아이들도 뒤쪽으로 가서 함께 봤다. 연극을 하고 있는 사람은 젊은 남성이다. 손

주인가, 증손주인가……. 그건 모르겠지만, 그는 종이 연극을 하나 넘겼다.

"이렇게 『마신』은 【성기사】에 의해 토벌되었습니다. 공주님을 구한 【성자】는, 도시를 구해달라며 태양의 여신님께 기도를 바쳤습니다."

완전히 나잖아! 게다가 어째서인지 그려진 여성이 새빨간 머리에 장신이니까, 이거 애슐리가 공주님이 되었는데?

그나저나, 이 내용을 고작 며칠 만에 그려낸 건가……? 종이 연극 연출자의 후예, 굉장한데. 이러면 당분간 폐업할 일은 없어 보인다.

"으으……. 정정을 요구하고 싶어. 공주님 안기를 받은 건 나인걸."

"복잡해지니까 그만둬……."

에미의 어깨를 잡아서 억눌렀다. 게다가 그걸 한 건 항구도시 세이리스였잖아.

뭐, 저걸 보고 나와 애슐리라고 생각하는 사람은 없겠지. ……없, 겠지?

앞쪽의 아이들이 힐끔힐끔 이쪽을 돌아봤지만, 모르는 척했다.

"아, 성자님이다."

확신이 담긴 누군가의 말을 듣자, 다른 아이들이 일제히 나를 바라봤다. 그 목소리를 찾자…… 그때 일시적으로 고아원에서 보호했던 『붉은 구제회』의 부자가 있었다.

눈이 마주친 아버지 쪽에서 감사를 표하자, 대답하기도 전에 다른 아이들이 들끓었다.

"어, 저 사람이 성자님?"

"우리 엄마도 검은 로브라고 말했으니까, 진짜일지도!"

"근데 눈초리 나빠."

눈초리가 나빠서 미안하게 됐네! 시빌라가 깔깔 웃으면서 「아이들은 솔직하네~」라는 말을 꺼내는지라 손날치기를 선사했다. 옆에서 작은 비명과 함께, 아이들이 「폭력이야」, 「분명 저 사람은 아니야」라고 말했다.

……정말 납득할 수 없는 반응이다.

왠지 마지막의 마지막까지 뭔가 한심한 느낌으로 끝나버렸군. 나는 퉁명스러운 표정을 지으면서, 종이 연극을 하는 남자 옆에 있는 아내 같은 여성에게 다가갔다.

이쪽도 시빌라의 말대로다. 변함없이 선조 때부터 내려온 전통을 이어받았다.

"튀김과자, 네 개다."

"아, 네."

나는 그걸 받아서 여기까지 온 고아들에게 나눠줬다.

"괘, 괜찮아?"

"꼬마들이 사양하지 마. 게다가, 베니에게 줄 답례로는 오히려 너무 쌀 정도니까."

"응? 어째서?"

"뭐, 신경 쓰지 마. 사양 말고 받아라."

뭐니 뭐니 해도, 소리 저장기의 비밀을 가져다준 장본인이니까. 시빌라조차도 인공 건조물을 사용한 위로 뻗은 던전이라는 건 힌트 없이 알 수 없었다.

이 도시의 구세주는 베니라고 말해도 손색이 없다. 다른 튀김과자도 모두에게 나눠줬다. 예전에는 아이들이 조각을 먹었다고 하니까, 통째로 하나 정도는 나쁘지 않겠지.

이런 음식을 먹었는지는 모르겠지만, 마이라에게도 건네줬다.

"마이라, 어떠냐?"

"……아! 맛있, 어요……."

마이라는 눈을 크게 뜨더니, 자연스럽게 표정을 부드럽게 풀었다. 그런 표정 하나하나가 모두와 같은 아이들과 똑같았다. 애슐리는 마이라의 모습을 보며 기쁜 듯 웃었다.

종이 연극 카트와 주변 아이들을 보니 생각하게 된다.

내 이야기의 뭐가 재미있는지는 모르겠지만, 다시 보고 싶은 모습이다.

"마차까지 배웅하지 않아도 괜찮아."

"어, 그래도……."

"종이 연극, 보고 싶잖아?"

아이들은 얼굴을 마주 보더니, 주저하면서 끄덕였다.

그러면 된다. 돌아온 이 도시 본래의 모습을 『특별』에서 『일상』으로 만들어가는 거다. 그 안에 나는 없으니까.

너희의 『당연함』을 되찾았다면, 그것이 나의 보수로서는 충분하다.

"그렇게 됐으니까. 너희와도 여기서 작별해야겠지."

"러셀, 바이바이.", "잘 가, 쿠로스케!", "또 와주세요. 리제로테 씨."

아니, 진짜로 세 번째 아이는 뭐냐고. 에미가 「어, 리제……어?」라며 내게 시선을 보냈다. ……다행이다. 아무래도 내 귀가 이상해진 건 아닌 모양이다.

"그럼, 여전히 내 이름을 기억하지 못하는 못된 꼬맹이를 잘 돌봐줘, 애슐리."

"네! 감사했습니다. 건강하세요……!"

"감사했습니다!"

마지막에 깊이 고개를 숙인 두 명의 붉은 머리를 보고, 겨우 내 마음도 붉은색에 좋은 인상을 품게 되었다.

……그래. 지금 본 붉은색의 인상은— 모녀의 인연을 나타내는 색이다.

에미, 시빌라, 프레데리카 세 사람도 웃으면서 모두에게 손을 흔들었다.

자, 우리의 고향 아드리아로 돌아가자.

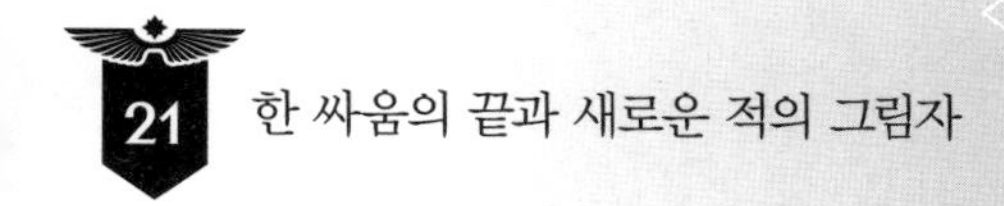

21 한 싸움의 끝과 새로운 적의 그림자

마차를 타고 나아가면서 바깥을 바라봤다.

마물이 완전히 사라진 마델라의 평야를 보고 마부도 안심하고 있겠지. 때때로 순회하는 모험가들이 보이니까, 지상의 마물은 철저하게 청소한 것 같다.

"에미가 강한 녀석을 모두 정리했던 점도 커. 플로어 보스 완전 토벌을 확인하지 않았다면, 아무리 나라도 마델라 모험가 길드에 순회 금지를 전달했을 거야."

시빌라는 자기 어깨에 머리를 올리고 잠든 에미의 머리를 흐뭇하게 쓰다듬었다.

에미는 내가 옛 『붉은 구제회』의 신자들에게 습격받지 않나 계속 신경을 쓴고 있었다. 특히 요 며칠 동안에는 긴장만 하고 있었으니까.

참고로 프레데리카도 낮부터 자고 있다. 약속을 깨고 무리했군. 이거야 원.

……뭐, 일을 늘리고 말았던 내가 말하는 것도 좀 그러니까 책망하지는 않지만.

"그러고 보니 던전 마물은 모두 쓰러뜨렸는데, 별로 보수를 회수하지는 못했군."

"했어."

그런가. ……응?

"아니, 11층부터 위쪽 마물을 갈무리해서 마신전 이전에 들른 방 바깥에 자루를 놔뒀거든. 여기."

시빌라가 나에게 태그를 살짝 보여줬다. 확인하자, 명백하게 대폭 늘어나 있는 숫자가 눈에 날아들었다. ……태연하게 터무니없는 액수의 양도를 했군.

값나가는 것에는 빈틈이 없어서, 내가 마물을 처리하는 와중에 자기는 보수를 전부 받아놓고 있었다. 종이 연극에 나오는 여신에 비하면, 옆에 있는 진짜 여신님은 마지막까지 약삭빠른 녀석이다.

"에미에게도 건네줬어. 그래도 많았으니까, 나머지는 애슐리에게 줬고. 마물이 없더라도 어머니에게 평화는 오지 않아. 육아는 전쟁이니까, 적어도 가족이 늘어난 분량만큼 예산을 줬어."

그런가…… 거기까지는 생각하지 못했다. 한 명이 늘면 식비도 1인분 늘어난다. 당연한 일이다. 그리고 고아원이라면 애초에 윤택하지도 않다.

시빌라는 내가 배려하지 못한 부분을 내가 모르는 동안 보충해준 건가. 이거야 원, 시빌라를 보고 있으면 내가 자신을 성자라고 인정할 날은 아직도 멀어 보인다.

"—그렇게 생각하고 있겠네."

"그러니까 멋대로 남의 마음을 읽지 마……."

"애슐리는 자기 식비를 깎아서라도 마이라의 식사만큼은 확보할 만큼 그 아이가 무엇보다 소중해. 그걸 이뤄낸 너는 애슐리에게는 최고의 『성자님』이고. 가슴을 펴지 않으면 오히려 실례야."

시빌라는 그렇게 말하고는 내게서 시선을 떼서 바깥 경치로 눈을 돌렸다.

"……이번에는 완전히 내가 틀릴 뻔했어. 『어스름의 서약』으로 세상의 위험에 목숨을 걸어오던 내가, 파티의 안위을 추구하며 안전을 얻으려 하고 말았어."

"그건 아니야. 시빌라의 선택도 잘못은 아니었어. 이길 수 있었던 건 정말로, 미약한 차이였다고."

그렇다. 그 마지막 한 수가 통한 건 애슐리와 마이라의 힘이었다. 애슐리가 나이프를 들고, 마이라가 마도구를 던지지 않았다면 도시 일대는 사라졌을지도 모른다.

내가 토벌에 조바심을 낸 탓에, 아무것도 모르는 도시가 말려들 뻔했던 거다.

"마지막의 마지막에 도움을 받은 것에 불과해. 자신의 힘으로 이겼다고 과신할 수는 없어."

"그렇게 말한다면, 안심이네."

확실히, 나는 그 마신을 쓰러뜨렸다. 모녀는 무사히 재회했고, 평화롭게 지내고 있다.

그러나…… 그런 현재를 쟁취해낸 것은 모녀의 힘이다. 지금은 진심으로 그렇게 생각한다.

자, 그럼. 마델라에 있었던 모든 일이 끝나고 그곳에서 나온 지금이라면, 물어봐도 되겠지.

"시빌라. 프리실라라는 건, 너의 언니 같은 건가?"

나는 요 며칠 고민하던 의문을 부딪쳤다.

몇 가지, 의문이 들던 게 있었다.

시빌라는 여신이다. 마신이 실제로 존재하고, 진짜 여신인 시빌라가 『여신의 서』를 편찬한 신 중 하나라는 걸 알게 된 이상, 『여신의 서』는 창작이 아니라 사실이다.

책 속에서 신들이 마신과 싸운 묘사가 있으며, 그 후에 말려들게 된 인류에게 여신 측에서 【용사】 등의 직업(잡)을 내렸다는 이야기 흐름이 이어진다.

그렇기에 이상했다. 어째서, **시빌라는 마신과 대등하게 싸울 수 없는가.**

신들도 신화 속의 전쟁을 거치며 능력이 떨어진 걸까, 아니면 직업 수여(잡 크래프트)의 능력과 바꾼 걸까. 가능성은 몇 가지 떠오르지만, 그래도 힘의 일부로도 그 정도 수준이었던 마신과 비교하면 처음에 만난 【마도사】 레벨 8의 시빌라는 역시 차이가 너무 심했다.

그래서 생각한 거다. 마신 우르드리즈가 싸운 『어스름의 여신』은, 프리실라가 아닐까.

시빌라는 나를 가만히 바라보고는…… 포기한 듯 한숨을 내쉬었다.

"……뭐, 눈치채겠지."

"그야 그렇지. 처음에는 착각인가 했는데, 그 마신도 『어스름의 여신』의 존재에서 그쪽을 연상했으니까, 틀림없이 관계가 있을 것 같았어."

"내가 가짜일 가능성은?"

"실제로 네게 직업 수여(잡 크래프트)를 받은 내가, 가짜라고 판단할 것 같아?"

시빌라는 묵묵히 고개를 내저으면서 마차 천장을 멍하니 바라보며 말을 꺼냈다.

"처음에는, 언니가 전부 했었어. 마신과의 싸움, 직업 수여(잡 크래프트). 하지만, 너무 애썼지."

그리고 언니를 떠올리듯이 눈을 감았다.

"나와는 다르게 조용한 밤의 상징 같은 성격이어서. 【어스름의 마경】을 만들어내는 것에도 그다지 적극적이지 않아서, 평소에는 혼자서 마왕 토벌을 열심히 했어."

"혼자서, 말인가?"

"맞아. 하지만 【어스름의 마경】 프리실라 혼자서 할 수 있는 일에는 한계가 있었어. 뭐, 이런저런 일이 있어서……. 조금씩 능력이 줄어들면서 패배가 이어지게 되어…… 마지막에는 지금의 나보다 약해지고 만 거야. 그러니까―."

시빌라는 눈을 뜨고 주먹을 쥐었다.

"―내가 언니를 대신해서, 그 역할을 맡기로 한 거지."

그런 일이 있었나……. 시빌라는 나를 보고는 자조하듯 웃었다.

"나, 막내거든. 능력 같은 건 무지무지 약해. ……실망했지?"
"아니, 오히려 안심했어."
"……어?"

뭔가 착각한 모양이니까, 시빌라에게 확실하게 말해두자.

"나는, 자기가 말하기는 좀 그렇지만 입버릇도 좋지 않아. 프리실라라는 말수가 적고 공격마법에 뛰어난 여신이 있었다면, 협력할 생각은 들지 않았겠지. ……아니, 이야기로 추측해보면 프리실라는 나를 의지하지 않았을 거다."

이야기만 들어보면, 당시에 회복마법을 비하하던 내가 과연 프리실라와 협력 관계를 맺었을지 의문스럽다. 게다가 혼자서 【어스름의 마경】으로 마왕을 토벌할 만큼 강했다면, 검을 들고 싸우지는 않았겠지.

내가 처음에 시빌라와 나란히 싸우고 싶다고 생각한 이유는, 이 녀석이었기 때문이다.

……그런가. 시빌라가 이렇게까지 철저하게 『최선의 결과』를 위해 머리를 굴리는 건, 신들의 일원치고는 약한 자신을 의식하고 있기에 나온 향상심인가.

그러나, 나는 그 덕분에 내 인생을 긍정하는 것을 배울 수 있었다.

나에게는 그보다 앞서는 건 없다.

마신의 최후. 그때 자신을 『검사』라고 인정한 원점은 역시 시빌라가 있었기 때문이다.

"너와의 거리감은 마음이 편해. 능력도, 대화도. 사양하지 않아도 되는 파트너라는 건 이렇게나 좋은 거라는 생각이 들었어. ……나에게는, 없었으니까."

"러셀, 너……."

"나에게 너는……. 그래. 나에게는 제일 상성이 좋은 상대였어. 분명 프리실라라는 여신으로는 안 됐을 거다. 그러니까."

나는, 손등을 보여줬다.

"앞으로도 잘 부탁한다."

시빌라는 내 손을 보더니…… 잠시 눈을 감았다.

그 눈이 다음으로 뜨였을 때는, 입꼬리를 든 평소의 시빌라가 있었다.

"응, 맡겨둬. 이미 마신을 토벌해버렸으니까 신화 같은 건 이미 뛰어넘었지만, 이대로 언니의 전적을 덧칠해주겠어."

그래, 맞아. 그래야 시빌라지.

나는 프리실라를 모르지만, 분명 시빌라를 잘 이해해주는 좋은 언니였겠지. 그럼, 이렇게 생각할 거다. 자신을 넘어달라고. 그리고 자신을 비하하지 말라는 것도.

시빌라가 자신답게 있어 주기를 바랄 거다. ……내가 그렇게 생각하니까.

시빌라의 손등이 내 손등을 두드리자, 저편에서 음냐음냐 소리가 들려왔다.

"러셀~ 나도오……."

뭐야, 잠꼬대인가?

"나도 손날치기 해줘어~."

완전히 잠꼬대였다.

나는 시빌라와 눈을 마주하고는 동시에 살짝 뿜어버린 뒤, 잠든 에미의 손등에 자기 손등을 툭 댔다.

……이번 싸움에서 가장 영향을 끼친 건 에미였다. 그 마신은 오른팔 방패의 충격파로 에미를 억누르는데 상당한 마력을 쓰고 있었으니까.

에미는 움직이지 못하는 상황에서도 줄곧 포기하지 않고 저항하고 있었다. 그 결과, 나와 검으로 싸울 **수밖에 없도록** 마신을 끌고 내려올 수 있었다.

기분 좋은 꿈을 꾸는 에미에게서는 그 귀신 같은 싸움을 상상할 수 없다.

"고맙다. ……나 참. 누가 구원받았는지 모르겠어."

문득 바라보자, 시빌라가 이쪽을 무표정하게 빤히 보고 있었다.

"왜 그래?"

"그런 감사의 표현, 깨어났을 때 직접 말해주는 게 어때?"

"그렇긴 하지만, 얼굴을 보고 하기에는 좀, 그래서."

아무래도 칭찬하는 건 익숙하지 않다. 시빌라는 내 모습을 보더니 「그렇겠지. 알아 알아」라며 어이없다는 한숨을 내쉬었다. ……이런 성격이라 미안하게 됐군.

"뭐, 좋아. 네가 감사의 말을 자주 한다는 건 알았으니까."

시빌라는 그것만 말하고는 바깥 경치로 시선을 돌렸다.

어느새 마델라의 평원과는 완전히 경치가 달라졌다. 삼림이 뒤덮인 산들이 시야에 펼쳐진다. 마차 안으로 들어오는 태양의 여신의 은총, 그 따스한 빛이 산의 나무들 틈새에서 내려와 마차 안에서 반짝반짝 명멸했다.

이 분위기, 틀림없다. 고향(아드리아)은, 얼마 남지 않았다.

마을로 돌아오자, 모두가 성대하게 맞이해주었다.

"시빌라 님, 프레데리카 씨! 수고하셨습니다. 어서 오세요! 아아, 러셀과 에미도 수고 많았어. 아침은 제대로 먹었냐?"

마델라의 문지기는 나와 에미에게 고개를 숙였지만, 아드리아의 문지기는 명백하게 나와 에미를 덤처럼 취급하며 태평하게 마을로 맞이해줬다. 이 담백한 대응에 나와 에미도 무심코 뿜어버렸다. 동시에 안심도 된다.

이 정도가 딱 좋단 말이지. 역시 나와 주민들의 거리감은 고향이 최고다.

먼저 내려온 시빌라와 프레데리카가 마을 사람들에게 대응하면서 얼굴을 마주하며 끄덕였다.

"자, 우선 무엇보다도."

"돌아가야겠지. 우리의 고아원으로."

물론 그렇지. 없었던 시기는 그리 길지 않았지만, 정말로 여러 일이 있었다. 내 인생에서 이보다 농도 짙은 시간은 없었다.

"젬마 할머니, 건강하려나~."

"그 할머니가 그리 간단히 죽겠냐고. 건강하게 지내고 있을 거야."

우리는 웃으면서 고아원으로 돌아갔다. 할머니에게 건강 문제는 아무도 의심하지 않았다.

그래서…… 고아원에 무슨 일이 일어났는지, 상상도 하지 못했다.

고아원 문을 열고, 프레데리카가 말을 걸었다.

"지금 돌아왔습니다. 젬마 씨, 계시나요?"

바로 대답이 올 줄 알았는데, 반응은…… 한동안 기다린 뒤였다.

안에서 나온 그 모습을 보고, 나는 숨을 삼켰다.

"아아…… 지금 돌아왔니……. 어서 오렴, 프레데리카……."

휘청휘청하는 발걸음으로, 연약한 목소리를 내는 아는 얼굴. 젬마 할머니가 명백하게 쇠약해져 있었다. 죽여도 죽지 않을 것 같던 그 할머니가, 지금은 밀면 부러질 것처럼 연약하게 느껴진다. 이건, 이상하다……!

"……시빌라, 러셀하고 에미도 돌아왔구나……! 아아, 이걸로—"

"《엑스트라 힐》! 이봐, 전혀 어울리지 않잖아! 무슨 일이야?!"

나는 할머니의 목소리를 가로막고 무슨 일이 일어났는지 캐물었다.

"이 마법은……. 아아, 러셀의 힘이구나. 체력이 돌아온 느낌이야……."

젬마 할머니는 내 회복마법으로도 원래대로 돌아오지 못할 만큼 기운이 없었다. 이건 뭐지…… 이런 할머니. 내가 태어난 이후로 한 번도 본 적이 없다.

맹렬하게 불안해진다. 시빌라가 앞으로 나와서 젬마 할머니의 어깨를 잡았다.

"무슨 일이, 있었던 건가?"

"……만나보거라. 침실에 있어."

만나보라고……? 대체 누가 있다는 거지.

시빌라는 우리와 아이 콘택트를 하고는 서둘러 침실로 향했다.

끓어오르는 마음을 억누르면서 우리도 뒤를 쫓았다.

문 앞까지 온 나는, 초조함이 거친 움직임으로 드러났는지 약간 난폭하게 문을 열었다.

커다란 소리가 나며, 방 안에서 작은 비명이 들렸다.

"힉……! 젬마 씨, 애들, 들어오게 하지 말라고 했는데……. 오, 오지 마……."

그 방구석에는, 웅크린 채 모자를 깊게 눌러쓰고 덜덜 떠는 그림자.

그리고— 잘못 들을 리가 없는, 몇 년이나 들어온 목소리.

내가 없는 동안에, 대체 무슨 일이 있었던 걸까.

게다가, 어째서 이렇게 된 걸까.

지금 시점에서는 아무것도 모르지만…… 그래도 명백하게, 알 수 있는 게 있다.

—뭔가, 당했다.

“설마…… 자넷, 인 거냐……?”
그곳에는, 짧은 시간 사이에 변해버린 자넷이 있었다—.

■작가 후기

2권만이군요. 작가인 마사미티입니다. 이걸 쓰고 있는 시기에는 여름도 겨우 끝나서 서늘해졌……다고 생각했는데 갑자기 더운 나날이 돌아오고 있는 매일입니다. 그렇지만 가을은 짧으니까, 발매할 무렵에는 꽤 추워지지 않았을까~, 하고 지금부터 상상하고 있습니다.

우선 무엇보다 이 책을 구입해주셔서 감사합니다. 3권을 내는 것이 최초의 목표였기에 이렇게 출판하게 되어 안심하고 있습니다.

3권은 러셀을 메인으로 두면서도 프레데리카가 표지를 장식하고 있습니다.

그녀는 이 작품에서 던전 탐색에 나서지 않고, 싸울 힘도 없습니다. 그러나 러셀을 길러낸 누나와 같은 사람이자, 마찬가지로 다른 누군가를 길러내기 위해 노력하는 사람입니다. 그녀의 내면과 강한 심지, 그 마음의 존재 방식을 지금의 러셀도 순순히 존경할 수 있는 인물로 그려내면서, 그를 받쳐주는 힘이 되어주는 것을 중심에 두었습니다.

또한, 이번 권에서 새로운 캐릭터로 애슐리가 등장합니다. 그녀는 밝은 표면에서는 보이지 않는, 복잡한 사정이 있습니다.

결코 아름답지만은 않은 내면과, 과거에 속박된 상태로는 끝나지 않는 애슐리의 매력을 느껴주신다면 감사하겠습니다.

또 하나, 이번 권에서는 시빌라의 내면도 깊게 파고듭니다.

1권부터 메인 히로인으로 행동해온 그녀와 주인공으로서의 러셀의 관계도 지켜봐 주신다면 감사하겠습니다.

감사의 멘트를. 담당 Y님, 이번 권에서 특히 많은 의견을 주셔서 감사합니다. 저도 고민하던 장이라서, 꽤 좋아졌다고 생각합니다. 일러스트레이터 이코모치 님, 바쁘신 와중에도 근사한 일러스트를 많이 그려주셔서 감사합니다. 최근의 활약상이 눈부신 모양이라, 저도 정력적으로 활동하고 싶어집니다.

마지막으로 가르도 코믹스 담당 작화이신 사와이 무기 선생님과 담당 편집자 H님. 수면 아래에서 오랜 기간 움직여주셨고, 또 저의 다양한 주문에 부응해주셔서 감사합니다.

마침 이걸 쓰고 있는 현재, 코믹 가르도에서 마침내 『흑연의 성자』의 만화 연재가 시작되었습니다. 염원하던 코미컬라이즈, 굉장히 심혈을 기울여서 만들었습니다. 소설에서는 그려지지 않은 부분의 이야기도 있으니, 꼭 그쪽도 체크해주세요.

다음 권에서는 드디어 자넷이 러셀 앞에 등장합니다. 그녀도 복잡한 내면을 가진 인물이며, 4권에서는 자넷이 크게 활약하는 이야기입니다.

저도 마음에 드는 캐릭터이므로, 꼭 다음 권에서 그 활약상을 눈에 새겨주셨으면 좋겠습니다.

■역자 후기

안녕하세요. 불초 역자입니다.

이번 권은 사이비 종교에 시달리는 도시를 구원하는 이야기였습니다. 사람들의 연약한 마음에 파고들어서 세력을 늘리는 적에게 맞서서 러셀과 시빌라, 에미가 대활약하며 불행한 모녀와 도시를 구해내는 이야기가 펼쳐집니다. 한 번은 좌절해서 무기력해졌지만 다시 일어나서 싸워나간 어머니 애슐리, 오랫동안 도구로 지냈으면서도 똑똑하게 성장한 딸 마이라의 모습이 좋았네요. 싸울 힘은 없어도 마음의 강함은 작중에 나오는 누구에게도 밀리지 않는 프레데리카도 인상적이었고요. 적들도 점점 강해지고 있어서 마침내 신화에서 나오는 적도 등장하게 되었습니다. 앞으로 어떤 적이 나오게 될지도 점점 기대되네요. 러셀의 무한 마력도 언젠가는 비밀이 밝혀질 것 같고요.

다음 권에서는 그동안 이야기 중심에 없었던 소꿉친구 자넷이 중심이 될 것 같습니다. 대체 무슨 일을 당했는지에 대한 것과, 그녀가 재기하는 이야기도 그려질 것 같네요. 그럼 후기는 이쯤 하고, 다음 권에서 뵙겠습니다.

흑연의 성자 3

초판 1쇄 발행 2023년 2월 10일

지은이_ MasamiT
일러스트_ icomochi
옮긴이_ 이경인

발행인_ 신현호
편집장_ 김승신
편집진행_ 권세라 · 최혁수 · 김경민 · 최정민
편집디자인_ 양우연
관리 · 영업_ 김민원

펴낸곳_ (주)디앤씨미디어
등록_ 2002년 4월 25일 제20-260호
주소_ 서울시 구로구 디지털로 26길 111 JnK디지털타워 503호
전화_ 02-333-2513(대표)
팩시밀리_ 02-333-2514
이메일_ lnovellove@naver.com
L노벨 공식 카페_ http://cafe.naver.com/lnovel11

ISBN 979-11-278-6708-9 04830
ISBN 979-11-278-6228-2 (세트)

값 8,500원

변변찮은 마술강사와 추상일지 1~9권

히츠지 타로 지음 | 미시마 쿠로네 일러스트 | 최승원 옮김

알자노 제국 마술학원에는 학생들도 기가 막혀 하는
한 변변찮은 마술강사가 있었다.
그의 이름은 글렌 레이더스.
수업에 뱀을 가져와서 여학생들이 무서워하는 모습을 감상하려다가
오히려 그 뱀에게 머리를 물리질 않나…….
도서관에서 실종된 여학생을 구하러 갔다가, 오히려 본인이 겁에 질려서
파괴 주문으로 도서관을 날려버리려고 하질 않나…….
수업 참관 일에는 웬일로 성실하게 수업을 하나 싶더니 곧 본색을 드러내고……
그런 마술학원에서 벌어지는 변변찮은 일상.
그리고— "……꺼져라, 꼬마. 죽고 싶지 않으면."
글렌의 스승이자 길러준 부모인 세리카 아르포네아와의
충격적인 만남이 수록된 『변변찮은』 시리즈 첫 단편집!

본편 TV애니메이션 방영 화제작!!

라이트노벨의 새로운 빛! L노벨의 신간은 매월 10일에 발매됩니다. http://cafe.naver.com/lnovel11